大鱼文化传媒　大鱼文学

冉冬，我总会想起你

Ran Dong, I will always think of you

余音/作品

我是一只贪玩又自由的风筝

每天都会让你担忧

如果有一天迷失风雨中

要如何回到你身边

贵州出版集团

贵州人民出版社

图书在版编目（ＣＩＰ）数据

冉冬，我总会想起你/ 余音著.-- 贵阳：贵州人
民出版社，2016.10（2020.3重印）

ISBN 978-7-221-13656-5

Ⅰ.①冉… Ⅱ.①余… Ⅲ.①长篇小说－中国－当代
Ⅳ.①I247.5

中国版本图书馆CIP数据核字(2016)第258987号

冉冬，我总会想起你

余音 著

出 版 人：苏　桦

出版统筹：陈继光

选题策划：杜莉萍

责任编辑：钱海峰　程林骁

流程编辑：胡　洋

特约编辑：廖晓霞

装帧设计：Insect

封面摄影：周子豪

出版发行：贵州人民出版社（贵阳市观山湖区会展东路SOHO办公区A座
　　　　　邮编：550081）

印　　刷：三河市华东印刷有限公司

开　　本：880×1230毫米 1/32

字　　数：230千字

印　　张：8

版　　次：2017年1月第1版

印　　次：2017年1月第1次印刷
　　　　　2020年3月第2次印刷

书　　号：ISBN 978-7-221-13656-5

定　　价：42.00元

百万次的相遇
·
当你凝望天上星星

/猫冬

写这本《冉冬，我总会想起你》之时，余音跟我说她想写一个完全不同的故事。

而这真的是完全不同以往的故事。

只是，我从没跟余音提起我看完这个故事时的感受。

大概是因为她给前三万字的时候，放肆地笑过"男主角一出场就已经死了"，后来还真切地担忧过"后来男主角的戏份有50％吗"，耻于表达歉意，所以缄默。

不想给它下一个简单的"青春言情"的定义，它是一个关于成长、关于现实、关于人性、关于理想破碎、关于真正意义的别离——就是不会再见的认真写照。

余音用她一贯的细腻、见微的细节，写了一个名字叫"欢颜"却给予她"郁"姓的姑娘，这几个意义完全相悖的字，来昭示她可能不会欢乐的曾经和后来。

这是一个好姑娘，尽管她从出生就不被期待，成长中仅有的时光短暂得像漫天坠落的烟火，甚至全部冀望都落空，而她，莱蒙托夫有一首诗是这样写的：

一只船孤独地航行在海上，它既不寻求幸福，也不逃避幸福，它只是向前航行，底下是沉静碧蓝的大海，而头顶是金色的太阳。

她曾经有冉冬。冉冬之于她，她之于冉冬，是世界上不可言说微妙默契的另一个自己。他们相似的命运，让他们不自觉地靠近。如果没有那一场大火，他们一定会走上完全不一样的道路。

冉冬"失踪""死去"的那些年，欢颜一次次梦见，一次次哭着醒过来。她想起他总是笑，笑着笑着就哭。唯有再遇时，她先望着他哭，然后笑。所以相逢后，她不曾问因由不曾想过去，只想紧紧地抱住这个人，与他抵死亲吻，与他彻底纠缠。

一望可相见，一步如重城。

喜欢是沉默而炽烈，深情注视背后是全然克制。

所有的孤注一掷的固执和慷慨而歌的诗篇从未在岁月里化为不朽长石，几哀而不可闻，最终燃烧成卑微而勇敢的灰烬。只是仍庆幸遇见了你。

从《昨日以前的星光》《时光满春深》到《冉冬，我总会想起你》，余音所描述所期待所表达的感情，从来都是如此，就是这样一件私密而坦诚的事。她笔下的姑娘，仿佛在明白喜欢的含义的同时，学会了沉默和孤执。

"今晚月色真美啊。"（夏目漱石所译"I love you"）

"我死而无憾。"（二叶亭四迷所译"I love you too"）

这么些狡黠和真诚，本应能充沛很多个春天。

只是故事戛然而止于长大，属于欢颜的月碎成星。

如果可以，"当你凝望天上星星，我希望你不要想起我"。

冉冬，

我总会
想起你

Ran Dong, I will always think of you

目录

冉冬，我总会想起你

我总会
想起你

Ran Dong, I will always think of you

目录

第一章
巧遇

Ran Dong, I will always think of you

1.

夏日的午后总是让人昏睡不醒。

郁欢颜翻了个身，迷迷糊糊地听到窗外此起彼伏的蝉鸣。她好像很久没有听到过蝉鸣了。因为太热，她额前的头发全都湿漉漉地粘到了脑门上。她闭着眼抹了一把脖子上的汗，准备继续睡。

只是她感觉到周围越来越热，怎么都没法再入睡了。她睁开眼，发现自己睡在那间熟悉的小木屋里。奇怪，她明明从来没有睡在里面过，感觉却如此真实。

她一转身，看到眼前的一切都在燃烧。她吓了一大跳，空气中的一切在熊熊烈火中都变得不清晰。透过涌动着的热气，她看到一个熟悉的消瘦背影，男生背对着她，正专心致志地在画板上描摹着什么。

她喊了一声："冉冬！"

对方却没有回应。奇怪，他好像感觉不到火的温度也听不到她说话似的，纹丝不动。他的头发像刚理过一样，短短的，像刺猬。

郁欢颜一下子跳了起来，想跑过去拉起冉冬，可火焰已经蹿得太高，她没办法跨过那道"火墙"。

她对着冉冬的背影大喊："冉冬，着火了！快跑啊！"

冉冬放下画笔，不紧不慢地取下画纸。就在这时，旁边的火苗蹿到了画纸上，画纸瞬间燃烧了起来，冉冬却并没有松开手。

汗珠大颗大颗地落下，郁欢颜除了大声哭喊，无能为力。

她眼睁睁看着少年在她面前慢慢燃烧。

从头发，到全身。

冉冬！

郁欢颜从梦中惊醒，猛地从床上坐起来，汗流浃背，眼角全是泪痕。她已经不记得是第几次做这种梦中梦了。

家里没人。

一看已经下午两点了，她赶紧往门外冲，刚换好鞋却想起来，已经放假了。

郁欢颜现在二十四岁，在所住的社区幼儿园当老师。工资很低，工作很累，唯一的慰藉就是有寒暑假。

妈妈说还没入伏，用不着开空调。

她家住在顶楼，只要一打开窗户，热气就横冲直撞往屋子里来，恨不得吞噬了她；可关上窗户，房间里又异常闷热。

闺蜜陈墨说过，蒸包子的时候，笼屉最上面的先熟。她现在就像是笼屉最上面的包子。

她打开电脑，顺手抓起一把扇子，街边常常发的那种，上面印着全市各大医院的广告。她现在也顾不了那么多了，高频率地扇着。

门口响起了钥匙转动的声音，郁欢颜条件反射一般地把随意盘着的腿放好。她的房间是书房改的，除了一张床和一个小衣柜放不下别的任何家具，就连桌子也是钉在墙上的。她要看书或者上网，都得坐到床沿上。

夏安回来了。

她听到他在玄关换鞋的声音，把钥匙扔在茶几上的声音，然后脚步声慢慢逼近她的房间。

夏安几乎没进过郁欢颜的房间，她竟然有点紧张，几秒之内刷新了六次桌面。

忘了说，夏安是她哥哥。

"你的快递。"夏安一出现在她的门口，她第一反应竟然是他变得消瘦了。夏安把快递袋子放在床上，就走了出去。或者说他根本没走进来过，只是把上半身探了进来。

速度快得她都没机会跟他说一句话。中午妈妈在洗碗的时候对夏安大发雷霆，她想问问他还好吗。不是抱着八卦和看笑话的心态，是站在妹妹的角度上。

可他没有给她机会。

她抹了一把汗，然后听到夏安开客厅空调的声音。

她哑然失笑，夏安哪里需要她的关心，夏安无论做什么都会被原谅。

从小夏安就是父母最疼爱的儿子，即使他在学校欺负弱小被老师叫了无数次家长，父母也会毫无理由地偏袒自己儿子，指着被夏安揍得鼻青脸肿的小孩说"我告诉你别想讹我儿子"。

郁欢颜从小就看在眼里，她知道自己哥哥并不是什么好孩子，却也不曾跟任何人提起过他。或者说，她不屑于提起他。

夏安高三一毕业就和同班的某个女生同居了，后来那个女生成了郁欢颜的嫂子。只不过，几个月前他们刚离婚。一波未平一波又起，就在不久前，一个不认识的女人冲到家里，说怀了夏安的孩子，要他负责。

虽然妈妈气得连碗都摔碎了几只，可郁欢颜知道，妈妈是不会真的怪夏安的。她收拾那些碗的碎片的时候就知道。

毕竟妈妈要抱孙子了。

她这才回过神来去看快递。

"这是凌波的录取通知书啊，你给我干吗？"她拿着袋子走到客厅，夏安以一个极其舒展的姿势霸占了整个沙发，目不转睛地盯着电视。

"她又没在。"

"你怎么不放到她房间？"

"你给她不是一样的吗？"夏安白了她一眼，用命令式的口气说，"别弄丢了。"

郁欢颜回到房间，撒气一般地把快递袋扔到床上，过了几秒又拿起来，细细看了好久。袋子上印着A大的校门，跟几年前她收到的并没有什么两样。

小妹夏凌波还在海南享受毕业旅行，她拿起手机拍了张快递袋子的照片，给夏凌波发了条微信。

"哇，这么快！快拆开，让我看看里面！"凌波很快就回了微信。

郁欢颜小心翼翼地打开快递袋，把里面每样东西都摊开摆在床上，又拍了张照片发给凌波。

A大录取通知书的款式和六年前她收到的一模一样，可她却一点也不感慨，拍完照就把里面的东西装了回去。

她记得很清楚，六年前她跟妈妈说开学学费要六千的时候全家正在吃午饭，妈妈愣了一下，随后接了一句："一会儿给我看看学费单。"

"哦。"她把头埋得低低的，用力扒饭，再也没抬起来过。

六年后情景重现，她已经习惯性地不在餐桌上说任何话。

"对了，凌波的录取通知书今天寄来了，我放她那儿了。"夏安朝郁欢颜努了努嘴，对妈妈说。

夏安说凌波的分数只比一本线高了二十几分，是踩着线进的A大，还是被调剂的专业，没什么前途。只是他忘了，他的本科学位证书还是爸爸花两万块钱买的。

但欢郁颜没有拆穿他。

时间没有改变事实，没有改变她的叙述方式。她也不想笑着对别人提起过去十几年发生的故事，那只会让她更伤心难过。只是她早就习惯了沉默。

当一团空气也不错。

2.

"欢颜，这是你以前的日记本？好幼稚啊！"郁欢颜刚从超市回来，就看到那个前几天来家里哭着喊着说要夏安负责的女人正坐在自己房间里。

她在几天前就已经名正言顺地住了进来，爸爸妈妈也默认了，毕竟她肚子里的是他们俩的亲孙子。

她和自己有这么熟吗？

那女人手中翻着的，是一个封皮已经被蹭破了的硬壳笔记本，长指甲还在封皮上抠了几个印记。

一股怒火冲上欢颜的脑子，她上前把那个本子夺过来抱在胸前，说："请你不要乱翻别人东西。"

"欢颜脾气不小嘛。"那个女人倒也不觉得难堪，笑着走了出去。

夏安一定早就告诉了那个女人，她的事情。

"姐，那个女人是谁啊？"凌波在开学前一天赶了回来，一进门就直奔郁欢颜的房间。

"你嫂子。"郁欢颜默默翻了个白眼。

她第一天刚来家里妈妈安排她睡在凌波的房间，可她却直截了当地拒绝了："不，我要跟夏安睡。"

于是妈妈怒火中烧幡然醒悟，与其家里将来被这个恶媳妇统治，还不如对自己的亲生女儿好点。第二天妈妈就带着郁欢颜杀到商场买了两条裙子，这让郁欢颜受宠若惊。当然，妈妈幡然醒悟以后的那段是郁欢颜自己瞎编的。

妈妈何叶霞女士在厨房边切菜边恨恨地说："我这是对我儿子和我孙子好，她算个什么东西！"

凌波吐了吐舌头："门口那双红高跟鞋是她的？丑死了，现在谁还会穿漆皮的？还有哦，这才几天，她怎么好意思搬进来？她还真把自己当咱们家女主人了……"

看夏安的德行，就知道他会招惹什么样的女人了。不过唯一例外的是夏安的前妻，郁欢颜一直觉得，和夏安离婚是她前半生做的最正确的决定。

凌波话音还没落，红色高跟鞋的主人就已经出现在这间小房间的门口了："你就是凌波吧，我叫李涯，常听夏安提起你。"

常年被人冷落的房间突然变得拥挤起来。凌波一边讪讪地跟她握了手，一边转过头来朝郁欢颜挤眉弄眼。

李涯刚走，凌波就小声说："李涯？《潜伏》里特狡猾的那人不也叫李涯？"

郁欢颜笑着拍了凌波一下："小声点，别被人家听见了。"

不知是报复还是真的不舒服，凌波开学那天，全家都收拾好东西准备出发的时候，李涯突然说她肚子疼。

她脸色突然发白，就连嘴唇也失去了血色。她本就瘦小，现在看上去竟然像个纸片人。夏安一下子慌了手脚，就连何叶霞也跟着紧张起来。不巧的是，爸爸恰好有事外出，家里只剩了夏安一个男人。

夏安冲到车库把他的车开出来，何叶霞也跟着钻进夏安的车。用她的话说，她心疼的是她儿子和她孙子。

"姐，我怎么感觉李涯在笑啊？"凌波小声地对郁欢颜说。

郁欢颜朝那边看过去，恰好在后视镜里和李涯对上眼神。她看不清。

"那我怎么办啊？"凌波愣了半天，才朝妈妈吼了一句。

夏安把钥匙从窗口扔给欢颜："你开家里的车送凌波！"

妈妈摇下车窗担忧地看了一眼郁欢颜，欲言又止。郁欢颜知道，她并不是担心自己，她只是担心车或者凌波。

拿到驾照后，郁欢颜从来没上过路。夏安的车从来不给别人开，她不用车，家里的车她也从来不开口要。

"姐，你行吗？"凌波的声音有点颤抖，"要不，我先去买份保险？"

郁欢颜也不太确定，只能硬着头皮说："放心吧。"

让郁欢颜自己都感到惊奇的是，她竟然十分顺利地把车开到了Ａ大门口，除了在侧方位停车时蹭到了人行道的台阶。

"姐，我现在越来越崇拜你了。"凌波从后备厢拿出行李，转头对她说。

她淡淡地笑了笑，凌波是这个家里唯一一让她感觉到欣慰的人。

郁欢颜帮凌波把箱子拉到树荫下，让凌波先去领宿舍钥匙。六年前她一个人拎着大大小小的包到Ａ大时，就没有人提醒她可以先领到宿舍钥匙，放好行李，再来办别的手续，就不用那么狼狈了。

她守在行李箱旁边，抬头看了看头顶的法国梧桐，枝叶比六年前更繁茂了。

"同学你好，研究生报到处在那边。"郁欢颜耳边响起一个男生的声音。她看了对方一眼，却因为对方太高，平视过去只看到他的脖子。那男生跟其他志愿者一样，穿着统一的白色Ｔ恤。

是学生会的。

大概是看郁欢颜穿着略成熟又带着大包小包，才把她当成新入学的研究生的。

"谢谢，我不是新生。我在等人。"

对方做了个抱歉的手势，匆匆离开了。

这时候凌波领了钥匙回来，手里还拿着军训服和几张卡。

"不是让你光领个钥匙，剩下的一会儿再办嘛。"

凌波有点委屈："有两个学长争着帮我去领的。"

郁欢颜哑然失笑，自己一直忽略了凌波的美貌，她确实可以什么都不用做就有人鞍前马后。她又想起几年前自己汗流浃背提着笨重的箱子去体检时医生嫌弃的眼光。

凌波从来都不是她。

她把凌波的大书包背在肩上，手上拉过行李箱，只让凌波拎了两个很轻的袋子。她刚走出两步，突然有人扯住了书包。

她挣扎了两下，才回头——又是个穿白T恤的男生。但她不确定是不是刚才把她当成学生的那个。

男生卸下书包背到自己肩上，又顺手拉过行李箱。

"我来帮你们。"

郁欢颜突然变得两手空空，她从凌波手里拿过那两个轻便的袋子，不料又被男生抢着拿着了。

美女的面子还真是大啊。

凌波有点胆怯地看了欢颜一眼，得到姐姐"没事就让他背着吧"的眼神指令后，说了句："谢……谢谢学长。"

"那么多闲着的志愿者，你们两个女生，也不知道叫个人来帮忙。"

两姐妹都没有吭声，男生以为她俩不在他身后了，回头看了一眼，才发现她俩沉默地走着。

郁欢颜心里突然有种非常奇怪的感觉，这个男生的声音异常熟悉，像是她曾经认识的某人。但是从后脑勺看，某人好像没有这么瘦。在她记忆里，他脑袋圆圆的，总让人想起"毛头小子"这几个字。

他们有多久没见了？她在心里算了算，有七年了吧。

转念她又否决了自己的想法。她连他大学上了哪里都不知道，况且，她都已经毕业整整两年了，难道他还能待在陌生的学校做志愿者吗？

郁欢颜一路胡思乱想，很快就到了凌波的宿舍。

凌波所住的宿舍已经先到了一个女孩。见到他们进来，女孩开朗地跟他们打了招呼。

"怎么这么多灰尘啊？"凌波失声叫了一声。

"是啊，我已经擦了半个小时了，还这么脏。"女孩顺手扔过来一块抹布，"你也擦擦吧，不然连凳子都坐不了了。"

凌波开心地和自己的新室友去盥洗室洗抹布去了，宿舍里只剩下欢颜和那个男生。因为桌子和凳子上都太脏，男生一直背着书包。

"你把包给我吧，辛苦你了，谢谢啊。"她说着就要接过书包。

可男生并没有动。

"你认不出我了吗，夏夏？"

"啊？"她愣了一下。

她这才抬起头仔细看了看男生的脸。

她猛地看过去，还有一丝疑惑，是他吗？几秒过后，她突然感觉全身放松，像有什么东西在身体里舒展开了一样。

不是他。

却在下一秒，密密麻麻的恐慌感朝她袭来。

"你怎么还是这么迟钝啊？"他拍了拍欢颜的头。

郁欢颜下意识地躲了一下，只剩他的手尴尬地停在半空中。他笑了笑，嘴唇嚅动了半天，挤出一句："你过得好吗？"

郁欢颜机械地点了点头。

"你可别骗我。"

她正准备回答"我没有骗你"的时候，凌波和室友说笑着回来了。她俩看到男生还没有走，愣了一下。

郁欢颜赶紧卸下他背着的包，说："谢谢你了。"

男生也回过了神："有什么事尽管来找我。"

郁欢颜不知这句话是对她说的还是对凌波说的。

"姐，你是不是认识刚才那个学长？"

郁欢颜心不在焉地帮凌波铺床单，整理东西，一抬头发现凌波正盯着自己。

"不认识。"

"可我都听到你们说话了。"没想到没骗过这个小机灵鬼，"他让你别骗他。"

眼看着已经没法瞒过去了，郁欢颜只好硬着头皮说："他是我高中同学，不是特别熟的那种。"

"是冉冬吗？"

郁欢颜警觉地问她："我跟你提起过他？"

"没有啊，你经常在做梦的时候喊这个名字，老让他跑，他是干吗的？长跑运动员？"

郁欢颜的眼神突然暗淡下来，回答："不是。"

怎么可能是他？永远不可能是他。

凌波也自知失言，吐了吐舌头就不再说话。

郁欢颜帮凌波打理好，走之前把凌波叫到角落里，拿出一千块钱递给她。凌波不肯要，郁欢颜硬塞进了她的口袋。

"姐！"凌波急了，"妈都给了我不少钱了，你这是干吗呀？"

"你怎么变得磨磨叽叽的？拿着！"

"姐，我知道你工资不高……"

"废什么话！"郁欢颜有点生气了，凌波只好收下。

郁欢颜离开凌波的宿舍楼之前偷偷抹了一把眼泪，她只是想对这个家里唯一和她亲近的妹妹好一点，不想让凌波和她当年一样，没有人硬塞给她多余的零花钱。

3.

太阳已经升到头顶了，郁欢颜埋头疾走，只想快点走到停车场。可她还没走出学校大门，就被人拉住了胳膊。

"光天化日的，这是干什么？"她失声叫了出来。

"夏夏！"

听到声音，她愣了一下，却没有回头。

"这么多年没见，你就没有什么想跟我说的吗？"徐晚风在等她。

郁欢颜说："我还有事要忙。"

"我第一次找你搭话，你连看都没看我一眼；帮你提行李的时候，你也没有认出我来；我刚刚就在你妹妹的宿舍楼外等你，你又假装没有看到我吗？夏夏，你在躲我吗？"

郁欢颜回想了一下，刚才她确实只顾着赶路，没有注意到周围是否有人。

"你是不是这么多年来一直生我的气？你还放不下冉冬？"

"徐晚风！"她没有办法容忍任何人在她面前提起冉冬的名字，"你要我怎么放下？"

"夏夏，我想我们应该好好谈谈。"

"我真的有事。"她甩开徐晚风的胳膊，"还有，我并不喜欢别人叫我夏夏。"

"可是冉冬都……"

"他不一样。"郁欢颜甩给徐晚风这句话，头也不回地走掉了。

这次徐晚风没有再追上来。

她心里不断重复着那个日思夜想却又不曾跟任何人提起过的名字——

冉冬。冉冬。

4.

那年，郁欢颜六岁。她不曾有机会问过父母为什么会起这样一个名字给她，她明明很少笑。

那时候郁欢颜不明白的事还有很多，比如，妈妈从来不准她在外人面前叫她妈妈，只能叫大姨。她从来不问，只乖乖听话，因为她能感觉出，妈妈并不像喜欢哥哥那样喜欢她。哥哥夏安也对她不好，在她印象里，哥哥没有主动跟她说过话。

有一天她在客人面前叫了声"妈"，妈妈和客人同时愣了一秒，她赶紧改口，然后逃回了自己的房间。

客人走了之后，妈妈走进她的房间，扇了她一个耳光，还说了不少难听的话。她努力忍着眼泪，不敢哭出声，等确认妈妈走了什么也听不到了，才把头埋在被子里抽泣。为什么哥哥用石头砸破了别人的头，妈妈一句责备都没有，反而气势汹汹地去学校和老师理论，而她只是说错了一句话，就要挨打？

不对，她并没有说错话啊，叫妈妈也算说错话了吗？

接下来的几天，爸爸妈妈总是凑在一起密谋着什么。郁欢颜隐隐感觉他们聊天的话题跟她有关。

果然，过了两个星期，爸爸和妈妈突然带她买了几身漂亮衣服，然后一本正经地告诉她，她马上要上小学，但现在A市上小学的名额很紧张，他们打算让她先在另外一个城市读书。

"欢颜你放心，你在那边就住在叔叔阿姨家，他们会好好地照顾你的。"

她似懂非懂地点了点头。

于是她就被父母送到了一个叫作虢镇的地方。她不知道那个地方离A市有多远，只记得坐了很久很久的车。当地方言把虢镇读作"鬼镇"，她听着有点害怕。

那里的叔叔阿姨是她爸爸的战友，他们让她叫他们爸爸妈妈。看出她有些为难，阿姨摸了摸她的头，说："叫郁爸郁妈也行。"

爸爸从车上一箱一箱地搬着她的东西，好像把她整个房间都搬来了一样。她突然嗅出几丝诀别的味道。

爸爸妈妈不要她了吗？

从那天起她终于知道，为什么爸爸姓夏而她姓郁。

因为计划生育，爸爸妈妈一生下欢颜，就把她的户口挂在了一直没有孩子的老战友家的户口簿上。

郁爸郁妈告诉她，如果被发现多生了一个小孩，就会罚爸爸妈妈很多很多钱。而她爸妈开的饭馆是小本生意，会因为这个没法生活下去的。

小时候她一厢情愿地以为父母觉得郁这个姓太过沉闷，所以希望她能多点笑颜。她还满脸通红地跟别的小朋友争辩，世界上不跟爸爸一个姓的人多的是。现在想来，真可笑，是她太自作多情。

他们根本不在乎她高不高兴，因为这名字压根就不是他俩起的。郁爸郁妈因为顾及欢颜父母的情面，给她起了小名叫夏夏。

郁妈对欢颜很好，听她叫妈妈时异常高兴，不会像妈妈一样扇她耳光。只是欢颜总是觉得，自己好像并不属于这里。

那时才六月，距离小学开学还有三个月。妈妈之所以急着送走她，就是怕外人告发了他们家。可她在家里已经待了六年，街坊邻居大多都心知肚明，怎么就会因为叫了一句妈而把她送走呢？

大概是她不可爱吧。她从来都不是擅长向长辈索要疼爱的小孩，大多数时间她只是安安静静的，在骂声和冷眼中学着保全自己，然后小心翼翼地长大。自从来到虢镇之后，她好像突然一夜之间长大。郁妈惊讶于她的淡然，要换作别的小孩，一定哭闹不止。

郁妈喜欢出门带着欢颜，在虢镇逛了一个多星期，她已经熟悉了家周围的环境，郁妈也准许她自己在附近玩。

这天，她一个人在离家不远的空地上放风筝。她个子太小，不管怎么跑，风筝都是跟在她屁股后面飞一会儿然后狼狈地跌落。反复了几次之后，她生气地席地而坐。风筝也耷拉着脑袋挨着她，像个犯错的孩子。好不容易感觉到一阵风吹来，欢颜又拽着风筝跑了起来。

不知跑了多久，这次风筝终于飞在空中不再掉落。欢颜刚松了一口气，却发现身后一条狼狗正全速朝自己扑过来。

那条狼狗不大不小，只是看上去凶神恶煞的，对她来说可怕极了。她转身就跑，街上还是有不少人的，可他们没有任何想要帮她的迹象，都只是抱着胳膊笑着。

虢镇的街上是连排的独家小院，许多人家的门都是关着的，欢颜觉得自己快要虚脱的时候，终于看到一扇打开的门。

她也顾不得什么了，一下子冲了进去。那扇铁门并不大，她进去之后，风筝卡在了门外，她被紧紧握在手里的风筝线绊住，一个狗吃屎摔到了地上。因为疼痛，她的眼泪一瞬间就涌了出来，她看了看双手，手掌已经被蹭破了皮，渗出一丝丝血印子。

欢颜一抬头，发现一个跟自己年纪差不多的男孩正面无表情地盯着自己。

"刚才……刚才有一条狼狗追我！"她说完就小心翼翼地回头，门口静悄悄的，哪有什么狼狗。她沮丧极了，因为刚才解释的话就像一句荒谬的谎言。

男孩才不听她说了什么："你不应该先道歉吗？"

欢颜有点生气，被狗追得满街跑的人是她，被绊倒伤痕累累的是她，凭什么道歉的也是她？她没有说话，忍着剧痛站起来，才发现自己脚下踩了一张白纸。

她拿起来一看，是一幅铅笔画。画纸上面是一个女人，画得很好看。欢颜在A市的少年宫见过不少小朋友画的画，可他们画的最多称得上是简笔画，跟眼前这个男孩一比就太小儿科了。

男孩向前一步抢走了他的画，欢颜这才注意到他手里拿着一沓白纸，他把那幅画压在了最底下。

"你怎么还不走？"男孩皱了皱眉头。

欢颜心里想，走就走，我还不愿意多留呢。她刚跨出大门，就又听到男孩的声音。

"又没风还放风筝，白痴。"

听到这句话，欢颜本来是想回去跟他理论一番的。只是她的注意力突然被裤子吸引了去——裤子的膝盖处被蹭破了，她刚才竟然没发觉。

她对着手心吹了吹气，好像疼痛减少了一些。她一圈圈缠好风筝线，拎着断了的风筝带着满身伤痕回家了。

人们常常说缘浅情深，说到底都是命运才是主导。欢颜自认为已经被命运玩弄，所以"情浅"也是理所当然的事。很多年后每当欢颜听到那首名叫《风筝》的歌，就总会想起她和冉冬第一次相遇的情景。她不知道自己和冉冬究竟谁是贪玩的风筝，谁又是担心的小孩，只是最终，风筝断了线，没有回到小孩身边。

5.

郁妈看到欢颜把自己搞得如此狼狈，一边责备一边心疼。当听说欢颜是被狗追得摔成这样，又哭笑不得。

欢颜的双手和腿上都被涂满了紫药水，而且郁妈再也不轻易批准她一个人出去玩了。直到九月份虢镇小学开学，欢颜才终于有机会独自出门。

虢镇地方不大，只有一所小学和一所中学。

欢颜第一天上学，全校就都知道了她是从A市来的城里孩子。她坐在座位上，就能听到从四面八方传来的议论声。有人说她是家里破产了才不得不来这里，也有人说她是私生女，被爸妈抛弃了之后被虢镇的好心人收养……

那时候她还不知道流言的可怕，只是奇怪那些小孩子怎么会这么快就知道她是A市来的呢？

在这个小镇上，只有谣言，是传得最快的。

在教室的角落里，欢颜还看到了那天对自己冷冰冰的、但很会画画的男孩。男孩明显比教室里其他小孩高出一截，他换了件黑色的短袖，理了毛寸，比第一次见到时还要瘦。

男孩很自觉地一个人坐到最后一排，没有同桌。欢颜的同桌告诉她，那男孩叫冉冬，比大家大两岁，可是因为学习差，已经连着两年留级读一年级了。

她正准备说认识冉冬，同桌就接着说："他妈生完他就跑啦，他爸也不愿意管他，别人都说他是他妈和别的男人生的，是杂种！"

欢颜惊讶于同桌居然能用如此刻薄的言语形容冉冬，而且那时候她还不理解什么叫"杂种"。不过她并不完全相信，因为才开学不到一天，她就已经听到无数种关于自己身世的流言了，而且每种都添油加醋。她想，也许在这些小孩眼里，自己跟冉冬并没什么不同吧。

不论是上课做游戏，还是下课打扫卫生，欢颜发现，没有人愿意跟冉冬一起。虽然还是有很多人在背后编造她的故事，但因为她是A市来的，不少人还是会围在她周围问她一些关于少年宫和游乐场的问题。

其实很多事情她也不知道，比如游乐场，她只去过一次。但因为年纪太小，很多设施都不能玩，就只能看妈妈带着哥哥玩，自己乖乖等着，保证不走丢。

开学以来的第一节体育课让欢颜很是期待。成天在教室里读拼音，她都快闷死了。

虢镇小学的操场又破又旧，只有几个篮球架和双杠在风中摇摇欲坠。

全班人提前站好队等着老师过来，欢颜看冉冬离得老远，悄悄地从前排抽身出来，一步步往冉冬身边挪。

等她钻到最后一排，前排的人突然开始起哄了。

原来是班里一个叫陈墨的小姑娘，和班里另一个小男生李星宇要在双杠上比赛"倒挂金钩"。倒挂金钩就是光用两条腿搭在一根杠上，整个人倒着挂在空中。

欢颜一心想跟冉冬说句话，没有在意他们的比赛。

陈墨和李星宇手脚并用地爬上了双杠，李星宇很利索，很快松了手，挂了起来。他微微动了动腿，围观的人看得一阵紧张，他却并没有掉下来。他脸上露出得意的表情，还把双手环抱在胸前。陈墨也不甘示弱，颤颤巍巍地松了手。

欢颜压根没有观看这场气氛诡异的比赛，她靠近冉冬身边，刚伸出手拽了拽冉冬的衣角，冉冬就从人群里冲了出去。

她没防备，差点一个趔趄扑倒在地。

原来是李星宇趁陈墨不注意，抓住了陈墨散落的头发。其实过了很多年欢颜再想起那时的场景，仍然会觉得，人之初，不一定是性本善的。赢了那么一场比赛有什么意义吗？他从小就不知道"善意"是什么吗？

陈墨嘴里哇哇乱叫了几声，被冲过去的冉冬接住了。毕竟冉冬不是大人，没能稳稳接住她，陈墨还是脸着地吃了一嘴土。

"下来！"冉冬对着李星宇低吼。

"老子就不下来！"李星宇翻了个白眼，挑衅着冉冬。

这时候体育老师过来了，李星宇见势赶紧从双杠上翻下来，哭丧着脸跟老师说："老师，冉冬要把我从双杠上拽下来！"

"你别胡说！"这回轮到欢颜看不下去了。欢颜平时说话声音并不大，突然喊了一声出来，引来别人的注目，她还有些不好意思。

李星宇一副"你看老师信我还是信你"的表情，挑衅地看着欢颜。

体育老师早就认识冉冬，他问了问几个围观的同学，可他们都默认了是冉冬想把李星宇从双杠上拽下来。欢颜死死地盯着李星宇，可他压根就没看她。

欢颜原以为人高马大的体育老师会很公正，可他也一口咬定是冉冬恃强凌弱，告诉了班主任。班主任罚冉冬擦一个星期的玻璃。

班主任在责骂冉冬时说他把同学的性命视为草芥，这句话虽然欢颜听不大懂，却在心里异常厌恶班主任。

放学后，欢颜留下来帮冉冬擦玻璃，同时留下来的，还有陈墨。陈墨个子小小的，脸上带着些婴儿肥，笑起来酒窝很深。两个女孩子默契地相视一笑，便开始了她们的友谊。

"你知道为什么老师都不敢骂李星宇吗？"陈墨悄声对欢颜说。

欢颜摇了摇头。

"因为李星宇他爸是开工厂的，可有钱了。"陈墨的语气很夸张，"咱们学校好多东西都是他爸出钱买的。"

欢颜看了看除了教学楼以外光秃秃的学校，就连篮球架都像是用纸糊的，反问："咱学校啥也没有啊，他爸给学校买了什么？"

"反正李星宇和他姐都很坏，他姐就是镇上的女流氓。"

"以后离他们远一点。"欢颜看了看陈墨还肿着的嘴唇说。

从始至终冉冬都没和她们俩说过一句话。她们俩站在哪扇窗户前，冉冬就不过来。他擦好了剩下的窗户，然后自顾自地离开了。

欢颜和陈墨说了很久的话才发现冉冬不见了。她俩抬头一看，黑板上写了几个大字——"离开时锁上教室门"。

从那以后的一个星期，他们三个人每天都一起擦玻璃，冉冬仍然不跟她们两个说话，却也没有拒绝她们帮助自己。欢颜想鼓动冉冬一起加入聊天，却总是得不到回应，空气里充满了尴尬。

直到有一天，陈墨认真地问欢颜："欢颜，你说冉冬是不是不会说话？"

她说完还打了几个自创的"手语"。欢颜扑哧一声笑了出来，怎么可能，她听过他说话啊，虽然是骂她白痴。想起她那天被狗追得满街跑，她突然咧了咧嘴。

"你傻啦？"

陈墨用手在欢颜面前晃了晃，欢颜才回过神来，赶紧停止傻笑。

6.

虽然一起擦了一个星期的玻璃，欢颜跟陈墨是彻底成了好闺蜜，但跟冉冬仍然搭不上话。她有时想，他们明明见过啊，为什么冉冬不愿意跟她说话呢？有时候两个人的眼神对上，冉冬也是快速移开视线。

过了大半个学期，冉冬又和李星宇杠上了。

那天黄昏，欢颜和陈墨一起放学回家。她们俩刚走到校门口，就听见李星宇吹口哨的声音。

李星宇手底下有一群"弟兄"，不过是六七岁的小孩，每人嘴里却都叼了根烟。因为不会抽，时常被烟熏得流鼻涕，看上去可笑极了。李星宇和另外几个人将冉冬半包围着，大声说着什么。其实他们底气并没有多足，冉冬比他们高出半个头，他们不敢靠近，却又忍不住跟着李星宇一起羞辱他。

"冬哥，听说你妈在市里的舞厅里跳舞，什么时候领我们去看看啊？放心，我们肯定买票……"

"冬哥，你到底是不是你爸的亲儿子，你俩长得一点都不像！"

"冬哥，你知道'狗杂种'是啥意思，给我解释一下呗。"

……

冉冬起初只是埋头走着，并不理会他们。

陈墨看着李星宇一群人，气愤地骂："臭流氓！"

冉冬越是不理他们，他们就越猖狂，反而追着冉冬大骂"狗杂种"。

欢颜气得跺脚，恨不得冲过去，扯着李星宇的衣领，狠狠扇他几个耳光。欢颜注意到冉冬的右手慢慢握成拳头，她突然有点害怕。

冉冬突然跑到旁边的花坛里抄起一块砖头，满眼杀气地朝李星宇追过去。

李星宇那一帮小兄弟，一看到冉冬发怒立刻一哄而散，离得远远的。李星宇的腿软了一下，他连着倒退了几步。他强装镇定，立刻怂了，说："哥们，开个玩笑……"

冉冬继续大步流星地朝他走去，李星宇拔腿就跑。欢颜在一边喊了声冉冬的名字，立刻有几个男生不怀好意地笑起来。陈墨说过的话在欢颜脑子里一闪而过，李星宇的爸爸很有钱，如果冉冬砸伤了李星宇，李星宇的爸爸一定会找到学校来。那时候老师会只罚他擦玻璃吗？

眼看着冉冬不肯罢休，欢颜赶紧尖叫着冲过去把冉冬拦腰抱住。

只是她低估了冉冬的力量，冉冬跑了两步，她就被拖着前进了两步。她一松手，摔倒在地上，又滚了两圈。冉冬回过头来，把砖头扔掉，跑过来吼她："你干吗？！"

"你万一把李星宇打死了怎么办？"

"打死也是他活该！"他说完挠了挠头，"我就是吓唬吓唬他……"

这时候陈墨跑了过来，她被刚才的场景吓得大哭。

李星宇看冉冬放下了砖头，又变得生龙活虎。他变得有些忌惮冉冬了，只是在远处喊着："两口子抱在一块啦！冬哥和郁欢颜是两口子！"

"滚！"陈墨用尽力气朝李星宇大吼。

他们三个在寒风中凄凉地坐了一会儿，欢颜看到冉冬的鼻涕流了出来，忍不住笑了一声。冉冬窘迫地站了起来，说："不许笑！"

然后他飞速抹了一把鼻涕，跑了。

7.

虽然这次也摔得不轻，但好在是冬天，衣服穿得很厚，欢颜并没有像上次一样蹭破皮。只是她回到家以后，郁妈的表情有些微妙。

"夏夏，今天怎么回来得这么晚？"

其实也就晚了十几分钟而已。

她说谎了："跟陈墨在学校玩了一会儿……"

郁妈没再说什么，欢颜松了一口气。没想到吃晚饭的时候，郁妈沉不住气了，还是问了出来："我听李维妈妈说，你老跟一个叫冉冬的孩子一起玩？"

"没有。"李维就是李星宇众多"兄弟"中的一个，他算什么好东西，居然还诬陷别人。

"李维妈妈说，那个冉冬比你们都大，还聚众打架，你离他远点。"

"嗯。"她没有再为冉冬辩解什么。

只是从第二天起，全班人都知道了她那天下午的壮举。李星宇和李维又多了一项娱乐项目。他们也总是怪声怪气地学她说话，专门选她在教室的时候大叫一声一个抱住另外一个，演得很投入。

陈墨愤愤不平地想要去找老师，却被欢颜拉住了。

"你忘了，还是你告诉我的，李星宇家里很有钱，老师都向着他。"

每当这时候，李星宇就更起劲了："郁欢颜，你们俩什么时候亲嘴啊？亲了嘴就能生出小杂种了！"

每当李星宇起哄时，冉冬都会站起来，握着拳头盯着李星宇。李星宇虽然蛮横，但毕竟比冉冬小两岁，块头并没有冉冬大，再加上大多数时候并没有老师撑腰，嘴贫几句便乖乖地不再吭声。

大概是不想让李星宇再抓住把柄，又觉得不好意思，欢颜和冉冬都默契地不理对方。实际上班里已经默默地孤立了他们两人，还好欢颜还有陈墨陪着，而冉冬，是彻底没人跟他说话了。

这种状态一直持续了好几年。

8.

郁欢颜常常会看着冉冬的背影瞎想，他好像变得柔和了。他们俩说过的话加起来都不超过十句，她却觉得他们两个很熟悉。

到了六年级，欢颜跟班里同学的关系缓和了不少，大家也不再记得年幼时的玩笑，她也偶尔见过几次冉冬跟其他男生在一起玩，这让她心情不错。

有一天陈墨请假，放学后欢颜在教室写完作业才准备回家，她太专心致志，一抬头才发现教室里只剩她一个人了。阳光洒进教室，照得她浑身暖暖的。她走上讲台，环视着空荡荡的教室，才发现讲台上的视野确实开阔，老师平时总挂在嘴边的"你们在底下干什么我都看得到"也并不是胡说。她走下讲台，在教室里绕了一圈，走到冉冬的位置边。

这几年也换了几个教室，冉冬的位置却从来没换过。她平时几乎没有走到过这片区域，她只要和冉冬同屏出现，就会被别人叫"两口子"。

她坐下来，伸了个懒腰，脚却踢到了点什么东西。她低头一看，什么也没有。可是脚明明碰到了硬硬的东西。

她整个人都钻到冉冬的桌子底下，这才看到，桌子和墙之间的缝隙里，掉了一块厚硬纸板，不近距离看，是看不到的。她从缝隙里取出那块硬纸板才发现，这是一个手工钉的厚本子。本子的封皮是用两块硬纸板做成的，欢颜翻开本子，第一页写着"RD"。冉冬，她辨认了出来，很快她又嘲笑了自己，在冉冬桌子下面发现的东西，怎么可能是别人的。

她翻了翻本子，前几页有铅笔画的痕迹，不过画过的纸张都被冉冬用胶水粘在了一起。再往后翻，就全是白纸了。

没准是他落在教室里的呢？要不要给他送到家里去呢？

还是算了吧。欢颜把本子塞回桌子和墙之间的缝隙里，回到自己座位上，整理好书包，准备离开。就在她要锁上教室门的一瞬间，她又跑到冉冬的座位旁，重新掏出了那个本子。

她是去过冉冬家一次的。只是当时情况紧急，这几年她并不常来冉冬家所在的这条街，也记得不大清了。

欢颜走到这条街，每家的院门看上去都紧闭着，看上去那么相似。走了一段路，有一户人家的院门是开着的。

她站在门口往里看，冉冬就坐在院子里。好像几年前第一次见到他时他就在那个位置，并没有动，只是长大了些。他仍然那么瘦，仍然是短短的毛寸，仍然坐在凳子上，在白纸上画着些什么。欢颜有些分不清过去和现在了。

她敲了敲门，冉冬抬起头来。

他没有说"是你"，也没有说"快进来"，他愣住了，愣住的时间还很长。

"你在画什么啊？"欢颜凑过去想要看他的画。

冉冬却一把揉了手里的纸。

"是你妈妈吗？我记得你画得特别好。"

"不关你的事。"

虢镇的居民都会在院子里盖个小木屋，用来堆放杂物。欢颜转身透过冉冬家小木屋的窗户，居然看到里面有一张床。

"你睡在那里面吗？"

冉冬似乎有些不耐烦了，他站了起来："你有事吗？没事就走吧。"

"这个本子你忘在教室了。"欢颜把在他座位下捡到的本子掏出来。

他一把抢了过去，赶紧翻开看了看。

里面明明什么都没有，他在翻什么啊？翻到一半，他突然抬起头来盯着郁欢颜，她被他看得发毛，悻悻地走了。

第二天，欢颜进了教室，发现书包塞不进去，有东西卡在了抽屉里。她摸了摸，居然摸出了那个熟悉的硬壳本。

她惊喜地回头看了一眼冉冬，冉冬正趴在座位上睡觉。她正准备翻开，陈墨又跑了过来。

"这是什么呀？"陈墨一眼就看到了这个大大的本子。

"我自己做的笔记本。"她赶紧把本子塞进了抽屉。

陈墨想伸手去拿，被她一把摁住："昨晚刚做的，上面什么都没写呢。"

因为总有这样那样的事，一直到第三节课下课，她才有时间翻开冉冬的本子。用胶水粘过的几页被冉冬撕掉了，第一张空白只纸上画了一只楚楚可怜的小狗，小狗正泪眼汪汪地盯着她看，旁边还有一行铅笔写的小字：对不起，今天下午来我家玩好不好。

欢颜对着本子傻笑起来。

接下来的一整天，欢颜都在想要用什么理由让陈墨放学先走。让她丧气的是，想了一天她都没想到。

于是放学时，她没敢看冉冬，催促着陈墨快走。陈墨很奇怪，平时总是不紧不慢的欢颜怎么突然变成急性子了。

要换作平时，她们俩一定在路上边聊天边笑，逛遍沿路的小商店，偶尔买点小零食或者女孩子的发饰。可是今天，欢颜只顾闷头往前走，对沿路的一切都不感兴趣。

"你急着回去有事吗？"

"啊？没、没有啊。"欢颜像是被戳破了秘密一样慌张，说完又赶紧改口，"我妈让我早点回家。"

"你今天真奇怪。"

欢颜有点心虚，没再接陈墨的话。

在和陈墨分手的路口，她装模作样地走了一段路，直到确定陈墨走远了，才拉紧书包背带朝相反的方向跑去。

她赶到冉冬家时，用了起码五分钟才平复呼吸。

"我还以为你不来了呢。"冉冬说。

她和冉冬坐在小木屋里，她环视着这间简陋的小房子，麻雀虽小，五脏俱全，房间里倒什么也不缺。

"你为什么要住在这里面？你家里人呢？"

"我爸在A市打工。"他抓了抓衣角，"家里的房子都租给别人了，我爸让我住在这里面。不过只有春天和秋天住在这里，很热和很冷的时候，就搬回房子里。"

冉冬说完，欢颜突然不知道该说点什么。两个人沉默了好一会儿，她才提起："最近李星宇终于消停点了，他真是个坏人。"

"嗯。"

"你每天都在院子里画些什么啊？"

冉冬迟疑了一会儿，还是告诉了欢颜："我妈。"

他拿了几张画纸出来，上面都是同一个女人。

"你妈真漂亮。"

冉冬嘿嘿笑着，然后小心翼翼地把画纸收好。印象中，这是欢颜第一次见冉冬笑。不对，应该说这是冉冬第一次对她笑。

那天他们说了好多，欢颜连回家都忘了。欢颜回到家天已经黑了，郁妈急得团团转，她推门进来的那一刻，郁妈立刻变了脸。

那是郁妈第一次生气，她被罚不许吃晚饭，还掉了眼泪。有人担心自己，这种感觉还不错。

欢颜一边饿着肚子，一边回想和冉冬说过的话。

"我爸在A市打工。"

"那你妈妈呢？"欢颜问他。其实她从流言中和他们家冷清的院子已经隐隐约约知道，他的妈妈应该没有在这里。

冉冬没说话，嘴唇紧闭。

"没在这里吗？"

冉冬的胸脯一起一伏，粗声喘着气。

欢颜怕他又生气，赶紧说："咱俩啊，差不多惨。我爸妈都不要我了，我跟我爸都不是一个姓。"

冉冬疑惑地看了她一眼，并没有听懂她在说什么。

于是她把自己如何在那个不受待见的家里长大、如何被父母送到这里，断断续续地给冉冬讲了一遍。她讲的时候很平静，像是在说别人的故事。很多年后冉冬终于明白，能将自己一切不幸遭遇平淡道出的欢颜，并不是少年老成，而是不懂。她不懂成年人，不懂冷酷，不懂命运。

人总是这样，不幸的人遇到不幸的人，才能找到平衡。好像找到了同病相怜的人，冉冬心里便有了一丝慰藉。

所以欢颜才能够将自己的痛苦倒出来，当作是给别人的解药。

"他们说的是真的？"冉冬小心翼翼地问欢颜。

欢颜知道，"他们"指的是那些在背后议论过她的同学。

"不全是。"她用一只手撑起下巴，"告诉你一个秘密，你不许跟任何人说！"

"好。"冉冬的表情很严肃，却把欢颜逗笑了。

"我小名叫夏夏，我不喜欢别人这么叫我，但是……你可以叫我的小名。"

"为什么？"

为了让你觉得好受一点。欢颜心里这么想，但并没有说出来。

她不恨自己的父母，只是不喜欢"夏"这个字。说到底，还是在跟父母怄气。

欢颜临走之前把冉冬的本子还给了他，只要他一打开，就会看到那只乞求原谅的小狗旁边画了一个笑脸，后面还跟着一行小字：

我原谅你了。

第二章
婚礼

Ran Dong, I will always think of you

1.

欢颜心事满满地回到家，刚打开门凌波的电话就打了过来。

"怎么，才刚过两个小时就想我了？"

"我估摸着你刚进门，李涯有事没事啊？"

原来是为了八卦啊。

她伸头往家里看了看，家里没人："他们还没回来呢。"

"姐，我觉得那个李涯不像什么好人。"当然，也不看看夏安是什么样的人。

"我也……"她刚准备说她也不喜欢李涯，就看到李涯的身影从厨房里闪出来，吓得她差点把手机掉到地上。

她强装淡定，对着电话说："我也刚到家，小兔崽子什么时候这么关心你姐了。"

李涯看了她一眼，又转身回了厨房。

欢颜在回自己房间的时候，听到李涯和何叶霞在厨房小声说话，李涯已经管何叶霞叫"妈"了。

她刚一进到自己房间，就感觉有些异样。她整天就在这么小的空间里活动，对自己东西的摆放太过熟悉，稍有变化她一眼就能发现。

枕头的一角折了进去。

她抬起枕头来看了看，又打开衣柜——这是她房间唯一能放置东西的密闭空间了。尽管对方按原来的顺序摆好了所有的衣物，可她还是一眼看了出来，有翻动的痕迹。

欢颜也不知道这是否是天赋，从前在虢镇小学的时候，某天课间她上厕所回来以后，对同桌说："你翻我的作业本了吗？"

同桌有些惊讶，问："你怎么知道？"

"因为本子上多了一道指甲印啊。"她指着本子上一个很浅的印记说。

同桌立刻用一种惊恐的眼神看着她，太可怕了。

她走到厨房门口，想了一会儿，还是不知道该叫嫂子还是直接叫李涯，就拽了拽李涯的衣角叫她出来。

"你是不是翻我衣柜了？"她直截了当地问。

李涯不屑地笑了一声，说："没有。"

这时候何叶霞从厨房里探出脑袋："我翻的，怎么了？"

"没什么……"欢颜没想到是妈妈翻的，"你要找什么，找到了吗？"

"看看你小时候的衣服还在不在。"

欢颜一声不响地回了房间。

她关上门，掀开床垫，再揭开床板上的席子，那个旧旧的本子工工整整地放着，没有被动过。她松了一口气。

自从上次李涯从衣柜里翻出那个本子之后，她便转移了阵地。她环视自己的房间，巴掌大点的地方，根本没有秘密可言，别人想找个东西还不容易吗？

她翻开本子，上面的字早已经密密麻麻。她勉强找出一块还算空着的地方，写下了一句话：

"RD，我该怎么办？"

2.

夏安和李涯结婚的事很快提上了日程。

双方父母见面商讨的那天，郁欢颜班里的一个小男孩家长有事不能按时来接，她帮忙照看，一直脱不了身。开始妈妈还打电话催促了她，听她说要迟一会儿才能赶到饭店时，妈妈说："那你别来了，一会儿直接回家吧。"

"老师老师，你将来想干什么？"那个可爱的小男孩问郁欢颜。

郁欢颜想说"老师已经长大了，命运早就安排好了她的小半生，那么剩下的后半生，她也不想再做挣扎了"，但她还是笑了笑说："老师将来呀，想做个风筝。"

"为什么呀？"

"因为风筝可以飞得很高啊。"

"可是风筝飞得高了，也会想回到地上的。"小男孩这么说，郁欢颜的心脏猛烈地疼了一下。

有多久没人提醒过她，风筝最终还是要落地的？

"那老师就做一个待在地上，不飞的风筝。"

小男孩的家人接走他时天已经黑了。郁欢颜一个人慢慢走在回家的路上。她突然很想念虢镇，虽然那里跟A市比差得远，却承载了她所有的幸福时光。

两家人见过面后，李涯便是郁欢颜和夏凌波的准嫂子了。有了名分，再加上是孕妇，李涯就变得蛮横起来，不再像先前那般对郁欢颜。

郁欢颜不知道李涯到底有几个月的身孕了，她每次看李涯的肚子，都是平平的。

可李涯偏偏爱折腾，肚子都还没隆起来，就列了一份长长的购物清单。奶粉、婴儿车、尿不湿……李涯的购物清单是列给何叶霞的，但每次最终都到了郁欢颜手里。

几次购物下来，家里堆满了婴儿用品，郁欢颜的工资卡却只剩两位数了。

每次买回来，李涯还都要看着她列的清单清点个数。郁欢颜心里想，孩子还有好几个月才能出生，买这么多，也不怕过期了。后来转念一想，花的是她的钱，李涯当然不心疼了。

爸爸从前提起过一次，夏安结婚后就搬到婚房里去。婚房也是很多年前就准备好的，跟第一个嫂子结婚时没有用到，不知这次多久才能搬进去。

夏安才离婚几个月，又大张旗鼓地再婚，这点让郁欢颜很鄙视。不过郁欢颜一想到他结婚后会离开现在的家，就可以长时间看不到他，心情便好了起来。筹备订婚宴的这段时间，她很愉快地接受了李涯各种合理和不合理的要求。

这天，郁欢颜给李涯买补品的时候，听到有人叫她的名字。

"欢颜！"

"紫薇姐？"郁欢颜一开始并没有认出来，朝着声音的来源眯着眼看了半天，才看清是夏安的前妻。

说来也巧，她和夏安离婚后一直再没和夏家人碰过面，在夏安再婚的当口，居然让欢颜给遇见了。郁欢颜不好意思的是，她一时间想不起来紫薇的真名究竟是什么。因为她长得跟林心如有几分像，又娇小柔弱，欢颜便一直叫她紫薇姐。

看来离婚并没有让她的生活乱了套，她剪短了头发，烫了精致的卷。只是瘦了许多，整个人看上去更单薄了。

紫薇姐很温柔，一直迁就忍让着夏安，过去郁欢颜一直搞不明白她不离不弃跟着夏安这么多年究竟是为了什么。过去问不出口，现在也不必再问了。

"工作忙吗？"她们两人并肩走了一会儿，还是紫薇姐先打破了尴尬。

"还是老样子，不过我还蛮喜欢跟小孩子在一起玩的。"

"叔叔阿姨身体还好吗？凌波呢？"她把家里的人问了个遍，唯独没有提到夏安。

"家里都挺好的。凌波考上A大了，也不常回来。"

紫薇姐笑了笑："总感觉她还是个小孩子，总要人操心。"

"军训的时候天天打电话哭着说要回家，受不了自己洗衣服，受不了脖子晒黑了，受不了学校的饭菜。现在也不吵着回来了，看样子已经适应了。"

紫薇姐大笑，凌波那副被宠坏的小孩样子完全可以想象得出。

聊完了凌波，两个人又陷入了沉默。想了一会儿，郁欢颜还是决定告诉紫薇姐实话。

"紫薇姐，夏……我哥要结婚了。"

紫薇姐拢了拢头发，垂着眼说："我知道。"

郁欢颜有点意外，紫薇姐继续说："夏家的少爷大婚，整个A市都知道啊。"

听上去像讽刺，不过她说的也是实话。郁欢颜父母从前的小饭馆如今已经发展成了A市本土最大的酒店，只不过除了夏安和紫薇姐结婚那次，郁欢颜从来没去过自家酒店。甚至有不少工作人员只认识夏安和夏凌波，并不知道夏家还有个二女儿。

郁欢颜尴尬地笑了笑。

"他以前是挺不务正业的，酒店的分店快要开业了，我爸准备交给夏安打理。"说完这些，郁欢颜在心里嗤笑自己，她告诉紫薇姐的这一切明明都是断断续续偷听来的，父母和夏安并没有在她面前提起过，可她却描述得好像自己和这个家息息相关，她都有点不认识自己了。

"这些年也苦了你了。"紫薇姐摸了摸郁欢颜的头发,"他也该收心了。"

郁欢颜并不排斥紫薇姐,但也并不了解她,所以她们两个人也没有多少共同话题。她们很快道别,郁欢颜刚走出几步,紫薇姐就叫住了她。

"欢颜,有些话我不知道该不该说。"

"但说无妨。"她突然打起官腔来。

紫薇姐犹豫了一会儿,还是告诉了郁欢颜:"夏安这个人……我总觉得有些不太对劲。"

"我跟他接触得不多所以……"郁欢颜有些为难。

"我知道。叔叔阿姨不是给我们俩买了一栋别墅当婚房嘛,我们当时并没有搬进去。夏安的理由是我们俩都不会做饭,在家里住着方便。"紫薇姐顿了顿,接着说,"可是我一个人去过那栋别墅,里面像是有人住过的样子。"

"啊?"

"是啊,我当时也很惊讶。"紫薇姐点了点头,"我还在他口袋里发现过家政公司的发票。房子里没人住,怎么会需要人打扫呢?我不知道他平时都在外面忙什么。"

"你是说夏安他在外面有人了?"

"我跟你哥在一起有十几年了,这点自信我还是有的。我进去的时候房子里有很明显的烟味,而且绝不是一个人抽烟留下的。"

郁欢颜越来越不明白她在说什么了:"他在外面有……男人?"

紫薇姐被逗笑了:"你想什么呢?我只是不知道,夏安平时都在忙什么。"

夏安没有工作,平时被爸爸安排在酒店里工作,可他却到处乱晃,从不按时上班。

紫薇姐看郁欢颜一副疑惑的样子，拍了拍她的肩膀安慰她："我也是瞎操心，明明跟我都没关系了。你就当我什么都没说过。"

　　3.

　　郁欢颜一回到家就看到父母和夏安夫妇围坐在客厅里。

　　爸爸示意她先别回房间，有话对她说。

　　"欢颜，下周五你哥和你嫂子结婚，你到时候开车到学校接一下凌波。"

　　妈妈瞪了一眼爸爸，说："让夏安去接呗。"

　　"夏安这段时间忙着筹备婚礼已经够累了，就让欢颜去吧。"爸爸转过来对欢颜说，"车钥匙就在茶几底下，你到时候记着拿。"

　　"欢颜没怎么开过车啊。"妈妈还是不放心车。

　　"上次我没在的时候，不就是她开车送凌波的吗？你就放心吧。"爸爸有点生气，"难道结婚当天新郎不去接新娘，还要去大学里先把小妹接来吗？"

　　妈妈没再吭声，这么多年来，郁欢颜能感觉得出，爸爸对她有些许难言的愧疚。但大多时候为了迁就夏安和妈妈，他很少能像今天这样当着一家人的面站在她这边。

　　郁欢颜突然想到凌波不久前跟她抱怨过大学居然还有作业，有点想她，就躺在床上给凌波发了条短信，等了许久都没有收到回复。算起来，凌波已经一个星期没跟她联系过了。

　　她看了看表，十一点多了，可能已经睡了吧。

　　而此时的A大女生宿舍五号楼里，凌波正瑟瑟发抖地蹲在走廊里发短信。宿舍里已经熄灯了，手机又只剩了一点点电，她只能借用楼道里的公共插座充电。

　　"徐学长，今天你说的那本关于经济学的书，我在图书馆没有找到，明天你能帮我找找吗？"

她一动不动地盯着手机，许久都没有等到回复。她赌气锁了屏幕，但又忍不住去看，过了几分钟，手机终于振动了。

"臭丫头，这么久都不联系你姐，玩失踪啊！"原来是姐姐郁欢颜发来的。

凌波空欢喜了一场，并没有心情回复姐姐的短信。她已经忘了自己保持同一个姿势已经过了多久，她感觉到腿有些颤抖的时候，终于收到了想要的回复——好的，明天见。

"嗷……"她猛地站起来，因为腿麻又不小心跌倒在地上。

夏安结婚的前几天李涯回了自己家，家里终于清静了不少。

郁欢颜是越来越担心凌波了，打电话过去不是不接就是随便敷衍两句就挂掉，发短信从来都不回，不知道在忙些什么。

婚礼那天早上，郁欢颜听妈妈的话化了点淡妆，从茶几下面拿了车钥匙，就出发去接凌波了。

有过一次上路经验，第二次就不那么紧张了。在等红灯的时候，并排停在她左边的车是一辆婚车。原来选在今天结婚的人还不少呢。

她突然想象起自己穿婚纱的样子。

那种大摆的婚纱穿着不太方便吧，抹胸的穿着也很难受。韩剧里的女主角穿的都很好看，她们肯定是有专人设计的。她们就连睡醒的妆容都那么精致。要不穿那种短婚纱吧，最近好像也挺流行的。她的腿长得很直，穿短的婚纱应该会很漂亮。手里的捧花也要精致，一小捧就够了。让谁当伴娘呢？陈墨吧，伴娘一个就够了吧？不够的话，就让凌波充个数。凌波毛手毛脚的，也许会搞出点乱子，那就不要凌波了，定陈墨吧。这样一来伴郎就只有一个了。还得走一截红毯，到时候让郁爸挽着交给新郎。

新郎会是谁呢？

她的脑海里浮现出冉冬的脸。她手里拿着捧花，扑哧一声笑了出来，明明还是一张没有褪去稚气的脸，却穿着笔挺的西装。他两鬓还挂着汗珠，像是从哪里跑着来婚礼现场的。结婚这么重要的场合，他还拿着他画画的那沓白纸。他抿着嘴笑着，她也笑了，她想说还是黑色短袖更适合他。

"喂！你傻×啊！还让不让后面的车走了！"一个胖子走过来敲了敲郁欢颜的车窗，她猛地回过神来，才发现信号灯早就已经变成绿灯了，旁边的婚车早就不见了踪影。

她赶紧道歉，挂上挡就准备走，可没有踩稳离合，车子一下子熄了火。她在驾驶座上手忙脚乱的，好不容易重新启动车子，却发现自己急得出了一头汗。

接下来的路上，冉冬的脸不停地出现在她眼前，导致她差点蹭上一辆宝马。

她到A大门口停好车，刚解下安全带，一抬头就看到凌波的身影，她和一个男生说笑着正从校门外往里走。

那个男生不是别人，正是徐晚风。

郁欢颜心里咯噔一下，赶紧拿出手机给凌波打电话。凌波看了看屏幕就直接把手机塞回了包里。

这家伙平时就是这么不接电话的？！

郁欢颜一下子来了气，接着又打了一通。凌波本来准备再塞进包里，只见徐晚风在她耳边说了几句话，她就乖乖地接了电话。

"你在哪儿？"郁欢颜语气里带着愠怒，说话便不客气起来。

"在学校啊。"

"最近都忙什么呢，总联系不上你。你哥今天结婚你知道不？"

"他结婚关我什么事？他第一次结婚我都去过了，这次就不用去了吧。"

果然还是个小孩子，说话不经过大脑思考。

"我开车来接你，你赶紧收拾收拾。爸让我十一点之前把你接到饭店。"

凌波一下子慌了神，她带着担心的眼神看了看徐晚风，对着听筒说："你别来接我，我自己打车过去！"

"少废话啊，我已经快到了。"

凌波突然放下电话环顾四周，一眼就看到了正停在不远处的自家车和坐在车里的郁欢颜。郁欢颜眼看着被戳穿了谎言，但她还是做了个深呼吸，努力表现出平静的样子。对于凌波这样的小姑娘，她还是应付得过来的。

凌波没有急着过来，她固执地跟徐晚风站在一起，眼睛还时不时地瞟过来。徐晚风个子太高，他只能俯着身子跟凌波说话。他不知说了什么，凌波突然激动了起来，两个人争论了一番，然后凌波拉过他的手腕朝郁欢颜走过来。

郁欢颜刚在心里默念千万别让徐晚风上车，凌波就过来打开了后车门，用命令式的语气对徐晚风说："上车！"说完她也跟着钻进了后座。

郁欢颜没说话，她把包从后座上扯过来，扔到了副驾驶座上。

"你怎么上来了？"她看着后视镜里徐晚风的双眼问。

还没等徐晚风开口，凌波先急了："他是我的客人，是我学长。是我叫他上来的，你不能赶他下去。"

"咱们现在是去参加夏安的婚礼，又不是去游乐场玩，不是说加一个人就能加一个人的。"

"怎么不能加啊？不就是加个座位的事儿吗？酒店是咱们家开的，我连个客人都不能带来了？"

郁欢颜没再跟她犟嘴，摆出一副"随你便"的样子。

"学长，你不要介意，我姐她就是这个样子。你知道的嘛，女人每个月总有那么几天脾气暴躁。对了，你把安全带系好，我姐她开车不怎么稳……"

这家伙到底在胡说些什么啊！才上大学几天，胳膊肘就往外拐了？

郁欢颜想一脚刹车下去让他俩撞上前座的椅背，但想了想又作罢，她开车技术确实不好，万一这一刹车捉弄不到别人，自己再从挡风玻璃中飞出去，那就不好了。

一路上郁欢颜始终感觉到徐晚风在盯着她看，但她一直装作若无其事。

4.

夏安的婚礼办得很气派，但最重要的部分郁欢颜都没有去看。

宾客还在陆续来的时候，她先去了新娘化妆室，李涯穿着婚纱，因为怀着孕，就只化了淡淡的新娘妆。

让她不得不赞叹的是，婚纱真是神奇的东西，不论谁穿着，立刻变得光彩照人。

她看着镜子里的李涯说："真漂亮。"

李涯也一改平日跋扈的态度，像个小女生一样反问她："真的吗？真的吗？我眼线没有晕开吗？"

她不喜欢李涯，可她无法拒绝一个幸福的小女人。

她挽着李涯走出化妆室的时候，才知道李涯的父母并没有来婚礼现场。那婚礼的时候，谁把她的手交给夏安呢？

郁欢颜本来想去看一看婚礼，但最终还是退回了化妆室。她看着散落了一桌子的化妆品，突然来了兴趣。她平时很少化妆，但不代表她看到这些东西不心动。

她对着镜子，给自己化了个完整的妆。她的手法也并不纯熟，眼线画得有点歪，远看像只熊猫。

化完妆以后她的心情又突然低落了下来，到底给谁看呢？她回头看了看关着的门，没有动静。冉冬并不会推门进来。她伸了个懒腰，趴在化妆台上睡着了。

5.

不知过了多久，郁欢颜感觉头撕裂一般疼痛，她不记得自己究竟在哪里。

她睁开眼，面前的人把她吓了一跳，仔细一看，是镜子里的自己。她眼角有泪痕，妆也花了一大半。奇怪，怎么又在梦里哭了，可她并不记得自己梦到过冉冬啊。

"我们的欢颜怎么哭了，这样可不漂亮了啊。"

没想到这房间里真的有别人！郁欢颜倒吸了一口冷气，猛地站起来。

她回头，一个穿着西装的年轻男人正饶有兴趣地看着她。他长得白白净净，双手插入口袋，但五官长得十分惹人讨厌。

"你要干什么？"郁欢颜下意识地扫了一眼门口，门紧闭着，不知道有没有反锁。

"来看看老朋友，怎么，不欢迎？"

男人一步步靠近她，她一步步后退，直到他距离她鼻尖只有几厘米的时候，她一下子认出了对方。

"李星宇？！"

他变化很大，跟多年前一点也不一样，难怪她用了这么长时间才认出来。他变得很瘦，瘦得……有些可怕。郁欢颜惊恐地盯着他，突然有种不祥的预感。

"你怎么会在这里？"她努力让自己的声音听起来不颤抖。

"你这妹妹可当得不称职啊，你哥哥一生中最重要的日子，你竟然躲在这里睡觉。"他说的每一个字都让郁欢颜觉得恶心，她一步步往后退。

"别过来！"

"跟我还这么见外？以后，咱们可就是亲戚了。"

"谁跟你是亲戚！我警告你离我远点！再这样我喊人了！"郁欢颜翻了个白眼。

"我可什么都没干啊，你喊人干吗？"他举起双手，做出"投降"的动作。

"这酒店是我家开的，你不许乱来我告诉你！"

"以后，也有我的份啊。"他笑了，"我姐要是生了儿子，你这亲生女儿，就可有可无了嘛。不对，我记错了，本来就可有可无嘛，不然谁会把自己的骨肉送给别人呢？"

他居然是李涯的弟弟！她突然想起很久以前陈墨说过的，李星宇和他姐姐，都是虢镇有名的流氓。她伸手要扇李星宇耳光，却被李星宇一把抓住了手腕。

"你看，一点面子都不给老同学。"李星宇开着玩笑，"我明明什么都没做，你还要动手。我是不是得做点什么，才对得起你啊。"

李星宇慢慢靠近她，手轻轻拂过她的耳朵。她用另一只手打掉了李星宇的手。

"把你的脏手拿开！"

"你不喜欢这样啊？那这样呢？"李星宇继续要无赖，他的手又搭在了郁欢颜的脖子上，动作极其暧昧，他却用了大力气。

郁欢颜的脚被他抵着，一下也动弹不了。

"你还在想着你的小情人？他早就飞到天国去啦！"

欢颜气得发抖，再加上他提到了冉冬——他也配提冉冬？！她看准了，对着李星宇的锁骨咬了下去。

"啊！"李星宇终于被惹怒了，他大叫了一声，但并没有松手，顺势掐住了欢颜的脖子。他怒视着欢颜，眼神变得恐怖极了。

"你以为过去的事，我都忘了吗？"李星宇突然压低了声音问。

她突然很想朝他的脸吐口水。

"我今天一直再没见过她，她是不是生我气了……"这时候有人推开了化妆室的门，紧接着门口传来一声惊叫。

李星宇松开手，郁欢颜扶着墙干呕了几声。凌波和徐晚风冲了进来。

徐晚风用力推了李星宇一把，但李星宇站得很稳，并没有被推动。他扯了扯领带，不屑地说："你是谁，有什么资格动我？"

"姐你没事吧？"

郁欢颜一下子倒在椅子上，惊魂未定。徐晚风和夏凌波这才看到，郁欢颜脖子上有两道被掐过的痕迹，红红的一大片。

她低声问："谁让他进来的？"

"他、他是伴郎啊！"凌波说。

"你认出他了吗？"

徐晚风茫然地摇了摇头。

"算了，没事。"

她打算站起来，却被徐晚风按住了肩膀："什么没事！说！"

"你真没看出来？"她又问了一遍，"不过，李星宇变化确实挺大的。"

"他是李星宇？"

"没错，他就是'鬼镇'的魔鬼。"郁欢颜把散落的头发拢到耳后，有气无力地回答。

凌波在一旁听了半天，却什么也没听明白。她急了："你们俩在说什么呀？什么'鬼镇'？"

"就是你姐待了整整十一年的地方。"

"十一年？"凌波有点不明白，她闭上眼睛算了算，郁欢颜是十七岁那年被爸妈接回家的，至今七年。"你剩下六年是在哪里？"

徐晚风接了凌波的话："其实你不知道，你姐那六年在……"

"我清楚还是你清楚啊？那时候太小，都没有记忆了。"郁欢颜抢在徐晚风说出实话前，拦住了他。

讽刺的是，徐晚风是为数不多知道郁欢颜身世的人之一，与她最亲近的妹妹却不知道。

徐晚风的研究生导师恰好是凌波的任课老师，再加上开学那天徐晚风的出手相助，凌波便时常缠着徐晚风去图书馆上自习。

徐晚风经常向凌波打听郁欢颜的情况，却发现，郁欢颜在家里，恐怕过得并不开心。

"我姐是我爸战友的女儿，他们老两口去世了，我爸才把我姐接到我家来抚养的。"

"啊？"徐晚风有些惊讶。

"你们是老同学，你不知道吗？"凌波看了他一眼，"怪不得我姐说跟你不熟呢，你连这个都不知道。我爸妈让我在家里最好不要跟我姐提她的父母，让我像对亲姐姐一样对她，不然她会伤心的。"

徐晚风苦笑，怎么会有这样的父母？送走了自己的亲生女儿，却费尽心思又领养了一个女儿，对领养的视如己出，却对亲生女儿冷若冰霜。七年前何叶霞和她的丈夫夏海川来虢镇匆匆领走欢颜的时候，他还以为他们是爱她的。他不知道，如果他们没有领养凌波的话，夏凌波这个名字是否就属于欢颜？转念一想，欢颜一生下来便挂在了养父母的户口下，所以大概她从来就没有姓夏的机会。

他突然想起那日午后，她转过头对他说："我不喜欢别人叫我夏夏。"

他当时还在吃冉冬的醋，现在想来，也许是郁欢颜对那个家能做出的，仅有的反抗了。

夏安在婚礼上喝得烂醉，据说站上酒桌大笑，谁都拉不住，最后差点当众脱裤子。

郁欢颜并不奇怪，比起夏安丢的那些脸，脱裤子简直再正常不过了。

郁欢颜洗了把脸，随便找了张桌子，在堆满残羹冷炙的酒席上盛了一碗汤。喝完抬头她才发现徐晚风一直形影不离地跟着她。

"你干吗？"

他有点不好意思："我怕李星宇再找你麻烦，帮你防着点他。"

"他肯定跟着去闹洞房什么的了。"她环顾四周，"凌波呢？"

"凌波被你妈妈叫走了。"

"好吧，你回去吧。我也该回去了。"

郁欢颜站了起来，徐晚风也赶紧跟着站了起来。

徐晚风的头发长长了些，再加上他戴着的金丝边眼镜，看起来像早年间港片里的翩翩少年。

"我送你吧。"

她没有说好也没有拒绝。他们两人沉默地走在人行道上，阳光透过树荫洒在他们脸上，一阵风吹过来，像极了虢镇的风，就连她的思绪也一同被吹回了虢镇。

6.

"欢颜，不对劲！"

放学路上，陈墨突然一下子蹦到欢颜面前挡住她的路，紧紧盯着她的眼睛。

"怎么了？"欢颜心虚，不敢直视陈墨。

"下午冉冬走过来的时候，对你笑了！"

冉冬路过欢颜的座位，朝欢颜扬了扬嘴角。这是他们两个之间独特的打招呼方式，既能一下子明了，又能不轻易被别人发现。

"我都没看到，你怎么就看到了？"

"他看着你笑的，怎么可能看不到！他从来都不笑的！"

"没有就没有！你是不是对冉冬有意思，才老盯着他看的？"

陈墨一下子蔫了："好吧，可能是我看错了……"

两个人沉默地走了一会儿，陈墨终于忍不住又提起了冉冬："不是说冉冬学习不好吗？怎么进了咱们班以后，他都没有再留级了？"

"不知道啊。"欢颜偷偷地笑了，她想，至少跟她有一点点关系吧。

"明天是周六，来我家写作业吧？"陈墨问她。

"恐怕不行……"

"上星期你就说不行了，你在家写和在我家写是一样的嘛，写完咱俩还可以吃我妈做的凉面！"

她不敢告诉陈墨，她和冉冬约好了去他的小木屋里一起写作业。她想叫上陈墨一起，可又怕冉冬不愿意。

"我妈最近管得严，周六我都不怎么出门的。我去求求她，我周日来你家。"

"好吧。"陈墨噘起嘴，"马上要考试了，你打算怎么办啊？"

欢颜没有听懂："什么怎么办？"

"你上虢镇一中吗？还是你爸妈会接你回去？"

虢镇一共只有一所小学、一所中学，可这唯一的中学不叫"虢镇中学"偏偏要叫"虢镇一中"，好像后面还会跟着虢镇二中似的。听上去都有些可笑。

她早就把郁爸郁妈不过是自己养父母的秘密告诉了陈墨，陈墨有些担心她小学毕业后会离开，回A市上初中。可在欢颜看来，她似乎没有别的选择，父母送她来这边的时候，并没有说"我们会来接你的"之类的话。

但她还是摇了摇头说："我不知道。"

她想继续留在虢镇吗？想回自己家吗？欢颜自己也不知道。

这时候冉冬突然从她们两个身边擦过去，带起一阵风。她想叫住冉冬，可又碍于陈墨在，最终还是没叫他。

"你怎么不跟冉冬打招呼？"陈墨用胳膊肘撞了撞欢颜。

"为什么我要跟他打招呼？"欢颜反问她。

"他是从你那边走过去的！"

"你今天怎么一直在提他，那我过去跟他打招呼，然后告诉他，陈墨暗恋你，她说十句话，九句话里都有你……"

"你小声点！"陈墨涨红了脸，追着欢颜要去挠她痒痒。

周六，欢颜告诉郁妈她要到陈墨家写作业，然后一路往冉冬家走过去。赶到冉冬家里时，却发现冉冬家院子大门紧闭。她感觉有些异样，冉冬家租客很多，平时从来不关门的。

她扒着门缝往里看，却只能看到空空的院子，还有冉冬画画时坐的板凳。她贴在门上听了一会儿，听到里面有些许动静，她赶紧敲门。

手指关节敲疼了，她就改用手掌拍门，拍了有一分钟，才有一个年轻女人打开了门。

"我……我找冉冬。"她声音小得只有自己能听见。

女人没理她，把门全打开，没好气地骂了一句："神经病，大白天关什么门！"

她跑到小木屋旁，小木屋的门也紧紧关着，窗帘拉得很严实。他一定在里面。

她又开始敲小木屋的门："冉冬，你生病了吗？我是郁欢颜！"

没人回应。她转头发现刚才给她开门的那女人透过屋子里的窗户朝她翻了个白眼。

她没再敢大声叫冉冬，也不敢敲门了，只好坐在小木屋门外等着。等着等着，她手撑着脑袋，靠着小木屋的门睡着了。

　　冉冬其实一直在房间里。

　　那天放学时他听到陈墨和欢颜在聊天，陈墨问郁欢颜会不会回去上初中，他默默地跟在她们身后，希望听到她说"不会"，可她想了好久，最终说了"不知道"。

　　反正虢镇这破地方，大家最后都是要离开的。家里条件好的，都会让自己家孩子去A市上高中，只有那些无药可救的，才会留在虢镇一中浪费时间。他比同班同学大了两岁，成绩也不好，就算去了A市，也没有学校会要他吧。再说了，爸爸也不会接他过去。可欢颜就不一样了，她本来就是A市人。

　　她要走就让她走吧。反正他关上门，就可以不见她了。

　　不知过了多久，冉冬慢慢把小木屋的门打开一条缝。欢颜还在熟睡中，门一打开，她往后一靠，骨碌骨碌滚进了小木屋里。

　　欢颜睁开眼，发现自己躺在地上，先笑了出来。冉冬仍不理她，生气地坐到床上翻书。

　　她倒不介意，欣喜地跑过去问："你哪儿来的画板？"

　　他用木板和木条给自己钉了个可以立起来的画板。不过并不像外面卖的实用，只要他把画纸夹在上面画画，画板就会倒。他只能画好之后把画夹在上面。本来是想给欢颜看的，没想到她自己发现了。

　　"我今天得写慢一点，我答应了陈墨明天去她家写作业，万一今天都写完了，明天她就不高兴了。"她带着试探的语气问冉冬，"我能叫陈墨来你家玩吗？"

　　冉冬本来不打算跟欢颜说话，但看她一连说了这么多，还是没下狠心冷落她："可以。"

　　"那我明天跟她说一声去，以后咱们三个一起玩！"

　　冉冬仍然满怀心事，他装作漫不经心地问："你初中准备在哪里上啊？"

"除了虢镇一中，我还能去哪儿？"

冉冬突然眼睛一亮，心情大好。他放下手里的书，从桌子上拿起那个硬壳笔记本，拉着郁欢颜坐过来："给你看我新画的画！"

"你肯定偷偷学过画画，不然怎么会画这么好？"冉冬新画的那幅画，是一个小孩正在放风筝。

"没有，我哪儿来的钱学？"

"那你就是天才。"郁欢颜说。

"我都是想象的。"

"瞎说，你画的你妈妈也是想象的？"

冉冬缓缓点了点头，说："我从来没见过她。"

冉冬的妈妈一生下他便离开了虢镇。妈妈给他起名叫冉冬阳，他小时候问邻居的老爷爷，他的名字是什么意思。邻居老爷爷告诉他，他是在冬天清晨出生的，名字的寓意就是冬天冉冉升起的太阳。

"可我觉得我见不到太阳，就自己改名叫冉冬了。"

欢颜拿过那个本子，翻开崭新的一页，在上面写"一定要天天开心"。

7.

虢镇小升初的考试成绩并没有什么用，就算没参加考试，照样能上虢镇一中。

初中班里的人并没有大的变动，除了几个新面孔之外，基本还是小学的原班人马。让郁欢颜很高兴的是，李星宇走了，据说是辍学了。没有了大哥李星宇，班里几个他的跟班也不再兴风作浪了。

开学第一天班主任就亲自任命了班长，是新来的一个男生，头圆圆的，长得很斯文，戴着方方的眼镜。据说他父亲跟班主任是旧相识。

陈墨看着在讲台上自我介绍的班长，悄声对欢颜说："他要是成绩不好，都对不起他的长相！"

欢颜扑哧一声笑出来。讲台上的男生瞥了她一眼，转身在黑板上写下了自己的名字。

"徐晚风？晚风徐徐吹过，这名字好！好听、文雅，有内涵。"班主任在讲台边上虚伪地赞叹着，好像第一次听到这名字似的，忘了他几分钟前还亲昵地叫他"晚风"呢。

徐晚风第一天就记住了班里大多数人的名字，可过去一周多了，他仍然记不住欢颜的名字，每次走过来时都礼貌地说："同学，请让一让，谢谢。"

一两次还没什么，可次数多了，欢颜也有点上火，怎么每次她站哪里，他就偏偏要走哪里呢？

过了几天，下课休息的时候欢颜故意站在教室的过道正中央。陈墨小声提醒："过来了，过来了。"

"同学，请让一让，谢谢。"果然，身后又响起了让人讨厌的声音。

欢颜装作不小心，往后退了一步，重重地踩上了徐晚风的脚面。陈墨已经在一旁笑得直不起腰，欢颜仍然面不改色地说："对不起啊，同学。"

她故意把"同学"两个字咬得特别重。徐晚风用看精神病人的眼神看了一眼欢颜，然后快步走了出去。

"喂喂，欢颜！你报仇了！"欢颜和陈墨笑成一团。

回到座位上，她的抽屉里多了一个本子。

"喂，你们干吗要欺负新同学？"本子上是冉冬写的话。

他们已经默认了这种交流方式，在教室里仍旧不多说话，就在本子上写下想说的话，然后塞到对方抽屉里。这样的方式固然很慢，有时候一天只能写一句话，但他们仍然乐此不疲。大多数时候，是欢颜写字，冉冬画画。

"你怎么还在用这个本子？"陈墨走过来时看到了本子的一角，惊讶地说。

"是啊，小学时候钉得太厚了，到现在都没用完。"她承认她这个谎说得并不漂亮，好在陈墨并没有继续追问或抢过去看。

8.

"哟，同学，脚没事吧？"欢颜一见到徐晚风，就装作大惊小怪的样子。

已经过了大半个学期，徐晚风再也没叫过欢颜"同学"。但这天早上他拄着拐刚进教室，就和欢颜撞了个正着。

徐晚风前一天在放学的路上，想问题想得太认真，一脚踩进了井里。幸好那是一口废井，井盖被人偷了，井口被垃圾堵得很严实，他只是脚踝轻微骨折。

"请让一让，同学。"他翻了个白眼，本来想叫欢颜的名字，却不想，刚有这个念头便红了脸，最终脱口而出的还是那句"同学"。

"徐大班长，你这脚不会是被欢颜踩坏的吧？"站在郁欢颜身边的陈墨也忍不住笑他，"你这反射弧也太长了吧！"

"有什么好笑的！"徐晚风被气得不轻，拄着拐艰难地往自己座位上走，走到冉冬的桌子旁却突然停了下来，"冉冬，我记得这是郁欢颜同学的本子，怎么今天在你手里啊？"

冉冬的本子太特别了，特别到只要有人看到就忍不住拿起来翻一下。陈墨已经注意到过太多次，欢颜都瞒了过去，可没想到这么快就让徐晚风发现了。他的声音并不小，欢颜心里突然咯噔一下，赶紧拉着陈墨出了教室门。

"你怎么就知道她的本子就是我手里的这个呢？"冉冬反问徐晚风。

"她拿着的那个本子一看就是手工做的，不像是外面买到的本子。要不就是你俩同时做了两个一模一样的，要不就是你俩在共用一个本子……"徐晚风还没说完，就发现冉冬正饶有兴趣地看着他，他突然一阵心虚，不再往下说了。

"徐大班长，你关心同学是好事，但是呢，也别太关心了。"

徐晚风被冉冬呛得无话可说，只能狠狠地挪回自己座位上。

当天下午正在上自习，班主任突然闯进了教室，他先是严肃地扫视了一圈，接着便叫了欢颜出去。

欢颜正和陈墨传字条传得不亦乐乎，突然听到自己名字，还愣了一下。

"老师叫你呢！"同桌使劲戳了戳她，她才机械地站起来。

真倒霉，传字条偏偏让班主任看见了。

欢颜走到教室外，班主任却不见跟着出来。她往教室里看，班主任径直走到她座位上，弯腰在她抽屉里翻来翻去。有几本书从抽屉里掉了出来，班主任却并没有在意。

班里人大多抻长了脖子，等着看好戏。她看向了冉冬，眼神里充满了不安。冉冬刚刚把本子递给了她，她还没来得及看。冉冬想要站起来，犹豫了几番又坐下，他用口型对欢颜说"别怕"。

果然，班主任拿着那个硬壳本子走了过来。

"RD，这本子是冉冬的吧，怎么会在你这儿呢？"班主任目不转睛地盯着欢颜，手指不停地敲打着本子封皮。他每敲打一下，欢颜的心就跟着猛烈地跳动一下。

"不是……"欢颜涨红了脸，却不知道该说些什么。不是他想象的那样？可老师什么也没说啊。

"你们才十几岁，正好是青春叛逆期，有这些心思很正常。"班主任漫不经心地翻着本子。

　　虽然上面只是一些日常对话和冉冬画的画，却让欢颜羞红了脸，她只想把本子从老师手里抢过来。

　　"老师我们没有……"

　　"老师也没有说你们怎么样啊，只是你们有这样的倾向，老师要做的呢，就是正确引导。"班主任指着本子说，"如果你们交流的是学习经验，那这个本子就很宝贵。可是你们学习以外的心思太多了。"

　　"老师我以后再也不写了，能……把本子还我吗？"

　　班主任看了她一眼："我以前觉得你非常乖，对你很放心。但是现在看来呢，有可能只是在我面前表现得很听话。你现在还小，要学会表里如一地做人。这本子，老师先帮你收着。"

　　她想辩驳，却不知怎么辩驳，班主任的每一句话都像是对她的羞辱一般。她低着头回到了座位，老师又叫了冉冬。这一前一后，偏偏叫了欢颜和冉冬，班里人八卦的记忆又被唤醒了。早在三四年前，他俩就曾被李星宇一伙人叫过"两口子"。大家都窃窃私语，看样子是成真了。

　　欢颜难过极了，她整个人趴在桌子上，头深深地埋进胳膊里，就连刚才班主任翻她东西时散落一地的书和本子都没捡起来。

　　这时候有人塞了一张字条过来，欢颜没抬头，就把字条扔到了地上。过了一会儿，又有一张新的字条出现，她又扔到地上。

　　反复了几次，陈墨终于按捺不住了。她帮欢颜捡起了书，又摸着欢颜的头发，轻声在她耳边说："不要难过了，发生什么事了？"

　　欢颜本来并没有掉眼泪，可陈墨这么一问，她倒委屈地哭了起来。只是这会儿几十双眼睛都在盯着她，欢颜刚想说下课告诉她，陈墨就中枪。

　　"陈墨，谁让你自习课乱跑的？站到教室后面去！"班主任正在教室外和冉冬说着话，突然探了半个脑袋进来，对陈墨厉声说。

陈墨被吓了一大跳，吐了吐舌头就乖乖地站到了教室后面。

欢颜这才抬起头，班主任还在训冉冬。小学升初中的那个暑假，冉冬的个子一下子蹿了十几厘米，和班主任面对面站着，班主任已经要抬着头看他了。

班主任对待冉冬并不像对待欢颜一般温柔，他了解冉冬的家庭情况，再加上学生们之间流传的风言风语，便一口认定了冉冬会带坏郁欢颜。他厉声呵斥冉冬，不准他再给郁欢颜写任何话。冉冬始终沉默不语，班主任批评了一会儿便也作罢。

9.

"肯定是徐晚风告的密！"欢颜一下课就找到陈墨，她早就擦干了眼泪，只剩下愤怒了。

陈墨若有所思："你怎么知道？"

"他今天早上刚问过冉冬那个本子的事，下午班主任就找我了，哪有这么巧？"

"什么本子？班主任到底找你什么事？"

欢颜这才想起来陈墨对这件事还一无所知。

"他、他诬陷我！"她赶紧跳开本子的事。

"什么啊？"

欢颜又涨红了脸，她不知该怎么开口。班主任找了她之后，她突然发觉，自己对冉冬是有那么一点点好感，或许，还不止一点点。

"他说我和冉冬……两个人……关系太过亲密。"

"老师都爱瞎说，专门捏造'莫须有'的罪名。"陈墨安慰她。接着，又小心翼翼地问她，"你跟冉冬，真的没有什么？"

"怎么连你也不相信我啊？咱们三个总在冉冬家玩，你觉得我俩不正常吗？"

"没有没有，绝对没有。"

欢颜叹了口气："就是嘛，你就该相信我才对。"

欢颜已经忘记了下午的不愉快，可冉冬似乎并没有。已经走出了校门，欢颜喊了他好几声，可他像没听到似的。

欢颜跑了几步追上他，拽住他的书包带子，似笑非笑地问："你怎么了啊？"

她自己都想笑自己。她当然知道发生了什么，她并没有当回事，所以她不希望冉冬也当回事。

冉冬甩开了她，她又追上去。

陈墨看不下去了，上前挡住了冉冬。

"欢颜跟你说话呢！"

冉冬面无表情地说："那你还是帮忙转达一下，我和她，最好还是保持一点距离。"

"你发什么神经？保持什么距离？现在班主任又不在！再说了，他说的话你也当真啊？"欢颜像被人踩到了开关一样，连珠炮似的问冉冬。

冉冬耸了耸肩，继续往前走。

欢颜再问："冉冬，你这人怎么回事啊？"

冉冬依旧不答。

"你给我听着，你今天走到哪儿，我就跟到哪儿！"欢颜窝了一肚子火，终于爆发了。

说完她便紧紧地跟着冉冬，陈墨也一步不敢离开，生怕两个人打起来。

冉冬和郁欢颜两个人倔得像两头牛，冉冬绕着虢镇打转，欢颜寸步不离地跟着。天已经擦黑，陈墨早就精疲力竭，那两个人却还在一前一后地走着，像是不知道累似的。

他们走了没多久，就听到身后"哒哒哒"的声音。欢颜一回头，徐晚风正朝这边赶过来。他已经完全适应了双拐，每一步都像撑杆跳，以一种不可思议的速度朝他们三人逼近。

叛徒！欢颜翻了个白眼。

"徐大班长，你怎么来了？"陈墨觉得场面太尴尬，就先开了口。

徐晚风无话，从书包里掏出那个硬壳本递给欢颜。

欢颜先是一惊，赶紧把本子抢了过来。她翻了几页，才想起徐晚风还在眼巴巴地看着她。

"现在知道错了？晚了！我才不会原谅你这个叛徒！"

徐晚风却根本没听懂欢颜的话："什么错不错、原谅不原谅的，这是我溜进老师办公室给你偷出来的。"

欢颜还要接着说他，冉冬却接过了话："班长对班里同学的事这么上心，为什么班主任今天没有叫你俩出去呢？"

"冉冬！"欢颜听出了冉冬的话外之意，打断了他。

"看来我多余了，我走行了吧，你俩接着聊。"冉冬把"你俩"两个字咬得很重。

"冉冬，你别太过分！"欢颜气得直跺脚。

"嘘，别说话！"陈墨突然扯着欢颜的袖子躲到了他们紧挨着的墙后面，"你俩，愣着干什么，快过来！"

他们几个还没弄清发生了什么，就在陈墨的命令下全部隐藏了起来。他们顺着陈墨手指的方向，看到不远处的人行道上，有几个人正在鬼鬼祟祟地抬着什么东西。

"他们在抬什么？"郁欢颜小声问。

"圆圆的……好像是井盖。"徐晚风扶着眼镜眯着眼，看了好一会儿才回答。说完他看了一眼自己的腿，小声骂了一句。

没想到徐晚风也能骂出这么粗鄙的话，欢颜看了他一眼，想笑。

这一带的路灯很稀疏，每隔五十米才会有一盏，灯光还很昏暗。天黑之后基本没有人经过，偷井盖的贼便因此张狂了起来。欢颜倒是听街坊邻居说起过，最近镇上总有人跌进没盖的井里受伤。

"那个带头的怎么那么熟悉呢……"陈墨若有所思地说。

欢颜也有同样的感觉，她看着那个侧脸，是谁呢……

"李……星宇？"她还没认出来，陈墨便失声说出了那个人的名字。声音不大，却在这样静谧的晚上，足以引起他们的注意。

不远处搬运井盖的几个人影突然停了下来，只剩下风吹着树叶的声音了。

欢颜赶紧捂上她的嘴，拖着她后退到墙后面。

"他们好像听见了……"欢颜用唇语说。

偷井盖的人探头朝这边看了看，时间静止了几秒，随后那几个人快步朝他们四个走来。

冉冬推着他们三个，盯着偷井盖的人的方向，压低了声音说："快走！"

徐晚风哼哧哼哧跟在他们几个身后，冉冬一把夺下他的双拐扔给陈墨和欢颜，背着徐晚风就往回跑。

他们跑了不远，才发现那几个人并没有追上来。

冉冬终于不客气地把徐晚风放下来，徐晚风也没有说谢谢，两个男生闹别扭似的沉默。

"陈大小姐，你刚才声音也太大了吧？"

陈墨的呼吸还没平缓，她随意挥了挥手："我自己都没意识到我脱口而出……"

"谁信啊？话都说出来了，自己还能意识不到？"

徐晚风不说还不要紧，一说陈墨偏偏跟他杠上了。她压低了声音说："那天蒋亮亮上自习课放了个特别响的屁，全班都听到了吧，他自己就没意识到，还认认真真算题呢！"

欢颜都要忍不住笑出声了，可陈墨和徐晚风都一本正经的。

徐晚风也不甘示弱："他就是怕大家笑话，才装的！"

"装的和真的我一眼就能看出来！全班都开始笑了，他都没反应过来。"

"他跟你关系好还是跟我关系好？他后来跟我说过，当时忘了在上自习，把教室当自己家了，就肆无忌惮地放出来了！说明他在放响屁之前，是有意识到他将要放屁了。"徐晚风振振有词。

"你语文都白学了？什么叫脱口而出，就是嘴比脑子快才叫脱口而出。"陈墨说完又补了一句，"蒋亮亮那是'脱肛而出'。"

徐晚风突然咧开嘴笑了："你的嘴和蒋亮亮的屁股一样。"

陈墨突然大叫了一声，一副要撕了徐晚风嘴的架势朝他扑过去，两个人开始抢夺拐杖。

"他俩才比较像一对吧。"一直在旁边看着他俩吵架的冉冬说。

欢喜冤家。这是欢颜才知道的词语，她不知道用在他俩身上是否合适。

"最近井盖总丢，难道就是李星宇那一伙人偷的？"欢颜问。

冉冬点了点头，表示认同。

陈墨一脸疑惑："他们偷井盖干吗？"

欢颜不禁在心里偷笑陈墨的天真。她正准备回答，冉冬说："卖钱呀。"

"井盖还能卖钱？谁会买啊？"陈墨睁大了眼睛问。

"存在即合理。"冉冬说，"你就是傻，别人把你卖了你还帮着乐呵呵数钱呢。"

陈墨冲着冉冬嘿嘿一笑。

徐晚风探出头往伸手不见五指的暗处望了望，喃喃自语："不知道他们走了没……"

冉冬似笑非笑地看了徐晚风一眼，说："怎么，怕了？"

徐晚风用一种非常奇怪的眼神瞪着冉冬，嘴里发出"噗"的声音表示不屑。

"你咋了？"陈墨又迅速转过头去看徐晚风。

"嘴里空气太多了，得吐出点。"徐晚风说这话的时候，对着冉冬的后脑勺恶狠狠地哼了一声。

"……"

欢颜和冉冬对视，无奈地笑了笑。

"你呢，怕吗？"冉冬问欢颜。

显然跟和徐晚风说话不是一个语气，她能明显感觉得到。她的脸唰地红了，幸亏是晚上，而且陈墨和徐晚风现在注意力都不在她身上，不然会显得很可疑。

可她明明能感觉到黑暗中他灼灼的目光。

"不怕。"她摇头。

"那我们现在怎么办啊？回家？"

"报警。"

"报警？"欢颜、陈墨和徐晚风异口同声地问。

"不然呢？他们偷井盖是犯法的！"冉冬说，"你们不知道？"

他们三个都愣住了，瞬间空气中一点声音都没有。

一片寂静中突然传来"嗒嗒"的声音，他们都屏住了呼吸，甚至不敢动。

声音很快消失了。

不是脚步声。

其他三个人都松了口气，可欢颜现在有点怕了。

冉冬四处看了看，确定周围没有人之后，小声说："跟我来。"

说完他拽着欢颜的胳膊往前走，欢颜打了个激灵，腾地直起身。

"怎么了？"

"没、没怎么。"欢颜说。

她还怕冉冬追问下去，恰好冉冬的注意力被徐晚风的拐杖声吸引了去："我说你能不能小点声？"

"你来拄试试看？你要是能不出声走到那边，我叫你大爷！"

"你大爷！"冉冬面无表情，话几乎是从牙缝里蹦出来的。

"你再骂一句试试看——"徐晚风说着就要举起拐杖了。

"你烦不烦？还没完没了了？"冉冬不耐烦地打断了徐晚风，"先去前面小卖部报警，然后把她俩送回家，有意见没？"

徐晚风觉得没面子，但又不能闹脾气不理冉冬，就只能答非所问来抗议："你压低声音，比正常说话声音都大！"

冉冬知道徐晚风这是答应了，就没再说话，领着他们往小卖部走过去。

10.

"先把东西放下！有人叫我名字了。"李星宇警觉地停下手上的动作，看同伴仍然抬着井盖，压低了声音说，"你们都没听见吗？"

他踢了一脚胖子，骂道："死胖子，听得懂人话就放下！现在老子的话都不好使了？"

"谁呀，坏老子好事！"人行道上的几个人终于也停下来，朝声音发出的地方走过去，胖子想追过去。

"你就别去了。"李星宇拦住了他，"虢镇才多大，当老子不知道他们是谁吗？"

胖子说："谁啊？"

"关你屁事！"李星宇习惯性地打了胖子的后脑勺。

胖子不高兴地嘟囔了一声。

李星宇察觉到了胖子的情绪："怎么？还不高兴？下次别把老子带到有路灯的地方！"

第三章
伏笔

Ran Dong, I will always think of you

1.

已经回A市很多年了，郁欢颜却仍然不熟悉这座城市的许多路，比如说现在她和徐晚风走着的这条。只要是有家里酒店分店的地段，她都潜意识地避让。

这条路像是永远也走不完似的，已经不知走了多久，可路两旁的树压根就没变过。

"夏凌波经常找你？"

"李星宇怎么会进到化妆室？"

两个人沉默许久，却突然有了默契，同时都挑起了话题。

"你先说吧。"徐晚风说。

"我没什么可说的，刚才随便问问。"

刚才她嘴里不受控制地，叫出了凌波的全名。

那一瞬间徐晚风也有些诧异，甚至怀疑起这两姐妹的关系来。

小孩子最怕家长喊自己全名，这么一叫准没好事。这场谈话还没开始，她就已经板着脸了。

尽管她从来没喜欢过徐晚风，可万一凌波真的喜欢上了他，怎么想都怪怪的。

她说话的时候并没有看徐晚风，所以也就没有察觉到徐晚风眼底的一丝慌张。

"没有……"

"那就——"话说到一半，她突然觉得自己明显地长舒一口气，会让徐晚风很不舒服。她把剩下的字吞进了肚子里。

凌波的心思她也不是不能理解。在校的大学新生，突然遇到一个长相还算出众、能在自己需要帮助的时候及时出现，就连学习上的问题也能一并解决，看上去无所不能的学长，小姑娘自然迷得神魂颠倒。当然，这只是郁欢颜自己的推理。

暖男？郁欢颜想到这个词的时候，突然哼笑了一声。

"你怎么了？"

等她回过神来，徐晚风像盯着一个精神病人一样盯着她。

她摆了摆手说："没什么，想到点搞笑的事。"

"你的表情明明是想到了可笑的事。"徐晚风是在开玩笑，可她却像被看穿了似的，没再说话，"你还没回答我刚才的问题。"

"这个问题不应该我问吗？"她看了一眼徐晚风，阳光恰好从他头顶洒下来，她不得不眯着眼睛。

一路上徐晚风都一副欲言又止的样子，郁欢颜也早就想到他会问什么，做好了心理准备。可一直到她家门口，徐晚风都没有开口。

没有开口也好，虚惊一场。

回到家，郁欢颜已经累得没人形了，她胡乱洗了把脸，洗完才想起来没卸妆。果然，镜子里的这个女人，眼角还残留着没洗干净的粉底。

她也懒得再洗第二遍了，用毛巾擦了擦脸就进了房间。房间终于没有被人动过的痕迹——李涯今天结婚嘛。

真是个笑话。

这个勉强能称为"家"的地方终于清静了下来。她本该为此开心一番的，眼前却总是浮现李星宇的脸。想着想着，她就睡了过去。

2.

郁欢颜一直睡到天黑才醒来，她身上因为出了太多汗变得黏糊糊的。她捋了一把头发，几乎能甩出水来。

她一点也不想起身，也不开灯，就这么四仰八叉地躺在黑暗里，享受和外面的世界失联的状态。

"……可是徐学长今天是这么跟我说的啊……"郁欢颜突然听到隔壁房间里，凌波说话的声音。

隔壁房间是凌波的卧室。

"……说什么我姐十一年……"

郁欢颜猛地坐起来，整个人都贴到墙上，却什么也听不到了。

咦？郁欢颜贴着墙面来回移动，仍旧没有声音。她突然想到点什么，重新躺成刚才的姿势。果然，凌波的声音又回来了。

凌波一直在追问："妈你是不是有事瞒着我？我姐在那个叫'鬼镇'的地方待了十一年！"

"我跟你说过多少遍了，你怎么还到处听别人造谣？"

"咱这么来算啊，妈。我姐今年二十四，她来咱家的时候是十七岁，这七年我跟她在一起，她十一年待着那个镇上，那剩下的六年呢？"

凌波不知道郁欢颜的经历，或者讲糟糕一点，她这明明叫遭遇。

"她过去所有时间都在他们家！"妈妈不耐烦地回答。

"可徐学长跟我姐是同班同学啊！他怎么可能骗我呢？"

妈妈的声音并没有提高，郁欢颜却听得一清二楚："你姐她父母跟我和你爸关系很好的，所以我们才会接着抚养他们的女儿。对我们来说，你姐就像我们亲生的一样。"

就像？就像？

"一点也不像。我说你们都已经把我姐姐接回来了，怎么就不能对我姐好点？"

"你姐都多大了？需要你这么天天想着她？你整天都操的什么心啊？"妈妈说着说着，突然话锋一转，"你老提的那徐学长，我倒要看看是个什么货色。"

"人家是学术型的男生，你懂什么！"果然姜还是老的辣，妈妈一提徐晚风，凌波就忘了刚才的事，耍起小孩子脾气来，"我对他又没什么心思。"

"谁知道他接近你有没有别的心思！"

"妈！"凌波提高了嗓门，妈妈立刻示意她小点声。

"现在男人很坏的，你还小你不懂，但是妈妈经历了多少事啊，人怎么样一眼就能看出来。"

凌波好像不以为然："你懂什么呀，说得好像你谈过很多次恋爱一样。"

"你跟你妈怎么说话呢？"爸爸的声音很温柔，他走进隔壁房间，加入谈话，"你妈说的都有道理。"

爸爸的声音很温柔，只是没对郁欢颜这样过。

"不要轻信你那个什么，所谓学长的男生……"

郁欢颜在床上滚了一圈，头和脚对调了位置，听不到了。她以为不听，爸爸那些话就相当于没说。

郁欢颜突然蹿上来一股无名火，猛地踹了一脚枕头。只是这一脚用力过猛，大脚指头撞在了床头上。她的泪花一瞬间迸发了出来，张大了嘴，却疼得喊不出声。

郁欢颜正抱着脚翻来滚去，她的房间门被推开一条缝。

"姐，你睡了吗？"

是凌波。客厅的灯光也跟着挤了进来。

"姐，我开灯了啊。"

两个问题，郁欢颜一个也没回答，凌波还是自顾自地进来打开了灯，甩掉拖鞋一步飞上了郁欢颜的床。

"这么热，你咋不开空调？"

凌波伸长了脚，把空调遥控器夹了过来。刚夹到一半，遥控器突然脱落，不偏不倚砸到郁欢颜的胸前。

郁欢颜正想说，胸虽然不大但也不用砸肿吧，凌波就哇哇乱叫了："啊，我抽筋了！"

郁欢颜赶紧坐起来帮凌波把大脚趾往外扳。

"你干吗？疼！"

"这是常识！"郁欢颜低声吼了一句，"还疼吗？"

凌波神奇地看着自己的脚："还真的不疼了！可是有点麻……"

"把门先关上，找我有事吗？"

"姐我今晚跟你睡好不好？"凌波关了门，立刻像小狗一样，哼哼唧唧地凑过来，抱着她的胳膊不撒手。

"我这里太热了。"

"开空调不就行了？"

郁欢颜指了指床正对着的空调："睡觉吹空调会生病的。"

"那我也要跟你睡。"凌波要赖一般地霸占了她的床，"你赶不走我的。"

妹妹就像脚底的口香糖，甩都甩不掉，可她还是乐于凌波这么缠着她的。她无奈地点点头，算是同意了。

其实，郁欢颜心里特别清楚凌波为什么非要跟她挤着睡。

果不其然，刚关了灯，凌波就转向她，问："姐，今天婚礼上那个男的，到底是谁？"

"一个浑蛋。"她不想瞒着凌波，便脱口而出了。

李星宇？郁欢颜努力在脑海里搜索词语想要描述李星宇这个人，除了浑蛋，好像没别的词了。不对，职业浑蛋。

他们相识很早，可以说从幼年起，李星宇就已经是个浑蛋了。"人之初，性本善"简直来得没有道理，李星宇明明从六岁时就很坏了。

凌波当然不会善罢甘休："可他是伴郎啊！"

"是啊，你那可爱的嫂子的弟弟。"

"谁？李涯？她比紫薇姐可差远了，我一直都怀疑，她肚子里的孩子是不是哥的！"

"这话不敢乱说，被爸妈听见了会抽你的。"

"我才不怕呢。"凌波翻了个身，"她弟那个鬼样子，李涯肯定也好不到哪儿去。"

"她现在毕竟是咱俩的嫂子……"

凌波突然坐了起来，借着月光看着郁欢颜："姐，你怎么畏畏缩缩的？你觉得那个李涯是好人哦？"

她怎么会不知道李星宇是个什么货色？今天在化妆室，她便是被那浑蛋掐住脖子！

"他们结婚后应该不会经常回来了，跟李涯他们家人应该也没什么机会见面了。"

凌波突然换了一种语气："姐，你以前跟那个男的，是不是在一起过？"

她怎么会有这种想法？！

"怎么可能？"

凌波的眼神却更诡异了："你越是抗拒，就说明越可疑哦。"

"那我就来告诉你，什么叫这世界上唯一可能的事就是不可能：他小学时候欺负我最好的朋友，害她从双杠上摔了下来；初中时候偷井盖卖钱，被人发现之后他们家的秘密也被揭开了……"她想平静地向凌波讲述这一切，却还是忍不住地气愤。

"对不起啊姐……可我还是觉得这事应该告诉爸妈，谁知道以后会发生什么事呢？"凌波说，"我推开化妆室门的时候真的要吓死了。"

郁欢颜突然变得警惕，却努力不表现出来，她不动声色地问："你还没告诉他们吧？"

"没有。我这不征求你的同意来了吗？"

"别跟爸妈说，免得他们担心。我以后自己注意。"郁欢颜说这话的时候，几乎是以自嘲的口气说的。爸妈怎么会担心她？

整整一天，她都没有时间和胆量回忆那几分钟发生的事情。郁欢颜不敢想象，如果徐晚风和凌波没闯进来，会发生什么事情。她逼着自己不去回想。

而此时，恐惧却突然间密密麻麻布满她全身。本来因为太过闷热而出的汗，一下子变得冰凉。

凌波靠近她，问："姐，咱们告诉爸妈吧。要不……报警？"

"啊？"她一愣。

尽管她有意避开了关于李星宇的故事的最重要的部分，可那段回忆却还是完完整整地回到她脑海里来了。

3.

他们四个赶到了方圆几百米灯光最明亮的小卖部门口。

"报警电话是多少啊？"徐晚风问。

陈墨翻了个白眼："这你都要问？110啊！"

徐晚风在努力回想着什么："我怎么记得咱们镇上公安局的报警电话是一个普通号码？"

"多少？"

"我只记得在哪里看到过……"

欢颜一抬头，一眼就看到小卖部墙上贴着的"有困难找民警"的海报，底下是本区域的报警电话。她咧开嘴笑了："看，是不是这个？"

陈墨冲在小卖部最里面正在扒饭的老板喊："老板，我们打电话报个警！"

"陈墨，你小点声！"欢颜紧张地提醒她。

老板是个身材已经走样到无可救药的中年男人，他听见陈墨的话后，穿着背心踉踉跄跄地跑出来，嘴角还挂着饭粒。

"干什么，干什么？"

"我们……打电话啊。"看老板太气势汹汹，陈墨的声音比刚才小了一半。

"我这儿可不能打110！我可不惹警察那档子事！"老板用手摁住电话的听筒。

他们几个面面相觑。

冉冬说："老板，我们刚看到有人偷井盖。"

"偷井盖关你们什么事？"老板开始唠叨了，"这么晚了不回家去，等着抓偷井盖的？轮得着你们来管？你们是谁？太平洋警察？你们报警坏了人家的好事，小心人家报复你们！"

说完见他们四个都不吭声，老板露出了得意的神色，满脸就一句话"就凭你们几个小屁孩能怎么样"。

他那么趾高气扬，可他心里还是怕。他和大多数活得庸庸碌碌的人一样，连自私自利也引以为傲。

欢颜当年厌恶极了那老板的嘴脸，多年后却觉得情有可原。谁都是为自己活着，不是吗？

可她自己呢？她甚至都没时间细想，是否该为自己活，突然就十几年过去了。

老板继续守着电话，他们四个也没有要走的意思。就这么僵持了大概一分钟，欢颜歪头看了冉冬一眼，只见他盯着墙上的报警电话。

她想悄悄问冉冬该怎么办，又怕被小卖部老板笑话，嘴动了动却没发出声音。

又过了漫长的一分钟，徐晚风终于打破了沉默："我回去用我家电话打吧。"

冉冬看了他一眼。

冉冬的小木屋里自然是没有电话的，欢颜和陈墨的家人又不许她们跟冉冬一起玩，再加上这么晚回去，已经少不了一顿数落了，用自家电话报警，简直是雪上加霜。

他们每个人在心里权衡了一番，最终都点了点头。

"你记下报警电话了吗？"冉冬问徐晚风。这是冉冬今晚第一次用正常语气跟徐晚风说话，徐晚风大概是被他冷嘲热讽了太多次，这么突然一柔和，竟然有点喜出望外。

徐晚风殷勤地点着头回答："记下了记下了，我们先把她俩送回家吧。"

郁爸郁妈果然早就急得团团转了。听说郁爸已经出去找了两三趟，看到她的一瞬间，郁妈几乎是哀号着扑过来，双手紧紧抓着她的手，看她身上有没有异样的地方。她进门的时候郁爸是站着的，眼神里充满了焦虑，在看到她的一瞬间，他终于重重地坐到了椅子上。

在那个手机还没有普及的年代，在巴掌大小的一块地方找人都如此困难。郁爸郁妈为她担心了好几个小时，而她却一秒钟都没想起过他们。她只是在进家门的前一刻害怕受到责骂。

她真希望他们狠狠地骂她一顿。

郁妈转身进了厨房热饭，郁爸指了指椅子让欢颜坐下。

"下不为例。"郁爸只说了四个字，然后喝了一大口茶。

没有责备，可她的头几乎抬不起来，眼泪布满了眼眶。

那晚欢颜在床上翻来覆去睡不着，一面为自己今天回来太晚懊悔，一面又在为徐晚风是否打电话报了警操心。

第二天一大早，欢颜刚一进教室就被冉冬拉到角落里。

"如果今天有什么事，你和陈墨就一口咬定，什么都不知道，知道了吗？"

"你……在说什么啊？"

"昨天晚上徐晚风报警了，万一警察来问，你们就说什么都不知道。"

"可我明明看到了呀，你不让我说，那你打算怎么办？"欢颜问冉冬。

冉冬自己也没想好，他沉默了一会儿，说："我就说是我看到的，我报的警。"

欢颜急了："跟警察说谎也是要坐牢的。"

冉冬突然瞪大了眼睛："真的？"

其实郁欢颜自己也不知道，但她还是笃定地点了点头。她不想让冉冬独自承担这一切。

尽管这世界上很多事最终都事与愿违，可大多数人还是愿意从一开始就相信，结局会是好的。欢颜也曾这么想过。

前路未卜，一起走，就没那么害怕了。

一天、两天，甚至一个星期都过去了，一切还是风平浪静的。

有一天上体育课，徐晚风的脚还没好，只能在操场边坐着看其他人活动。冉冬跑过去问他："我说徐晚风你到底报警了没？"

"报了呀！"徐晚风觉得冉冬不相信他，立刻不高兴了。

"那李星宇怎么还好好的？"

"你要问问警察去，你问我干吗？反正我报了。"

也许警察很忙，也许偷井盖这事其实不算犯法……他们不得而知。

从那天过后，陈墨和欢颜的家人对她们更严格了，比如在放学半个小时之内必须到家。

这个对策大概是郁妈和陈墨的妈妈商量过的，陈墨不高兴地嘟囔："那要是打扫卫生呢？"

"打扫卫生那么多人，难道要你一个人打扫？"陈墨妈妈的声音比她高了八度反问。

"半个小时怎么可能打扫完嘛。两个人扫地，两个人拖地，三个人擦窗户，都有分工的好不好？"

陈妈妈才不管那些："那你就加快速度，哪儿有那么多废话！"

"别人都不走，我走了算怎么回事啊？"

不满归不满，可陈墨还是每天乖乖按时回家。

她俩默契地跟家里人一口咬定，那天回家晚跟冉冬一点关系都没有。

欢颜和陈墨一样，连放学后仅有的一点自由时间都被剥夺了。她已经够郁闷的了，可冉冬居然很赞同郁爸郁妈的做法。

"你爸妈这么做是对的。"看欢颜好几天都闷闷不乐，下课后冉冬坐在她前面的桌子上。

哼，亏她还以为他是站在自己这边的。她连看都没看冉冬一眼，笔尖一直没停，在整理上课的笔记。

她写得飞快，却根本没有过脑子，自己也不知道自己写了些什么。她知道冉冬一直盯着她，就是不肯抬头。

　　冉冬知道她生气了，无奈地笑了笑，一把抓住她的手腕。她想甩开，可力气又没有冉冬大。僵持了四五秒，她几乎要笑出来了，可一笑不就输了吗？她不能输，那样就太丢人了。

　　右手不能动了，欢颜用左手翻书，努力让自己的注意力集中在课本上，冉冬又伸出手按住她的左手腕。

　　欢颜真切地感觉他皮肤的温度，覆盖了她的皮肤。她只希望冉冬没有感觉到她那快得几乎要震动的脉搏。他手指发烫，她的脸也一样。

　　他俩就这么动作暧昧地又定格了几秒，陈墨过来了。

　　"你俩干吗呢？卿卿我我的。"

　　冉冬还没松开，欢颜赶紧甩开了他的手。她的手腕通红，只有冉冬握过的地方是发白的手印。

　　"你脸怎么这么红啊？"陈墨凑近了欢颜的脸问。

　　糟了，这么明显吗？她不敢看陈墨也不敢看冉冬。冉冬倒是很大方地笑了笑，站起来走了，走之前甚至轻轻拍了拍她的头。

　　他什么时候变得这么肆无忌惮了？大多数时候，他在学校不都装作不认识自己吗？

　　这下欢颜连天灵盖都是发烫的了。

4.

　　只不过短短的几分钟，欢颜却消化了整整一个星期。

　　无论是睁开眼还是闭着眼，是上课还是走在路上，甚至翻开书看到一堆不知所云的笔记，冉冬的脸都会自己跳出来。他手掌的温度，好几天才慢慢褪去。

就在冉冬把她的大脑占据得满满当当时，就在她把那天晚上的遭遇几乎要忘干净的时候，学校里却突然传出了李星宇家出事的消息。

课间学校里几乎所有人都在讨论李星宇。

"他会不会被判刑啊……"

"上梁不正下梁歪，原来真的是这样……"

……

欢颜想知道究竟发生了什么，她在闹哄哄的教室里环视，冉冬和徐晚风都没在。

她拉了陈墨过来，陈墨也只听了个断断续续的版本，说李星宇的爸爸被警察带走了。

"他爸爸？"欢颜有些摸不着头脑，"那天偷井盖的不是李星宇吗？怎么把他爸爸带走了？"

"是他爸那天晚上也在？还是徐晚风报警的时候说错了？"陈墨说。难道是那晚路灯太昏暗，李星宇的爸爸也在场，而他们恰好没看到？

"欢颜，我怎么有点害怕啊……"

"怕什么？"

"我怕李星宇会来报复我们。"陈墨突然压低了声音。

"他爸都被抓走了，他肯定也被抓了。"欢颜安慰陈墨，尽管她心里也在打鼓。

"可李星宇是未成年人，会不会赔点钱就直接放出来了？他家不是挺有钱的吗？"

欢颜也有点慌了。

陈墨坐立不安，气急败坏地说这种时候徐晚风和冉冬居然还有心思出去玩。

正说着，上课铃响了。欢颜焦急地回头，冉冬和徐晚风踩着铃声从教室后门溜了进来。老师也同时走上讲台，欢颜又看了冉冬几眼，他却只顾埋头找书。

那大概是欢颜经历过的最漫长的一节课。

她一心想知道李星宇家究竟出了什么事，只看着老师的嘴一张一合，声音却一点也没进耳朵里去。可每次看手表，分针都只懒洋洋地挪动了一格。

刚一下课，欢颜和陈墨都不约而同地跑到冉冬桌前。

冉冬面无表情，嘴唇几乎没动地说："出去说。"

她们俩乖乖地跟在冉冬身后。

到了走廊，冉冬才停下："刚那么多人，你俩就那么大声地把报警的事往自己身上揽，万一被多心的人听到了，再添油加醋怎么办？你俩就不怕跟李星宇关系好的那几个听到了然后去通风报信？"

"他们父子俩不都被抓走了吗？他们通风报信给谁啊？"陈墨问。

"你不知道李星宇还有个姐吗？"

"一个人是混混，全家人都是混混。"徐晚风在教室里看到了他们，也跑了出来。他的腿已经不需要拐杖，但走路还是小心翼翼的。

欢颜看着冉冬，一脸焦急地问："冉冬，到底是怎么回事啊？"

"我听到的和你听到的，其实差不多。就是大家都在传的，李星宇他爸被警察抓了。"

冉冬都说完了，欢颜还痴痴地看着他，希望能从他嘴里多得到点信息。

"没了？"陈墨的感觉和欢颜一样。

"是啊，怎么了？"

欢颜愣了一会儿，冉冬并不是无所不知，可为什么她总觉得他应该知道一切，他应该知道怎么去应对，他应该让她安下心来。

"对了。"冉冬突然转向徐晚风，"你那天报警到底怎么说的？"

徐晚风想了想，回答："我就说我看到有人偷井盖了，其中有李星宇。"

"还有呢？"

"他问我是谁，我说我是虢镇一中的学生。"

"然后呢？"三个人目不转睛地盯着他。

"他让我详细描述了一下那天晚上的情况，然后说让我第二天去一趟公安局，当面录口供。"

冉冬的眉头越皱越紧："这么大的事你为什么没告诉我们呢？我们还以为警察不管呢！"

"后来被我爸听到了，他就过来把电话按掉了，骂我没事找事。"

"你起码知会我们一声吧！"陈墨不满地嚷嚷。

徐晚风怕爸爸责骂，又怕被他们几个瞧不起，只能在冉冬问他的时候撒谎说报过警了。

陈墨一副恨铁不成钢的样子，啧啧哑着嘴。

"我就猜到你们会是这个反应，才不敢说的。"徐晚风没好气地把陈墨准备接下来说的话顶了回去。

"哎呀，好了好了，我们这不没怪你嘛。"

"你这不是置我于不仁不义嘛，欢颜！"陈墨说。

冉冬自然地把欢颜拉到身边，陈墨瞥了一眼，不自然地咽了咽口水。

冉冬说："算了，也不用计较了。反正李星宇他们家都被抓进去了。"

"我……回家跟我爸打听一下，没准能打听出来点什么。"

欢颜这才想起来，徐晚风的爸爸和班主任相识，没准真的能套点有价值的内部消息。

徐晚风第二次终于不负众望，拿到了重要情报。下午上课前，他整个人都神采奕奕的。

"我立功了！我立功了！是不是该先奖朵小红花？"

"废话怎么那么多？"陈墨已经按捺不住了，"赶紧说，说了才能将功抵过！"

"李星宇他们家真是家大业大啊……"

他们四个脑袋凑在一起，听徐晚风讲完了整个故事。

事情还要从徐晚风报完警说起。

虢镇井盖失窃严重并且恰好得知有人提供线索——那个举报者就是徐晚风，当晚警察就全镇搜查，可李星宇也不是傻子，被人发现一次后，才不会在短时间内冒险。

直到最近，李星宇终于和他的伙计们"复出"，刚把井盖往李星宇家运的时候，被警察抓了个正着。

"他不是卖井盖吗？干吗又运回家去？也真不嫌麻烦。"陈墨说。

徐晚风摇头："那个不是重点，重点是，警察去他们家，终于发现李星宇家是做什么的了。"

"他家不是做生意的吗？"

"是做生意的，却是做违法生意的。"知道得越多，就越扬扬得意，徐晚风现在就是这副德行。

欢颜看了一眼陈墨，她眼里几乎要喷出火了，欢颜有预感她下一秒就要冲上去撕烂徐晚风的嘴。

徐晚风似乎也察觉到了陈墨的怒火，赶紧回归正题。

而一个多月过后，据说是两个年轻警察下班后在路上，正好碰见了重新出来作案的李星宇和他的伙计们。

A市公安局的领导就来虢镇调查工作，这起案件引起了上级的重视，可没想到，他们在李星宇家有了更重大的发现。

镇上人人都知道李星宇家有钱，即使大家猜测出几分，也许李家干的并不是什么正经勾当，却也因为他们一家人太霸道而不愿接近。欢颜至今也没有见过李星宇那大名鼎鼎的姐姐，不过，全家人都是无耻之徒也的确为稀奇之事。

终于在那晚，李星宇家的秘密统统被揭开了。

虢镇几乎家家都是独门独院，大多数人家都盖了外形相似的二层小楼，自家人住一楼，二楼留给租客，这些租客大多数都是从各个小地方赶来虢镇一中上学的学生。可警察一进门就发现了李星宇家的蹊跷。

李星宇家的楼房一看就很气派，外表看上去就财大气粗的。一楼没有门，楼梯在背对着大门的地方。奇怪的是，二楼灯火通明，一楼却没有住人。

他们拐到后面才发现，李星宇家一楼几乎是一个小型的厂房，里面修车、洗车、电焊和喷漆的工具一应俱全，在门口挂个灯箱，都能营业了。

厂房，不，是车库里，停了大大小小四辆车，还有倒在一起的几辆摩托车。

"李星宇家是偷车的？"他们正听着，冉冬突然问。

"沾上点边了，但不完全正确。"

"销赃的？"

徐晚风点了点头。

"冉冬你好厉害啊，你怎么知道他们是销赃的？"欢颜用崇拜的语气说。她听了这么久，都还没搞清楚呢。

"一听就听出来了啊，是你太笨。"说完冉冬想弹一下欢颜的脑门，手刚准备伸出去才意识到，面前还有另外两人，只能收了手。

徐晚风接着往下讲。

警察立刻察觉出了不对劲，要求打开车库的灯。那个时候李星宇突然怂了，双膝一软跪在地上，朝警察大喊"饶命"。

听到这里，陈墨不屑地嗤笑了一声。

戏剧化的是，李星宇家人丝毫没有发现李星宇被警察在自家院子里逮了个正着，李星宇父亲一听见儿子在喊饶命，立刻冲了出来——手里还握着一把手枪。

可李星宇的父亲李凡还是像亡命徒一般用枪口对准警察扣动了扳机——然而没子弹。

警察当即以毁坏公共财物和非法持有枪支逮捕了李星宇和李凡。

"那就是说，这次李星宇被抓的事，不是咱们报警引起的？"陈墨问。

"谁说不是，你听说过蝴蝶效应没？"徐晚风振振有词。

"你就装吧，说得好像你什么都知道一样，你就是想将功折罪。我告诉你，本来我还想让你翻个身的，现在老娘改主意了！"陈墨立刻发动了反击。

他们俩又吵起来了。

欢颜和冉冬相对无言，也不知道怎么去劝，两个人眼神一对上，就默契地远离了徐晚风和陈墨。

跟他单独相处，欢颜还有点欣喜。

冉冬问她："这个周末有时间吗？"

"干吗？"

"这么紧张？"冉冬笑了，"想叫你来我家玩。"

"我回去跟我妈商量一下，白天可以的，不过得回家吃饭。"她最近表现不错，郁妈肯定会放人，"我都多久没找过你啦？要不要叫上陈墨和徐晚风？"

"不不不……不，不要叫。你来了就行。"冉冬突然变得很紧张。

"那……好吧。"

两个人别扭了一会儿，不知道接下来该说点什么，又不约而同地叹了口气。

真默契。欢颜看着天空，越来越想笑。

"你妈最近还管得严吗？"

"我最近特乖，她挺放心我的。"她歪头看了一眼冉冬，一下子就懂了他在想什么，"放心吧，我会来的。"

冉冬不住地点头，他看着天空，越来越想笑。

5.

这算不算"约会"？

欢颜刚有了这样的想法，又为自己脸红。可不得不强调一下的是，那个周末出门前，她确实为穿什么衣服苦恼了好几个小时。

郁爸周末去了外地，郁妈在厨房里炒菜，甚至还哼了几句她平时爱听的戏，看来郁妈今天心情不错。

欢颜把厨房门推开一条缝，努力想把脸挤进去。

"妈，我中午吃过饭，能出去玩一会儿吗？就一会儿。"

"去哪儿呀？"郁妈这句问得漫不经心，欢颜暗自高兴，成功的几率更大了。

她回答："去陈墨家，还有徐晚风呢。"

"徐晚风是谁？男生女生？"

"男生。"她之前好像没在郁妈面前提起过徐晚风。

"哦，那你去吧。六点之前回来就行。"郁妈居然没接着往下问就同意了，"吃完饭你要是不急着走，就把碗洗一下。我得先出门。"

"你干吗去？约会啊？"欢颜嬉皮笑脸地问郁妈。

郁妈对着欢颜的脸弹了一脸水："从哪儿学的这么多有的没的，

没个正形！出去跟朋友打会儿麻将。"

郁妈做好饭一口都没吃就匆匆出门了。

欢颜终于松松垮垮地吃了顿自由的饭，甚至跷起了二郎腿。尽管几分钟之后就因为不舒服又坐好。

也许因为曾经是军人的缘故，郁爸总是正襟危坐，平时饭桌上也很少笑。尽管她知道郁爸很爱她，可还是不敢造次，吃完饭就回房间，几乎没有歪倒在沙发上的经验。

吃过饭，把剩下的菜放进冰箱，刷碗的时候甚至哼起了歌。当她发现自己哼的是一点也不流行的老歌时，突然打住，生怕被别人听到她连周杰伦的《七里香》都不会唱。她确实够老土，路过学校门口的小店时，看到海报上印着的那个小眼睛男生时，还在想"'周杰偷'到底是谁啊"。

后来经陈墨提醒后她才知道，那个字是繁体的"伦"字。现在谁不会唱周杰伦的歌，就是土。

可她现在一点也不在乎。

她清楚地知道自己的快乐来自马上要跟冉冬见面而非郁爸郁妈不在家。

欢颜尽量让自己表现得不那么刻意。她躺在床上，想睡上半个小时午觉再去，没准还能让冉冬望眼欲穿一下。可躺了十分钟，她越发清醒了。

她终于体验到了"坐立不安"的强大作用，结果把房间里里外外打扫了一遍才终于出门。

明明是见好朋友，却怎么比平时要紧张一万倍呢？

"明知故问。"欢颜对自己说。

"你怎么才来，我还打算让你尝尝我做的拔丝土豆呢！"冉冬显然已经等了很久。

"我……帮家里做家务了。"欢颜有点心虚，赶紧问，"拔丝土豆呢？"

"刚才租客阿姨看见了，就全端走了。"

"明明你是房东，现在倒像颠倒过来了一样。她这不欺负你吗，你干吗还给她？"

冉冬笑笑说："她就是爱过嘴瘾，心眼不坏。经常给我送过来点炒菜什么的——虽然说的话不怎么好听。她最近怀孕了，总想吃甜的，就给她了。"

"好吧……你作业做完了没？"

"没有。"

"你怎么还没写啊？我昨天晚上就写完啦，快写，我监督你。"

"你怎么跟居委会老大妈一样？"

欢颜撇了撇嘴："你见过居委会老大妈啊？虢镇哪有居委会？"

"虢镇没有，A市总有吧；A市没有，电视里总有吧。"

"我这不是怕你被老师骂嘛。"

冉冬无所谓地耸耸肩，说："你别整天都是学习学习的，也没见你成绩多好啊。"

"你！"她气得眼睛瞪大了一倍，却没什么可以反驳的。冉冬说的都是事实啊。

一开始，他们总说欢颜是A市来的孩子，底子好，可从小学到初中，欢颜并没有让他们惊艳过，至少在成绩上是这样。

"好啦好啦，周末干吗还老说学习呢？来，坐这儿别动，我给你画幅画。"

欢颜一下子来了兴致，坐在凳子上。她问冉冬："要多久才能画好？"

"好看的人呢，十几分钟就搞定了。你嘛……我还真说不准。"

冉冬调皮地笑着。

郁欢颜伸手打他，他轻松躲过去，取了画板和笔，准备画。

"你……真的要画我？"

"真的啊，怎么了？"冉冬已经开始观察她了，不过还没下笔。

"没什么。"

冉冬似乎从没看过她这么多眼，她有点不好意思。

认真的男人最有味道。她忘记从哪里看到过这句话，现在的冉冬不就是这样吗？他看一眼自己又在纸上描摹。可冉冬算男人吗？他还没长大吧？

想到这里，她的脸又红起来了。她觉得自己真无耻，自己还只是初中生，却净想些风花雪月的事情。

"郁欢颜，你表情自然一点好不好？一点也没有当模特的潜质！"

哼，说得好像你画过多少姑娘似的。

本来她的思绪还在乱飞，现在被冉冬一说，更不知道做些什么表情和动作了。

"喂，你画好没有？"欢颜问冉冬，"我脖子都酸了。"

冉冬用笔抵着下巴，饶有兴趣地看着她。

这一看，看得她发毛："怎么？还没画完？还是本人太好看，你怎么都画不出我的美？"

呸，后来她想起来，自己那时候真不要脸。

冉冬扑哧笑了，才把画板转过来，说："早就画完了。"

"那你不告诉我？还害我坐了那么久。"

欢颜说着话打了冉冬的肩膀，冉冬只笑着，也不躲。

还不是为了多看你几眼。话都到嘴边了，他的笑还在脸上，声音却出不来。

欢颜没发现冉冬心里的翻腾，她已经举着画端详半天了："乍一看，不怎么像，仔细看，还真的画得挺好的。得到本姑娘的赞许，是不是很荣幸啊？"

"也不多你一个，我知道我画得好。"冉冬把画板拿了过来。

"你还真不谦虚哈。你真的没学过？"

"我不早就告诉过你吗？没有。"

这世上很多事，都只是天分和缘分。只要你拥有了，别人再努力、再抢夺，都没用。

欢颜赶紧把画板又抢了过来："你拿走干吗？这幅画我收藏了哈。"

"又没说不送你。"

"那你一副要收起来的样子。"

"你带回家去，不怕被你爸妈看到啊？他们问起来，你怎么回答？"

郁欢颜瘪了瘪嘴说："我就说找画家画的。"

"你以为你比你爸妈还了解虢镇啊？这里哪有什么画家？这谎也撒得太随心所欲了。"

"好吧好吧，你说怎么办？"

"先放在我这儿，将来你能拿走的时候，我就给你。"

欢颜托着下巴发愁，却没有更好的办法了。

"那得等到什么时候啊？"

他们两个人突然就陷入了沉默。他们都知道，那一天也许就是欢颜离开虢镇的时候。

那一天会来吗？

欢颜其实不止一次地想过这个问题。她总是梦到爸爸妈妈来接她，他们的脸有些模糊不清了。日有所思夜有所梦，每每醒来，她都不知道自己是否真的想离开虢镇。她唯一清楚的是，她在这里，一定比在A市过得快乐。

每次想到这里，她就不愿意往下再想了。

可她终究是要离开虢镇的啊。虢镇又没有大学，即使能赖在这里到十八岁，往后的日子呢？

冉冬打破了尴尬的气氛，说："李星宇好像要判刑了。"

这个消息多多少少还是让欢颜震惊的："未成年人不是不判刑吗？"

"满了十六岁就会判刑。"

"他都满十六岁了？他之前不是总嘲笑你比咱们班人年龄大吗？他比你还大一岁，他也配？"

冉冬说："听说被抓起来的时候，李星宇就把他的同伙全都抖出来了，想将功抵过。结果他的那几个同伙，把他们作过的案全都交代了，马家湾的十几个井盖，也都是他们偷的。"

"他们怎么都偷到马家湾去了？"马家湾是离虢镇不远的另一个镇子。

"他们去马家湾偷井盖时骑的摩托车都是偷的。马家湾还有一个老头，就是因为掉进没盖的井里，摔死好几天，才被人发现的。"

欢颜还处于震惊当中："那他这不是间接害死了人嘛。你怎么知道这么多？"

"听……徐晚风说的。"

"他怎么知道这么多内幕啊？"

冉冬好像不屑一顾的样子："这算什么内幕啊，全镇人都这么关注李家，肯定都会知道啊。"

"你还不是从徐晚风那里听到的！"

冉冬嘴硬着："不从他那里听，我也就晚两天知道，反正迟早都会知道的。"

别人提起徐晚风还好，郁欢颜提起来，冉冬就来气。

可他这点心思，要是不说破，欢颜才不会知道。她的关注点还在李家身上："那他爸呢？"

"他爸就更不好说了，毕竟拿枪了。李星宇能在虢镇上学，都是因为他爸给学校赞助了不少东西。现在学校领导估计也不好过——这个是我猜的。"

"我昨天听我们家邻居说，李家的大女儿跑了。"

"李星宇他姐啊？"显然这个细节冉冬并不知道，"她跑什么啊？抓的又不是她。"

"不知道。"欢颜摇头，怪就只怪邻居刚说完这话，就被郁妈把话题转到了怎么蒸排骨才能好吃上，"可能是因为害怕？"

李星宇的姐姐，听说是个传奇般的女混混。只是，欢颜这么多年来，一次都没见到过。

"哎呀，不提他了，反正他已经进去了。"欢颜见冉冬有点发愣，就用手在他面前晃了晃。

"是啊。"冉冬说。

就算有事，也得等他出狱之后了。

第四章
闹剧

Ran Dong, I will always think of you

1.

这一晚郁欢颜睡得异常香甜，也许是因为身边躺了值得信任的人，卸下了所有心理防备吧。

她坐起来，把窗帘拉开了一条缝。晴天。

又是新的一天，昨天婚礼上的事，若不是她发了一会儿呆又突然想起，也许就这么悄无声息地翻篇了。

手机突然响了。她毫无防备，还被吓了一跳。

她赶紧拿过手机，先堵住了手机的外放口，铃声立刻变小声了。这一连串的动作不算轻，可凌波一点都没察觉，甚至没翻身。

"唉，你睡着了别人把你卖了都不知道！"郁欢颜用脚踢了踢凌波。

凌波咂了咂嘴，也不知道听到没，很快又没声了。郁欢颜甚至怀疑她是否还有呼吸。

"喂，郁妈，是我……"她刚接起电话，听到那头说过一句话后，便愣住了。

郁欢颜一步跳到地上，脚板和地板碰触，发出"吭"的一声，她没时间喊疼也没时间穿上拖鞋，在衣柜里一阵乱翻，随便拿出两件就往身上套。

"姐，你起这么早干吗……"凌波终于醒过来，她嘴里含混不清地问道。

她已经顾不得那么多了。她对凌波说："我有点急事，你继续睡吧。"

凌波用力眨了几下眼睛，可双眼像是被糊住了一样睁不开，五官还挤到了一起。

郁欢颜从抽屉里拿了工资卡和信用卡，这才穿上拖鞋，出了房间。她刚关上房门，就碰见了睡眼惺忪、起来洗漱的何叶霞。何叶霞昨天也喝了不少酒，脸上的红还没褪去。

"妈……"她小声叫了一声。

何叶霞显然还没完全睡醒，用手挠了挠肚子说："起这么早？今天又不上班。"

"郁妈刚打来电话，说郁爸病危了。我回趟虢镇，晚上回不回来到时候再看吧。"

"老郁家两口子啊……"何叶霞似乎清醒了一点，她顿了顿，"你爸还没睡醒呢，代我俩问候一下他们。"

"嗯，行。"郁欢颜答应得很爽快。她压根就没指望何叶霞能主动提出去看看郁爸郁妈。

自从把她从虢镇接回A市之后，他们两家的关系就变得奇怪又敏感。

"我和你爸要是有时间，也会赶过去的。"

多此一举。也许何叶霞不补这一句，还显得真诚些。

"好，那我先走了啊妈。"她蹲在玄关换鞋，何叶霞却始终没动，在背后注视着她。

"你要不要吃了早饭再去？"何叶霞的口气突然变得温柔，也许是心里不安吧。

"不了，现在过去没准能赶上第一班大巴呢。再过一会儿，人就多了。"

"也是，也是。"何叶霞心不在焉地答应着。

郁欢颜走到楼下时，满脑子都是何叶霞刚才还未睡醒的样子。

她老了，她真的老了。无论是容颜、身材，还是行为、神态，都已经和老年人越来越接近了。

毕竟是快六十岁的人了。

2.

她是怎么从虢镇回到A市的，郁欢颜这会儿无暇去回忆，她一心惦念着郁爸的病情。

记忆里郁爸很硬朗啊，他无论何时都用军人的标准要求自己。他明明就像无坚不摧的钢铁人一样，怎么先倒下了？

走下大巴的那一刻，她感慨万千。

究竟有多少年，她都没回来过？虢镇车站焕然一新，扩建了好几倍，走到出站口，风很大，她几乎不知道要往哪个方向去。

她坐了一辆三蹦子，直接去了医院。

虢镇医院也扩建了好几倍，她跟郁妈边打电话边找病房，郁妈说不清到底在哪里，她急得满头大汗，差不多花了半个小时才找到。

"妈！"她在走廊这一头，就看到了另一头的郁妈。

郁妈端着暖壶，愣了一下，才认出来是她。

郁妈看她跑得急，赶紧说："慢点，没事，没事……"

郁欢颜把暖壶接了过来，说："我来吧，我爸怎么样了？"

"好点了，你怎么来得这么快啊？"

"我放下电话就往这儿赶了。郁爸怎么回事啊？"

"心肌梗死，都第二次了。"

郁欢颜一惊："第二次？上次怎么没跟我说呢？"

郁妈叹了口气："第一次下病危通知书的时候，我都没弄清怎么回事呢。还好老头子命硬，没过去。"

"这次呢？"

"上次是休克，今天凌晨直接心跳停了几秒……不过现在心跳正常了。就是他这么循环反复，也不知道一会儿是个什么情况。本来今天有个手术，突然又这样了。我怕他撑不过去，就打电话给你，让你跟你爸道个别。你爸妈……还好吧？"

"老样子。"她心不在焉地回答着——可以说她一点也不想回答，赶紧把话题又扯回到郁爸身上，"我先进去看看我爸。"

"你不能进去的，要先跟医生说过才行，"郁妈拦住了她，"说过都不一定能进去。这样吧，你先回家去把东西什么的放下，再过来。"

郁欢颜想了想，点头："行，那我先回去放东西。妈你吃过早饭没？我买点什么来吧。"

"什么都吃不下。"郁妈摇头，眼眶忽然之间有了泪。

"没事妈，有我呢。"她揽着郁妈的肩膀，却发现太过容易，郁妈已经消瘦到只剩骨头了。"虢镇的医院靠谱吗？把我爸转到A市的医院吧。"

郁妈摇摇头："算了吧，你爸这身子骨，也经不起折腾了。就让这糟老头子在这儿躺着吧。"

"A市的医疗水平肯定比这儿强啊，妈。"

"你爸不愿意上A市去，刚开始的时候就说过了。我也不愿意去。"

不知是否和自己的家人有关，郁欢颜只能说："那我就在这儿陪着我爸，一直到做完手术。"

"你不上班了？"

"可以请假的，你就不用操心这个了。"她拍了拍郁妈的肩膀，又透过玻璃门看了一眼郁爸，然后离开了。

七年前匆匆离开，连家里的钥匙都没来得及还给郁爸郁妈。郁欢颜轻轻转动钥匙，开了。

这一瞬间，她有点想哭。

她放下包，习惯性地没有在客厅坐下，而是进了自己房间。习惯是有肉体记忆的，它会停留在你身上，顽强活着。

房间里的一切都没有变化，甚至她的《新华字典》还端端正正摆在桌角，像是昨天她还在这里生活。

时间倒流了吗？

她靠在椅背上，整个身体向后仰。虢镇的生活要比A市快乐得多，从小到大一直都是这样。大城市很好，可那种归属感是现在她住的豪华的大房子无法带给她的。

只有在虢镇家家相似的房子里，才有这种叫作"家"的感觉。

她在自己房间里转了一圈，除了床上被遮了布罩之外，其他与多年前一模一样。

她打开冰箱，里面空空如也。大概是老两口最近全都耗在了医院，家里一切都顾不上了。

水池里堆着不知道什么时候吃过的碗碟，还有一双筷子散落在厨房的地上。

郁妈从前最爱整洁，若不是天塌下来，她是绝不会允许家里乱成这个样子。

天就要塌了吗？

郁欢颜洗了碗又整理了厨房，出门买了两份粥，又往医院赶去。

郁爸还在沉睡中。郁欢颜让郁妈回去休息，自己守在郁爸身边。

她从未如此近距离和郁爸接触。从前她敬畏他，只觉得自己做到听话就可以了。

可看着消瘦的他陷在病床上，她竟然心疼得不得了。毕竟她也姓郁啊。

晚上她拉窗帘的时候，看到窗外的满月。

满月就是团圆。她回来了，她真的回来了。

郁妈第二天中午提了满满两盒饭菜过来。郁欢颜在病床边的沙发上凑合了一晚，还半梦半醒，爬起来看了几次郁爸的情况，浑身都酸痛。

"妈，你怎么拿了这么多？病号可是我爸啊，我不能享受这种特殊待遇。"

"你爸醒了都不一定能吃这些，他没这口福，你快吃吧。"

郁妈带着她到走廊边的椅子上坐着吃，边给她夹菜边问她："我的宝贝，妈昨天太急了，都没问你现在过得怎么样。"

"挺好的，在幼儿园当老师。"

"哟，你上那么好的大学，就当个幼儿园老师啊？"

郁欢颜笑了笑："爸妈安排的，也挺好，稳定，还有寒暑假。"

"你那个妹妹现在怎么样了？"郁妈说的是凌波。

郁妈总是偏爱她多一点，再加上对何叶霞的不理解，也并没有见过凌波本人，一直对凌波颇有微词。

"她啊，刚考上大学。"

"你爸妈肯花钱供她上大学哦？"郁妈装作漫不经心地问，可她看得出来，郁妈心里很在意。

"家里现在条件比以前好了很多……"

"有了钱就不要良心了？将自己亲生女儿抛弃，再抱一个没有血缘关系的，简直不可理喻……"

"妈，我都不在乎了，你还这么生气干吗？"

"我这不是为你感觉不公平嘛，明明你是亲生的，现在回去了，反而成了最多余的一个。还不如回妈身边来……要不是那件事……你现在……"郁妈说着说着抹起眼泪来，就像她自己受了委屈似的。

郁欢颜装出很厉害的样子："妈，那是个意外，谁也不怪。而且现在我还是你闺女啊，谁敢说你不是我妈？还有，谁说我是最多余的，谁多余也不能我多余啊。夏安现在结了婚出去住了，凌波上了大学住校，周末都不愿意回来，家里可就我一个了。"

"夏安又结婚了？曼曼呢？"

曼曼是谁？郁欢颜愣了一会儿，才把曼曼和紫薇姐对上号。

"咳，那个离婚了。现在结婚这个，还是咱们虢镇一枝花呢。"郁欢颜笑得很讽刺。

"虢镇的姑娘？谁家的？"

"李凡家的。"

郁妈突然瞪大了眼睛。

"你哥没疯？"

她笑了："我看差不多了。"

"她爸还在监狱里，他们一家都是罪犯啊……就那么娶回家了？"

"她跟我家里撒谎，一直说她爸去世了。刚开始我也不知道她就是李凡他大女儿，毕竟在虢镇待的那十几年，我一次都没见过她。谁知道就这么巧，倒成一家人了。"

郁妈一直到吃完了饭还在担心她。

"没事妈，他们已经出去住了，不会再回来祸害我了。"她心里想，反正夏安也不是什么好货色，随他去吧。

可郁妈脸上的愁云并没有因此散去，看欢颜并不在意，她欲言又止。毕竟，她见过的人和事比郁欢颜要多。只是她们还没有意识到，病痛往往都会有潜伏期。

郁欢颜洗完碗筷，郁妈推着她出了医院，让她回去好好睡一觉再来。她拎着空的便当盒随意走着，突然就看到一条再熟悉不过的路。

要像以前一样脚底生风，轻快地跑过去吗？她觉得没有办法了。

犹豫了许久，她还是选择了回家。她低头快步走着，似乎只有这样才能逃脱记忆的魔爪，不被拉回七年前。

可鬼使神差地，走到一半她又停住，往那条熟悉的路上走去了。

她终于看到了那扇无数次出现在梦里的大门。

据说七年前那场大火后，冉冬家所有的租客都在一天之内退了房子，从此这个院子便荒了。

她走到冉冬家门外，意外地发现，门上的灰尘居然没有她想象中那么厚，只是大门上的红漆掉了不少。她的手指碰到一块翘起来的漆，清脆的一声，红漆变成了碎片，断了。

时间是一味解药。欢颜对自己说。

即使她知道无法再见到他，可她还是抱着一点点侥幸的心理，推了推门。

本以为会受到阻力，不想门却开着。她心里咯噔一下。

一个个子很高的男人从房子里走了出来，小麦色的皮肤，头发短短的。他看了她一眼，之后便愣住，挪不动步子了。

她几乎不敢相信自己的眼睛。

风在凝固之前，带来一丝她熟悉的低沉的声音。

"夏夏。"

3.

有多久没人叫过她夏夏了？

就连爸妈都是直接叫"欢颜"的。

突然间，拎饭盒的手就没劲了，她分不清现在到底是现实还是虚幻。

"冉……"她连他的名字都没有力气喊出来。

他就这么平平常常地出现了？就像什么事都没发生过？不对，对于冉冬来说，自己才是意外出现的那个人。

她努力让自己平静下来。

冉冬走过来接过她的饭盒，把她身后的大门关上，然后说："来，进来坐。"

郁欢颜只觉得脚底下轻飘飘的，短短几步路，她却已经泪流满面。她先进到房子里，冉冬放下饭盒，就扳过她的身子，抱着她吻了起来。

她没有挣扎，同样用热烈的吻回应着冉冬。冉冬用了很大的力气，抱得她很痛，可她感觉不到痛，只想把他抱得更紧。

郁欢颜微微睁开眼睛，看冉冬闭着眼，她便也闭上。一闭上眼，更多的泪水流了下来，她甚至能感觉到眼泪滑过脸颊打在衣服上。

眼泪是热的，真的是热的。

冉冬很激动，以至于他的双臂都是微微发抖的。他们不知道吻了多久，却丝毫没有想停下来，这么久没见，却一点也不陌生。

冉冬好像意识到他的力气太大，轻轻松开了一点。可他仍然不舍得放开郁欢颜，直到他的脸颊碰到郁欢颜的脸颊，感觉有点湿湿的，才停下来。

郁欢颜满脸都是泪。他捧着她的脸，用双手抹了抹她的泪，又有一行新的流下来。

他越看越心疼，郁欢颜却在这个时候笑了。

"我想你。"郁欢颜环着他的腰，一字一顿地说。

他何尝不想她？他捧着她的脸又吻了起来。无数个日子，冉冬都曾试想过，如果真的见到了欢颜，他要如何表达。

他想过很多话，却在见到她的时候全都扔掉了。因为这时候说什么都词不达意，他只想把她抱进怀里。

冉冬的手从郁欢颜的后背慢慢滑了下来，从她上衣下摆伸了进去。当他的手触碰到她皮肤的那一刻，两个人都只觉得灼热。

郁欢颜从来没有觉得如此温暖过，可冉冬却突然停下了。他放开郁欢颜，向后退了半步，说："对不起，我……太激动了。"

说这句话的时候，他看上去垂头丧气的。

她这才仔细看起冉冬来，他比以前结实多了，她的手放在他的脸颊上，两人相顾无言。

最后还是冉冬先打破了沉默。

"你还好吗？"

她点点头。经历过刚才的那一刻，过去的所有不好都变得不再重要了。

"你回来是……"

"我爸病了，我回来看看他。"

"还要走？"

"嗯，还要工作，"她点点头，又接着补充道，"我现在在A市的幼儿园当老师。"

他又问了她几个问题，却一直没有提起自己的近况。郁欢颜正准备问问他，他却先开口了："你什么时候回A市？"

"现在还不确定，大概不到一周吧。我爸的病情稳住，就回。"

"哦。"

冉冬问的时候，郁欢颜还满心欢喜，以为他会说，要和她一起走。郁欢颜突然觉得冉冬家里很安静，就问："你现在一个人住？"

"嗯，着过火之后谁还肯住啊。"

她望向窗外，当年小木屋的地方现在是一大片空地，只有院墙上一大片黑色记录着触目惊心的过去。

"今年本来打算重新漆一遍的。"冉冬顺着欢颜的眼神看过去，"我爸他……年初的时候去世了，就没心思弄了。"

"这样啊……我不知道……对不起……"

他努力装作若无其事的样子："没事，我跟我爸也很多年不住在一起了。不过……他还是把所有的东西都留给我了。"

郁欢颜不知道要怎么接话，冉冬仍然像自言自语一般，说："我一直以为，他早就不把我当儿子看了。"

最深的情感往往最难以言说。那个给尽冉冬冷漠的男人，也给尽了他所有。

郁欢颜也并非没有谈过恋爱。大一糊里糊涂进了学生会，半学期过去只觉得浪费时间没意义，提出退出的时候被大三的学生会主席表白，拉锯战持续了半年，终于成了"主席夫人"。

一年后主席毕业去了外地工作，像很多异地恋的情侣一样，慢慢变淡了，最终和平分手。学长大概在他们没分手的时候，就已经有了新欢，是郁欢颜感觉到的，但她并没有当福尔摩斯也没有撕破脸求证，所以导致分手后她没有解脱的快感也没有过分疼痛。

她只是突然觉得心里被掏走一块。在宿舍里看《国产凌凌漆》，却连袁咏仪是长发短发都没记清。

后来室友介绍了自己的表哥给郁欢颜。表哥个子很高，人却格外腼腆。两个人短暂地相处了一段时间，郁欢颜总觉得只是在二十一二岁的年纪上，就走相亲那套流程，有些可笑。

一个月后，就在表哥终于凑过来要吻她的时候，她推开了表哥。

那时候她也想过，如果是冉冬，就不会丢下她去外地，接吻的时候她就不会推开他。

可是她又只能在被子里扯着头发，努力不让自己再想冉冬。因为冉冬死了。他死了，不可能再回来了。

"想什么呢？"郁欢颜回过神时发现冉冬在看她。

"想我过去两任男朋友。"

她如实回答，冉冬却被弄得有些尴尬："哦……"

"已经过去了，只是在想，没有结果，跟他们在一起算不算浪费时间。不只是我，还有他们的时间。"

"能遇到你这样的姑娘，就已经是那些人最大的幸运了。"

"只有少数人这么认为。"

比如冉冬，再比如……她找不出第二个人了。她自嘲地笑了笑。就连自己的亲生父母，都无法让她觉得温暖。

"吃饭了吗？"冉冬问她。

郁欢颜指了指饭盒，说："来之前就吃了。"

"可那会儿是中午十一点，现在都下午四点了。"

竟然已经过去五个小时了？她竟然一点都没察觉。

冉冬正拉着郁欢颜往外走时，郁欢颜的手机响了。

她接起来，是郁妈扯着嗓子哭喊的声音："夏夏，快来医院！你爸他出、出事了！"

郁欢颜的瞳孔放大了零点几秒，但很快镇定下来，问郁妈："妈，你别急，怎么了？"

"心跳停止……"郁妈的声音突然小了，郁欢颜只在听筒里听到剧烈的摔打声，应该是手机滑落在地上了。

郁欢颜心里一紧，对冉冬说："我得去医院，我爸好像……"

她应该怎么说？郁爸好像去世了？她也不能确定，只有用最快的速度赶到医院才对。

"我跟你一起去。"冉冬说。

郁欢颜本想拒绝，却已经没有心思了。她大步走着，冉冬不说话，也不询问，只是跟着她走。

快到医院的时候，郁欢颜的手机又响了。她拿出手机匆匆扫了一眼屏幕，是凌波。

大概是她因为急事离家，却一直没跟凌波说清楚自己到底去干吗了。郁欢颜都能想象出凌波撒娇的语气，无非是想她了，然后软硬兼施催她回来。

可她无暇跟凌波撒谎，就挂断了电话。

刚过几十秒，凌波的电话又打来了，她再次挂断。

凌波没再打，发了条短信过来："姐，我在虢镇汽车站，我不认识路，你来接我一下吧。"

什么？！

郁欢颜的脑子像要爆炸了一般。

这边郁妈和郁爸等着她，可她还没想好一会儿要怎么解释冉冬跟她一同出现；凌波又没打招呼来到虢镇——她甚至不知道凌波是怎么知道她在虢镇的……她处理不过来这么多事，头一阵疼痛，差点没站稳。

"你小心点，看着车。"冉冬一把将想强行过马路的郁欢颜拉回来。

郁欢颜这才回过神来，对冉冬说："现在有个事可能要麻烦你一下。"说完她却有些犹豫地看着冉冬。

"说。"

"我妹来虢镇了，你去车站接一下她。我现在没时间跟你解释这些，等医院那边处理完了，我就来找你。对了，她叫夏凌波。"

"你、你妹？"冉冬一脸不解。

"我爸妈领养的一个姑娘，对她好点啊，别提咱们以前的事，一个字都不要提。"

冉冬还没搞清楚是怎么一回事，郁欢颜就已经冲到马路对面了。

"我不知道她长什么样啊？"他问。

郁欢颜头都没回，大声回答："找最漂亮的那个！"

人走了，究竟是怎样一种感觉呢？

郁欢颜曾经试想过，如果郁爸和郁妈，何叶霞和爸爸去世了，她会是怎样一种心境。

郁爸和郁妈一定更让她心痛吧。

可她最后想了想，也不一定，血浓于水，毕竟自己还是何叶霞的亲生女儿，就算只有一点少得可怜的亲情，还曾经把她抛弃。

这样的经历在郁欢颜十七岁那年就有了。那是她第一次尝到一个人永远离开自己是什么滋味。

郁欢颜跑到医院门口，突然一阵眩晕，她脑子里一片空白，甚至想不起自己要来干什么。她只得停下，俯下身子双手撑着膝盖，让自己清醒一下。

从前在学校跑完八百米也是这种感觉，她难受从不说出来，只默默忍着把路程跑完。她干呕了几下，眼前冒了一阵金星才终于恢复了神志。

郁爸怎么样了？

她又起身飞奔上楼去。

郁欢颜找了一圈都没找到郁妈，她急疯了似的在医院走廊里暴走。一位认出她的护士拦住她，说："找你爸妈呢？"

郁欢颜无力地点点头。

"你妈妈晕倒了，我们同事扶她去临时病房休息了。"

郁欢颜焦急得嘴唇起了一层皮："我爸呢？"

"正要跟你说呢。你爸爸的心跳刚才突然停止了，我们主任进去抢救，心跳倒是恢复了，就是很微弱。你爸爸已经不是第一次出现这种情况了。"

郁欢颜这才发现自己浑身都是虚汗，她拉着护士的袖子说："从我回来见到我爸开始，他就没醒来过，这到底是怎么回事？他还能醒过来吗？"

"你爸爸休克的时间有些长，我也不能跟你百分百地打包票。从现在起，你们家人得一直守在医院监着，这样发现情况才能及时抢救。你看看你这半天不在，光两个老人家，出了事怎么办？"

这半天……她觉得脑子里已经容不下记忆了，几个小时前，她在哪里呢？

郁欢颜点了点头，只觉得浑身乏力，靠着墙慢慢蹲下来。

蹲着歇了一会儿，她准备去找郁妈的时候，手机响了。

"喂，姐，你朋友接到我了，他说你在医院，我俩正往你那儿走着呢。"

郁欢颜终于想起冉冬和凌波的存在了，但愿凌波没有多嘴问一些关于过去的问题，也但愿冉冬一路上沉默，什么都没透露给她。

郁欢颜此刻只想像个不讲理的孩子一样，不管不顾地坐在地上尽情撒泼，她太乱了。

凌波见到郁欢颜的时候狠狠地吃了一惊，大概是从没见过自己的姐姐如此狼狈不修边幅过。

"姐，你的嘴怎么肿了？"凌波离得老远就看到她和冉冬拼了命接吻留下的证据。

郁欢颜甚至不好意思看冉冬一眼。

"上火了。"她随口一答，立刻转了话题，"你怎么来这儿了？你不怕爸妈追杀你啊？"

"你走了之后我在你房间睡，发现睡成某个姿势的时候，能完全听清爸妈在房间里说什么。我听见妈跟爸说，你回虢镇了。"

"所以你就来了？你是不是疯了你？"

"徐学长提到过，你又一直不肯跟我说，我就只好自己来看看咯。"她瘪着嘴说，"你都不介绍一下你朋友，刚才我还以为是骗子呢。"

郁欢颜还没说话，冉冬就先开口了："你好，我叫冉冬，是欢颜的……朋友。"

"是我男朋友。"郁欢颜说，她快速看了一眼冉冬，发现他的嘴还没合上。

"冉冬？就是你老说梦话叫的那个冉冬？"凌波又惊又喜，"我问了那么多次，我姐从来不告诉我你到底是谁，我猜得好辛苦。"

"是吗？"冉冬满眼是笑，郁欢颜却满脸通红。她被凌波出卖了——心里却挺甜。

"姐，你俩是不是早就秘密恋爱了，一直没告诉我？"

"不是。"

"喊，我才不信。我就知道你俩早就恋爱了！姐夫，我姐这么邋遢，你咋看上她的？"

冉冬本来还有些困惑，他不清楚欢颜跟这个毫无血缘关系，甚至抢夺了她家庭地位的姑娘相处得如何，不清楚凌波是否和欢颜的亲生父母站在一边。但一路上凌波口中一直念叨着我姐这个我姐那个，见了面又和欢颜这么亲昵，他的心稍稍放下了些。

"你给我闭嘴啊。"她假装生气。

随后郁欢颜把冉冬拉到一边，小声说："我爸刚心跳又停了一次，时间比上次还长。"

她看到冉冬的瞳孔颤抖了一下。

"啊？"

"我妈刚刚也是没缓过来，晕过去了。我现在得去临时病房找我妈了。"

"那我俩……"冉冬指了指凌波，凌波正抻长了脖子想偷听他们俩的对话。

"你先回去吧，我让凌波跟着我，晚一些我让她睡在我家。"

"我帮你照顾你爸或者陪着凌波说说话，不然她一个人无聊。"

郁欢颜说："我也想让你留在这儿帮忙，可我爸住的那病房只能允许一个直系亲属进，我和我妈每次都得轮换着进去。你陪着凌波，她不得一直问你关于我的问题，你要怎么回答？"

"实话实说呗。"

郁欢颜轻轻打了冉冬一下，这动作居然异常熟练。她说："你的意思是你要让她接受自己是领养的，我才是亲生的事实吗？对她打击得有多大！"

"可这是事实啊。"

"凌波可没错，我不想让她知道事实。我现在已经不想提这事了，在我家也从来没人提过。"

冉冬就是想赖在这儿："那我随便编一编总行吧。"

"凌波聪明着呢，她能不知道你是在瞎扯？"她揉了揉冉冬的头发，"你先回家去，回头我联系你，乖。"

"那你得亲我一下。"冉冬小声说。

"你故意的吧。"郁欢颜做贼心虚地瞅了一眼凌波，那家伙正用"你俩有完没完"的眼神盯着他俩。

郁欢颜快速在冉冬嘴上啄了一下，就把他推走了。

冉冬刚转过身，凌波就像块磁铁一样吸过来了，她挽着欢颜，不停地用手肘戳欢颜："姐你行啊你，藏得够深的啊。"

郁欢颜怕她再多问，立刻变成严肃的脸："你出门跟爸妈打招呼了没？"

凌波显然是被欢颜镇住了，她缩着脖子摇了摇头。

"你说你怎么这么不让爸妈省心？"

"爸妈要是知道你跟我在一起就放心了。"

郁欢颜真的有点生气了，她并不是在气凌波，可跟凌波说话的语气还是有些冲："刚好相反！爸妈知道你跟我在一起会生气，甚至是大发雷霆，会说我带坏了你。"

"怎么会呢……"

"怎么不会？"她说，"我不是都给你回微信了吗，说我过两天就回去了，你怎么就是不听呢？现在倒好，夏安结婚了，我回来看个生病的叔叔阿姨，你再一走，家里就只剩爸了！"

凌波做贼心虚，试探着问她："那我跟爸妈……说一声？"

"别说你在虢镇，就说你出来玩了，去了东郊的森林公园，跟同学一起，明早就会回去。"

"为什么要撒谎？"

"你觉得你说你在虢镇，爸妈不会冲过来逮捕咱俩吗？"

"好吧……那为啥你让我明天一大早就回去？"

"怎么？你还打算常住？"

凌波可怜巴巴地望着她："我想跟你一起回……"

郁欢颜只觉得脑子里混乱的状况又要登场了："你说你，到底是来干吗的？"

"我就是想知道，你从小是不是真的在虢镇长大的？姐，你到底还有多少事是我不知道的？爸妈明明说你是从孤儿院里领养的，他们为什么会跑到虢镇的孤儿院去领养你呢？"

"缘分吧。"她已经被凌波问得不知道该怎么回答了。

"姐，你到底什么时候才能说实话？"

"我现在没心情也没精力跟你说实话，实话就是，我在虢镇的养父母现在双双躺在这个医院里，我爸甚至刚刚心跳停了几秒，随时都有去世的可能。我妈因为我爸还晕倒了，而你却在这里八卦，问这儿问那儿！你让我怎么回答？"

凌波被吓呆了，她半天都没反应过来自己听到的话到底是真是假。

郁欢颜指着走廊尽头的一排椅子说："你去那儿坐着等我，我忙完会过来找你的。无聊了就玩玩手机，不会很久的。"

凌波乖乖点了头，朝走廊尽头走去。

冉冬在车站接凌波的时候，她就已经一眼认出了他。

只不过凌波何其聪明，装傻甚至怀疑冉冬是骗子，用演技骗过了冉冬和姐姐。

郁欢颜有一个很厚的牛皮纸本子，她很少拿出来，因为太显眼，就引起了凌波的注意。凌波趁欢颜上班的时候翻出来，发现上面尽是些传纸条式的对话。虽然并没有什么直接的证据，但凌波还是嗅出了很浓的暧昧的味道。那个本子的主人是郁欢颜，和她对话的那个人，就是冉冬。

其实冉冬的名字在本子上出现的次数并不多，几乎没有，除了本子封面上的RD。再加上郁欢颜不止一次地用梦话说出过冉冬的名字，凌波掌握冉冬的基本情况也就不难了。

真正吸引凌波的，是本子中间某页贴着的一张照片。

照片上有两男两女，都是中学生的样子，交叉站着。郁欢颜腼腆地笑着，剩下三个人笑得几乎能看到他们午饭吃了什么。照片上的郁欢颜和现在的郁欢颜，几乎没什么变化，只是剩下的三个人……郁欢颜从来没有提起过他们。

明明他们看上去那么开心，关系那么好。

凌波曾经想问问郁欢颜，那三个人究竟是谁。可她又有些怕郁欢颜，郁欢颜不仅不喜欢别人动她的东西，甚至，就算她原模原样地把东西放回去，郁欢颜还是察觉得到。她觉得郁欢颜在这一点上，像一只警惕的猫。

这是郁欢颜的过人之处，凌波因为这个觉得自己的姐姐很酷。她总是把自己的烦恼一股脑儿地倒给姐姐，可姐姐似乎有不少秘密，却从未对她说过，并且好像并不打算跟她说。

姐姐在家里几乎没说过话。在凌波的印象里，她总是用沉默应对一切，包括妈妈的责备、哥哥的呼来喝去等等。

姐姐太委屈了。

在郁欢颜离开家去虢镇的那天晚上，凌波非要继续睡在欢颜的房间。

凌波本来打算在郁欢颜房间里翻翻，看能否找到点关于她过去的东西。她找了一大圈，却发现姐姐的东西少得可怜。她站在姐姐的床上，突然才意识到，姐姐的房间原来这么小，甚至没有一个像样的衣柜，就连桌子，都是固定在墙上的。

她四仰八叉地躺在郁欢颜的床上，翻了个身，突然清晰地听到了爸妈说话的声音。

爸妈说郁欢颜去了虢镇，还在说郁欢颜和他们共同认识的某个人得了什么病。妈妈说郁欢颜已经去虢镇看他了，商量了一会儿，他们决定谁也不去。

凌波几乎一夜没合眼，她收拾了一个双肩包，拿好了零花钱，计划着要去虢镇找欢颜。

她终于有机会了解郁欢颜的过去了。没准还能见到照片上剩下的三个主人公。

难得。难得。

凌波是那个家里最怜惜郁欢颜的人。所以郁欢颜在大发雷霆的时候，凌波一直觉得是自己错了。

4.

郁妈已经醒了，不过身体软绵绵的，靠自己的力量还没办法坐起来。

郁欢颜尽量换上一副愉快的表情，深吸了一口气，走进嘈杂的临时病房。

她一见到郁妈就嬉皮笑脸的："看把你吓得哟！我爸那么有福，怎么可能说过去就过去了呢？"

"没事就好，"郁妈有气无力地说，"还是我太没用了……"

"说什么呢妈，要是我，估计得吓得昏好几天，你这么一会儿就醒了，说明身体倍儿棒啊。"

郁妈勉强笑了笑。

郁欢颜说："你一会儿吊完这瓶葡萄糖就回家，我爸这儿有我呢。"说完她又补了一句，"不行，你还是做个全身体检再回家吧。"

她突然想起来还在楼下走廊里等着她的凌波。

她要怎么跟郁妈说起凌波呢？住在宾馆，她一点也不放心；可要是让郁妈跟凌波今晚共处一室，还不知道会出什么事呢。

郁欢颜想了很久，最终还是没说。

郁妈恢复了一些力气，郁欢颜赶紧下楼去找凌波。

凌波已经很累了，她瘫坐在椅子上，努力让自己不闭上眼睛。

郁欢颜走过去叫了凌波，领着她到楼下刚买了盒饭，还没上楼就接到了何叶霞的电话。

她把手机给凌波看了看。

"不能接！"

不接还能怎么办？

"喂，妈。"

"凌波跟你联系过吗？"何叶霞也没问她到底怎样，也没问郁爸的情况，她听得出，何叶霞现在非常暴躁。

郁欢颜不顾凌波在一旁拼命摆手，说："她跟我在一起呢。"

"什么？"何叶霞的声音一下子提高了，"那你他妈怎么不说？"

郁欢颜轻蔑地从鼻子里哼了一声。

这时候爸爸把电话抢了过去，说："欢颜啊，别听你妈瞎说啊。凌波去找你，你怎么也不跟我们说一声啊？"

"我……"郁欢颜突然觉得自己一点辩解的力气也没有了。

"你让凌波接电话。"爸爸的声音冷冰冰的，没带一点感情。

郁欢颜把手机递给凌波，凌波看她的眼神非常奇怪，她清了清嗓子，躲开了凌波的眼睛。

凌波敷衍地对着听筒应答着，时不时地翻个白眼，"嗯"了几声之后，她突然放大了声音："你们别来！我明天一早就回去了！"

郁欢颜就算不听，也大概能猜出对话内容。

凌波像个要赖撒泼的小孩一样，急得跳脚，就差一屁股坐在地上打滚了。可有什么用啊，隔着电话，爸妈又看不到。

最后她失望地挂上电话，还给郁欢颜，瘪着嘴说："他们现在就从A市过来。"

郁欢颜猜到父母会火急火燎地赶来，因此也没表现出多么惊讶。

"姐，对不起。"

"没事。"郁欢颜说，但她没有看凌波。

她怕她和凌波一对视，就不自觉地将这些年的苦闷全部向她吐露——她那一瞬间确实想这么做，也不用管爸妈到底什么时候来。

但她忍住了。

一股悲伤的情绪瞬间在郁欢颜的身体里蔓延开来，她像是被全世界抛弃了。

她一转头，看到了冉冬。她像抓住了救命稻草一般，朝冉冬快步走过去，一头扎进他怀里。冉冬不知发生了什么事情，一边用手臂搂着郁欢颜，一边用眼神询问凌波怎么了。

凌波心里也明白，爸妈来了，一定不会给姐姐好脸色看。她低垂着头不说话。沉默了一会儿，她说："你俩出去走走吧，我姐心情不太好。我就在这儿等着你们。"

冉冬带着郁欢颜往医院的花园里去了。到了楼下，他才发现郁欢颜满脸是泪。他不知道该说些什么，只能把她抱得更紧。

"我不想回A市了啊……我真的不想再回到那个家了……"郁欢颜的情绪终于和她的眼泪一起喷薄而出，她带着哭腔一遍一遍地重复，"我想回来，我想回来……"

冉冬有些吓坏了，他轻拍着郁欢颜的背，也不问发生了什么，只是不停地说："我在呢，不要怕。"

过了很久，郁欢颜才从低落的情绪中抽离出来，站直了身体。

冉冬用拇指帮她擦掉眼泪，捧着她的脸说："你在家里，一定受了很多委屈吧。"

"你知道吗冉冬，毫不夸张地说，在虢镇的那十一年，真的是我人生中最美好的十一年。之后和之前的每一天都像寄人篱下。真可笑，真的，我的人生完完全全反过来了，我对一个不是故乡的地方这么依恋，却对和自己明明有血缘关系的家人那么厌恶……"

"一切都会过去的，夏夏。现在有我了，看他们还能把你怎么办！"

郁欢颜的声音中仍听得出哭腔："冉冬，我是真的不想再回那个家了。我就待在虢镇好不好？我就跟你在一起好不好？"

"待在虢镇干什么呢？你的工作呢？不要了？"冉冬怕郁欢颜只是一时冲动，更害怕因为自己，拖累了她。

郁欢颜真的受够了那种生活。

"你为什么不搬出来一个人住在外面呢？"冉冬问她。

郁欢颜曾经提出过要自己租房子住，被爸爸一口拒绝了。爸爸是怕被别人看到他这么有社会地位的人（只是他自己以为），女儿却在外面租房子住，太没面子。妈妈甚至不高兴地指责她没良心。

即使夏安结婚了，他和李涯可以安安生生住在他们的别墅里，以后不会再回家里来住，可凌波平时也都在学校，周末也不一定回来。整个家里就只剩郁欢颜和爸妈面面相觑。爸妈在自己的地盘上理直气壮地来来回回，郁欢颜只能把自己锁在房间里。

家的滋味到底是什么呢，郁欢颜从十七岁以后就没尝过了。

看郁欢颜的情绪稳定了些，冉冬从口袋里掏出一张照片。借着昏黄的路灯，冉冬指着照片上的人说："你还记得吗，咱们四个一人洗了一张。我刚回家翻箱倒柜找到的。"

照片的一角被火烧过一般发黑。幸运的是，它保留了下来。

当然记得，她怎么会忘了？

"当时照相的时候哪会想到身边的人，也许这辈子都见不到了？"郁欢颜抚摸着照片上另外三个人的脸，他们身上稚气明显，无所畏惧。

"心情好点了没？"冉冬小心翼翼地问，"现在说说吧，什么事？"

郁欢颜点点头。

"我爸妈今晚到虢镇来。"

"你爸妈？他们来干吗？"

"接我妹妹，"郁欢颜声音低落了下去，"可能还会找我麻烦。"

"为什么要找你麻烦？不是你妹妹自己找来的吗？"

郁欢颜说："事实不是关键，关键是他们如果认定了一个事实，那么真相是什么，还有什么所谓呢？"

冉冬其实已经尽可能地把何叶霞夫妇想象得够卑劣了，他们毕竟是能做出抛弃亲生女儿这种事的人。

"那你呢？他们会叫你回去吗？"

郁欢颜摇摇头说："不知道，估计他们巴不得让我赶紧从那个家里滚蛋。"

郁欢颜至今不知道爸妈对她究竟是怎样的态度，他们如果完全不喜欢她，为什么要把她接回A市呢？就当他们从没有生过这个女儿，让她在虢镇生活一辈子不好吗？

"我现在还不想说。"郁欢颜擦了擦眼泪，看着冉冬说，"我们上楼去吧，凌波还在楼上等着呢。"

郁欢颜走在前面，冉冬一把拉住她："夏夏，你们家到底是怎么回事？"

"等我爸妈来了之后，我先把凌波送走，再跟你说，好吗？"这七年太漫长了，她怕这么一会儿，根本说不清楚，也说不完。她再怎么跟外人伪装，也无法向冉冬说假话。

虢镇的晚上是能看到许多星星的，这晚也不例外。一阵微凉的晚风吹过，郁欢颜虽然不冷，但还是打了个激灵。风和星空，怎么会懂得物是人非呢？它们还跟多年前一模一样。

郁欢颜走了两步，冉冬追上来搂住她的脖子，他努力克制着喜悦的语气："刚才，你跟你妹妹说，我是你……男朋友？"

"怎么？不愿意啊？"郁欢颜把他的手打掉。

他干脆用两只胳膊都环绕住郁欢颜，一副要赖着她的样子。郁欢颜的嘴角微微上扬，没有让冉冬发现。

即使在这样不怎么愉快的夜晚，仍然有让她幸福的瞬间。

这就够了。她对自己说。

5.

夏海川和何叶霞是凌晨四点多到的。

他们打电话的时候，郁欢颜正靠在冉冬肩膀上睡着。她被手机铃声吓得跳起来，接完电话才觉得浑身都快散架了。

凌波躺在一大排椅子上，还在熟睡着。自从郁欢颜和冉冬从楼下花园上来，凌波就没怎么说过话。她像个犯错的孩子一样，坐在离他们差不多十米外的一排椅子上，后来实在太累，躺下睡着了。

"几点了？"郁欢颜接完电话，问冉冬。她一点也不想按手机看时间。

"四点零三分。"冉冬抬手看了一眼手表回答。这一夜他都没睡，郁欢颜一直靠着他，他怕弄醒她，就保持一个姿势，坐了好几个小时。

这会儿他感觉脖子都要断了。

郁欢颜走过去，轻轻摇了摇凌波："凌波，别睡了，爸妈来了。"

凌波睡得迷迷糊糊，咂了咂嘴，半睁着眼睛，又睡了过去。要不是郁欢颜扶着，她早就滚到地上了。

"起来了凌波，准备回家了。"

凌波突然坐起来，声音沙哑着问："什么？"

郁欢颜又重复了一遍刚才的话，凌波这才有些清醒，她拿着身上的毯子问："这是谁的？"

那是郁欢颜怕她着凉，跟护士要了条毯子给她盖着的。

"爸妈来了？"凌波说。

郁欢颜点头。何叶霞刚在电话里问了她医院怎么走，估计几分钟后，他们就会见面了。

说实话，这时候凌波的心里只有害怕。毕竟她没有跟家里打声招呼，就擅自到虢镇来了。自己让姐姐操心不说，还可能给姐姐惹了麻烦。她知道爸妈生气了，也知道爸妈的气最后一定会撒在姐姐头上。

何叶霞的脚步声在凌晨的医院里特别刺耳，隔着好几层楼，郁欢颜都知道他们来了。

郁欢颜手心里也都是汗，身体甚至有些发抖。冉冬从背后握了握她的手。

何叶霞和夏海川终于出现在了走廊的尽头。

郁欢颜不明白，为什么世界上有那么多身不由己的事。不想和某个人有交集就断了联系，不想做某件事就直截了当地拒绝，不想在某个地方待就潇洒地走掉。

如果人人都顺心遂意，这世界也就不是世界了。有不幸才能衬托出幸福，有跌落谷底才能显现出顶峰多么高大，身处囚笼才看得出自由有多美好。

所以世间的痛苦便都有了解释。

身不由己，就是她的命运和任务。

即便她想甩下一切，什么都不管了，现在还来得及，拉着冉冬的手，离开A市，甚至离开虢镇……可她还是整理了表情，主动迎上去说："爸、妈，你们来了……"

郁欢颜的话音还没落，何叶霞的耳光就已经落到了她的脸上。

这个耳光，郁欢颜想到了。

冉冬赶紧冲过来，一把把郁欢颜拽到自己身后，尽力控制自己的情绪："叔叔阿姨，有话好好说。"

凌波猜到父母会生气，却没想到父母会打姐姐。她惊恐地睁大了眼睛，想说点什么却什么也说不出来。她只觉得又渴又缺氧，心脏几乎都要跳出来了。

听到动静的护士跑出来，压低声音制止了他们。何叶霞根本就没听见护士说了什么，她对郁欢颜说："你到底什么居心？"

护士生气了，她拿起护士站的电话听筒对着他们一群人说："请你们出去！我打电话叫保安了！"

"保安？你说的不会是楼下的老头吧？"何叶霞轻蔑地笑了，"真把你们一个破镇子上的医院当大医院了？还保安？他早都睡了！"

护士见何叶霞如此嚣张，说话也就不再客气了："保安管不了你们，警察总管得了吧。你，你，还有你，你们这一大家子，都给我滚出去！"

夏海川拉着何叶霞，在她耳边说了几句话。何叶霞白了一眼护士，不再说话。夏海川对护士说："护士同志，孩子妈妈刚才情绪有些激动，我向你道歉。医院是要保持安静的地方，我们不应该大吵大闹，这样，我们都出去。"

说完，他用眼神示意在场的每一个人下楼。

郁欢颜的脸颊还是烫烫的，但她在跟何叶霞较劲——尽管这单方面的较劲根本就没用，她坚持不摸脸，想装作一点也不在乎刚才那个耳光。

在楼梯上，冉冬抵着她要看看她的脸怎么样了，她一直躲闪，说自己没事。

没事才怪。

在楼下，何叶霞回车上取了件外套，披在凌波身上。她皱着眉唠叨："晚上这么阴冷，看你以后还往不往这种地方跑了！"

"我刚睡觉的时候，我姐还给我盖被子了！"凌波忙着替郁欢颜辩解，甚至还偷偷看了她一眼。

何叶霞根本就没听进去，她接着说："我跟你爸都懒得管你了。你一个女孩子，跑这么远，就没想过我跟你爸会担心吗？"

"你少说两句吧。"夏海川觉得这些话对郁欢颜太有攻击性了，就让何叶霞别再说话了。

郁欢颜在心里嗤笑了一声。爸爸只是站在对方的队伍里，假惺惺地说怜惜她的话。

夏海川好像是这个时候才看到冉冬，问他："你是？"

"我是欢颜的朋友。"冉冬抢先说了，他怕说实话会给郁欢颜带来麻烦。

夏海川还准备继续问，凌波突然抢了他的话："爸，妈，虢镇是我自己要来的，你们打我姐干什么？让我姐明天一大早把我送回去就完了，至于一大家子全都跑到这来吗？"

"你先把嘴闭上。"何叶霞很生气，她由凌波转向郁欢颜，"欢颜，我可是这么多年都把你当亲生女儿看待的。"

何叶霞理直气壮的，打耳光打得有理，质问也气势汹汹的。最可笑的是，她居然是拍着自己胸脯说这句话的。她不心虚吗？她不脸红吗？

"这……"冉冬也听不懂何叶霞在说什么，他刚要开口，郁欢颜拉住了他的袖子。郁欢颜盯着他，轻轻地摇头。这时候沉默最好。

"你是不是看不惯这个家很久了？"何叶霞居然一脸痛心，好像真的遭到了欢颜的背叛。

郁欢颜这个时候居然想发挥发挥娱乐精神，她想试试点头说"是"会有什么后果。

"我希望你能懂事，知道什么该说，什么不该说。在这个家里这么多年，我以为你已经融入到我们的家庭了，你现在处心积虑想告诉凌波别的事，到底想干什么？"

还不等她做出反应，凌波一头雾水地问："我姐跟我说什么了？我姐什么都没说啊。"

"我从来没跟凌波提过虢镇。"郁欢颜一字一句地说。她忍不住想要骂人了，或者用力踢身边的树发泄一下。可她也想做得漂亮些，而不是按捺不住情绪歇斯底里地和家人互相伤害。

她知道何叶霞不会信的。何叶霞一定以为她已经告诉了凌波，自己是夏家的亲生女儿，而凌波才是领养的。

她确实想过，跟凌波好好讲讲她在虢镇的日子，讲讲她们不知道彼此存在的那十一年。但那些日子翻出来让她伤心，放在心底却总在骚动。所以她一拖再拖，一直没有讲给凌波听。

"欢颜啊，"爸爸开口了，"爸爸一直觉得你是个懂事的孩子。"

"没说过，就是没说过。你们怎么看待我我不在乎，我只能说，这种事我不屑于做。我没那么恶毒。"

在场所有人里，只有凌波一个人不知道真相。

"你现在这样的态度，我只能后悔为什么要把你从虢镇这个鬼地方接回去！我一儿一女多好，非要给自己找罪受！"

"我从来没求着你们把我接回去。"

"所以你现在就要报复我们？让凌波知道她不是亲生的，来挑拨家里的关系？"何叶霞的眼睛里都要冒火了。

在场所有人都倒吸了一口冷气。凌波张大了嘴，身体僵在那里，浑身上下透露着不可思议的样子，好像完全不能接受突如其来的事实。时至今日，凌波终于知道真相——从何叶霞口中。

凌波惊讶的反应太过真实，何叶霞才突然发现自己犯了个愚蠢的错误。

她慌慌张张语无伦次："妈妈说错了……妈妈刚才太急了……你看，你姓夏，跟爸爸和哥哥一样，你姐姐她姓郁啊……"

凌波小时候，总爱和何叶霞脸贴脸，对着镜子问："妈妈，咱俩怎么长得一点都不像啊？"

每每这时候，何叶霞就会哄她："女儿都像爸爸，你跟你爸简直是一个模子里刻出来的。你看，你跟爸爸的鼻梁一样都很高，你和爸爸都是双眼皮……"

就这样，凌波被骗了很多年。

他们一点都不像。

凌波眼含泪水，看了一眼爸爸，再看了一眼郁欢颜，终于确认了这个可怕的事实——郁欢颜的五官才和夏海川是同一个模子里刻出来的。

所有人都愣住了。何叶霞的脸上渐渐浮现出了害怕，她无暇顾及郁欢颜，带着哭腔扑向凌波。

"凌波，凌波，你听妈妈说……你真的是妈妈亲生的……"

"放心吧。我郁欢颜这辈子，从出生到死，都只姓郁。"郁欢颜几乎要把嘴里的牙咬碎了。

6.

一个人究竟为什么会讨厌另一个人？

爱没有理由，恨总会有吧。可郁欢颜不知道何叶霞不喜欢她的理由是什么。亲情在她们之间，似乎从来不存在。她就像灰姑娘，即使是从A市到虢镇，她都认为那是午夜的南瓜马车。

郁爸就在那个荒谬的夜晚离世了。

郁欢颜他们一大家子人就在楼下吵成一团，抢救时却只有郁妈绝望地坐在冰冷的走廊里。

只隔了一栋楼，就隔了两个世界。

让郁欢颜意外的是，她以为凌波会号啕大哭，甚至离家出走，或者情绪极其不稳定。但这些都没发生，她只是沉默。

爸妈想带着凌波回A市，她却根本不想回。她只跟郁欢颜和冉冬说话。

因为他们是知道真相，并且她相信的人。

"你得回去啊，凌波，"郁欢颜劝她说，"还得上学呢。"

"我不回去，我觉得那个家恶心！"

郁欢颜摸着她的头，说："爸妈一直都对你这么好，你不要生这么大的气。"

凌波直勾勾地盯着她，两眼通红："姐，你这么多年，到底是怎么过来的？"

"你在家里都看到了啊，就这么过来的。"郁欢颜耸了耸肩。

"为什么？他们为什么要这么做？"

"我不知道。"郁欢颜没有撒谎，她真的不知道，"跟着他们回去吧，不要一时冲动耍小孩子脾气。你总不能永远待在虢镇吧。"

"我不，我就要待在这里。"

"我……还得给我养父安顿后事呢。"说到这里，悲伤突然涌上来堵住了她的喉咙。这个时候她应该在哪里？可是她却在哪里？完全本末倒置了。

凌波很笃定地说："那我就等你一起回A市。你回去，要把这些年的事，全都告诉我。"

"好。"她答应了凌波，心里却在想自己是否还回得去A市。

父母和凌波谈判了许久，她才松了口，坚持要等郁欢颜一起走。她坐在地上，摆出小孩得不到想要的玩具时的无赖样子。

她已经很久没有开口说话了。她拒绝跟父母其中的任何一个人交流，甚至连看都不想看一眼。何叶霞不停地流泪，试图把谎圆回来。

他们一家三口就在虢镇的宾馆住了下来，郁欢颜则住在从前的家里，帮郁妈整理郁爸的遗物。

郁爸的葬礼，何叶霞和夏海川都没有去，郁妈也不想见到他们。郁妈还在生郁欢颜的气，她甚至不愿意多看郁欢颜一眼。

郁妈不让冉冬参加葬礼。她脑子很乱，悲伤和气愤交织，再加上年纪大了，记不清当年的很多事，把冉冬当成了李星宇。每次冉冬来找郁欢颜的时候，郁妈总是毫不留情地破口大骂，说冉冬是小偷，是杀人犯，还让郁欢颜滚。

冉冬只能在路口等郁欢颜。

葬礼举行完的那天，郁妈很早就回来了，回来就把门反锁上。郁欢颜一直到天擦黑才出现在路口，她的眼睛还是肿的。

她看到冉冬，什么都没说就倒在了他怀里。她累坏了。

她像只无助的小猫，冉冬只能抱紧她，怜惜地看着她，不停地抚摸她的头。

"你妈……回来的时候，把门反锁了。"

"反锁了？"郁欢颜有些诧异，她放开冉冬，拉着他走到自家门前开始敲门。

郁欢颜敲了许久，郁妈都没有开门。

"妈，你好歹应一声，让我知道你没事啊。"她边拍门边喊。喊完这句，她和冉冬都把耳朵贴在门上，静静地听里面是否有动静。

只听见郁妈厉声说："你别再回来了！回大城市过你富家小姐的日子吧！"

虽然她听得有一丝心痛，可她还是松了口气，郁妈没出事。

"去我家睡吧，天亮了再商量怎么办。"冉冬说。

她点了点头。

在和冉冬一起走的路上，她遇到了几个熟人。可他们都装作没有看到她的样子，待擦肩而过，她故意回头去看，发现对方刚好也在看她。

"他们一定都觉得我是个不孝女。"郁欢颜苦笑着说。

"可根本没有人真正知道你过得怎么样的。"

是啊，就连郁妈都不知道。

他们摸黑穿过冉冬家的院子，冉冬在一片漆黑中娴熟地打开了自家的门。

　　进了屋子，郁欢颜正准备问冉冬灯的开关在哪里，就感觉到冉冬滚烫的嘴唇吻了上来。

　　冉冬慢慢地脱掉了她的外套，他们一路吻到了卧室。

　　她知道她不会拒绝他。

　　她有太多痛苦太多疲惫，实在太需要人来温暖了。

　　当他们坦诚相见，躺在床上的时候，冉冬却突然有些为难，问她：“夏夏，我们……是不是……进展得有些快……”

　　雪白的月光照进来，她不想说话，眼神迷离地看着月光下冉冬的脸。

　　他立刻就明白了。

　　他们疼痛地痴缠，好像这样就可以永远忘掉现实中等着他们的种种困难。

　　天微微擦亮，郁欢颜就醒了。她拿起手机，才凌晨五点。

　　她动静并不大，身边的冉冬还是醒了。

　　“天亮了？”他半梦半醒地问。

　　“才五点多，接着睡吧。”

　　冉冬却坐了起来，盯着她问：“你今天打算怎么办？”

　　“我想……把昨晚重新过一遍。”郁欢颜故意这么说。

　　冉冬笑了，他重新躺下，伸出胳膊让郁欢颜枕着。

　　“我继续留在虢镇，没有工作，也会被大家指指点点。我想，还是回A市吧。”郁欢颜说。

　　“我这几天也想了很多。其实……我也是年初我爸去世，我才辞了A市的工作，回来的。”

"你也一直在A市？"

"嗯。"他说，"还有一间租住的公寓，我处理完我爸的后事，本来打算就把貔镇的这房子卖了，然后搬到A市生活。"

"你在A市，都没有找过我吗？"

怎么能没找过？冉冬的大学考到了外省，毕业时，他抛下一切好机会回到了A市，就是想打探到欢颜的下落。只是冉冬仅凭当年的印象，记得欢颜的父母姓夏，家里条件很差，绝对不会想到夏家酒店就是欢颜家的产业。

冉冬问郁欢颜："你要跟你父母一起回吗？"

"你说呢？你替我决定吧。"

"我肯定想让你跟我一起走了。可我的房子要卖还得办一些手续，还得一段时间。而且你又不像我，你的工作怎么办？"

"凌波这几天不停地给我发短信，求我跟他们一起走。"

"祸是你妈妈闯下的，她最近肯定不敢把你怎么样。"

"我……"

"你听我说，夏夏。"冉冬帮她把一缕头发别到耳后，"最近途经貔镇的火车上发生过抢劫，很不安全；大巴也总是超载乱塞人，那天凌波能安全到这里真的是太幸运了。你跟着父母回去，起码安全有保证。如果你不想住自己家，就先去我租的公寓里住着，我一会儿把钥匙给你。"

她想了想，还是答应了冉冬。

早上六点多，凌波就给郁欢颜打来了电话。

"姐，你在哪儿？"她的语气很着急。

"我在冉冬家。"

凌波松了一口气，说："我刚打听到你家在哪儿，到了门口，看到你……妈妈出门买东西，直接把门反锁了，我以为……你跑了。"

"我跑什么呀。"

凌波试探着问欢颜："爸妈说，葬礼已经结束了，今天回A市，你回吗？"

"回吧。"郁欢颜说，"走之前，我还有个事要办。"

"噢。那我等你电话哦。"

挂了电话，冉冬问她："你还有什么事要办啊？"

郁欢颜起身穿好衣服，从包里拿出一张银行卡。

她找了张纸，写了几句话，和银行卡折在一起。

起床洗漱过后，她站在自己家门口沉默良久，她不知道郁妈是否回来了，也没打算敲门，就把银行卡和那张纸一起从门缝塞进去了。

他们走之前，冉冬拉住郁欢颜，塞给她一个大大的快递信封。她刚要打开，却发现口是封着的。冉冬让她到家再打开。

"什么东西啊？"

"回去你不就知道了？你要好好的，我很快就会来A市找你的。"

她点了点头，双手不由得握紧了冉冬。

她有些担忧地看了看冉冬。这么多天，她还有一件事瞒着冉冬——李涯嫁给自己哥哥、李星宇挑衅她的事。

那个凉风习习的晚上，所有的话都说开了。她平时在家的地位，还有如何生活，应该都被冉冬看在眼里。若要说她后来生活得如此波折，都要从七年前那场意外的大火说起。

其实他们心里都清楚，如果没有那场大火，他们的命运会走在另一条路上。

她失去一个亲人，又失而复得一个爱人。

还好，老天还算有眼，没有太亏待她，没有让她身边所有人都离她而去。

郁欢颜坐在车后座，凌波时不时地偷偷看她几眼。她假装不知道，看着窗外飞速后退的景色，慢慢闭上眼睛。她太累了，什么都不想想，只想好好地睡一觉，再也不要醒来最好。

第五章
真相

Ran Dong, I will always think of you

1.

欢颜在虢镇度过了五年，从那时候开始，就已经做好了这辈子再也不会见到亲生父母的准备了。如果说童年时候的她还不懂别离是什么，那么这么多年过去，她已经完全清楚父母要做的，是什么了。

他们不要她了，就这么简单。

但她完全不感到悲伤——除了偶尔会问自己，为什么。

开始几年郁妈还会安慰一般地提起，说欢颜的家里如何困难，迫不得已才让她到虢镇来。后来她长大了，郁妈也渐渐地不再说了。

她早就把郁妈当成亲妈了。

李星宇和李凡被抓成了镇上的大事，从前害怕被李家报复而忍气吞声的人，都纷纷出来表示其实早就知道李家干的不是什么正经勾当，甚至有人传言李星宇全家都杀过人。

"现在全镇都在讨伐李家。"陈墨进了教室，自然地坐在欢颜前排的座位上，转过身子对欢颜说，"他们早干吗去了？个个都跟侦探似的，净会放马后炮，怎么没一个人报警啊？"

这节是体育课，老师早就放了羊，欢颜觉得没劲，就回教室赶作业了。她一边奋笔疾书一边说：“要是报警，没准会被李星宇他爸一枪崩了。”

“我妈现在每天都要接送我，求解救啊。”陈墨一副苦恼得不得了的样子。

“为什么啊？”

“还不是因为李星宇和他爸，搞得我们家人心惶惶的。”

欢颜不解地问：“他们都被抓住了，你家人还在担心什么啊？”

“我们邻居说，虽然他爸肯定会被判很多年，但李星宇还未成年啊，又没杀人，他能判多久？他要是被放出来，指不定会干出什么事呢。”

“好像也没错，我解救不了你。”欢颜一只手搭上陈墨的肩膀。

“我妈还说，知人知面不知心，说不定镇上还有别人有枪呢。你也小心点啊。”

这时候冉冬从教室外面快步走了进来，他刚打完球，脸颊红红的。

“你们聊什么呢？”冉冬挨着陈墨坐下，可没想到坐下的力气太大，重心不稳碰了陈墨一下。

陈墨的脸腾地红了，反问了冉冬一句：“我们在聊女孩子的话题，一定要告诉你吗？”

冉冬耸耸肩，说：“我搞不懂你们女孩子。”

陈墨伸手打了冉冬一下，笑着说：“谁要你懂了！”

冉冬起身，回到自己座位上喝水，陈墨却试图再喊他过来：“冉冬，你真的不想知道我们在聊什么？别那么玩不起嘛，你不想知道欢颜心里都在想什么吗？你俩平时关系那么不一般……”

“陈墨！”欢颜打断了陈墨的话，用笔敲了敲她的头，“你今天怎么了？吃错药啦？”

可教室的角落里有一个人有点小小的失落。还真别说，陈墨拙劣的骗人技巧居然说得冉冬·有点动摇，要不是欢颜打断了陈墨，他还真想顺水推舟，过去听听陈墨嘴里到底能说出点什么来。

冉冬喝了几口水，踱步到讲台上，顺手拿起粉笔画了一只眼睛。

他正在仔细地画那只眼睛的睫毛，陈墨突然说："冉冬，你画得这么好，给我画一张呗。"

冉冬突然僵了一下，他要是回头，就会看到欢颜跟他一样僵硬。

"怎么？不愿意画啊？那你画个欢颜怎么样？"

教室里的空气突然更尴尬了。欢颜和冉冬以为陈墨看到了冉冬给她画肖像的那一幕，才故意挑起这个话题。

幸亏徐晚风的及时出现，才打破了教室里奇怪的气氛。

"你们三个，被施咒了吗？"徐晚风和班里另一个男生站在门口，甚至不敢进来。

"你干吗？"陈墨问。

他拿起手里的相机晃了晃，说："我爸刚给我送东西，我看他拿着相机，就顺便要来了。快出来啊你们三个，咱们一起照个相呗。这可是最新款的数码相机。"

"徐大少爷，我们可没见过什么数码相机啊，显摆什么呀？"陈墨拿徐晚风开涮。

徐晚风急了，说："你们怎么不动啊？快出来！"

冉冬扔掉粉笔，拍了拍手，对欢颜和陈墨说："走呗，拍张照片留个纪念。"

欢颜慢吞吞地从座位上站起来。

"我是不是还得请八台大轿抬您出来啊，郁姑奶奶？"徐晚风不满地嚷嚷。

陈墨感觉很不平衡："欢颜是姑奶奶，那我是什么？"

"你是丫鬟。"徐晚风是用唇语说的，陈墨没看真切，只有冉冬和欢颜笑成一团。

一开始，徐晚风和冉冬挨着，欢颜和陈墨挨着。

"你们这么站着太敌对了，不和谐，重新调整一下队形。"帮他们拍照的方一卓说。

"照个相怎么这么麻烦？"

"人家方一卓他爸是报社的摄影师，他肯定知道怎么拍出来好看，咱就重新站吧。"徐晚风说。

"我当然知道方一卓他爸是摄影师，弄得好像只有你一个人知道一样。"陈墨翻着白眼，"方一卓他爸是摄影师，他又不是，你怎么保证他能拍得跟他爸一样好看？"

徐晚风被问住了，方一卓举着相机尴尬地站着。欢颜只能硬着头皮站出来化解尴尬："你俩的话怎么那么多，赶紧站好拍啊！"

徐晚风站到最左边，陈墨和他挨着，再往右，就是冉冬和郁欢颜。

就这样，四个穿着校服、稚气未脱的孩子，照了他们人生中第一张合影。

放学时，陈墨像被押送一样，准时被家里人接走了。徐晚风要去洗照片，跟冉冬和欢颜同路。

"你俩回家怎么老同路？冉冬你家不是往东走吗？"徐晚风这个不知好歹的，一边摆弄他的相机一边问。

问者无心，听者有意。欢颜紧张了起来。

"就你话多！"冉冬用手拍了一下徐晚风的头，"还不赶紧去洗照片！记得洗四张啊！"

"我偏要跟着你俩，看你俩干什么见不得人的勾当……"徐晚风脸上的表情已经不能用"贱"来形容了。

"龌龊的人看什么都是龌龊的。"冉冬推着徐晚风往照相馆的方向走，他做了个鬼脸就跑掉了。

冉冬对欢颜说："跟我散散步再回家呗。"

"不能太晚，我妈现在整天对我提心吊胆的。"

"十分钟，十分钟总行了吧？"冉冬赶紧说。

他们顺着一条通往河边的小巷子慢慢走着。

"你给我画的那幅画什么时候给我啊？"欢颜走在路边窄窄的一排台阶上，努力举着双手平衡身体。

冉冬跟在她身后，想拉住她的手——当然他早就有这个想法了。他想趁着现在，装作怕她摔倒不经意拉上她的手。可欢颜突然从台阶上跳了下来，双手插进口袋里。

她回过头，看着表情僵硬的冉冬，问："问你话呢，你怎么了？我还以为你趁我没回头跑了呢！"

2.

当一个人想全心全意做一件事的时候，全世界都挡他的路。冉冬就是因为这个垂头丧气的。

他想要跟欢颜表白，欢颜却总是无法察觉他的心意，而他又不敢确定欢颜一定会答应。没准欢颜只当他是个好朋友呢？虽然他和欢颜有个专属的、别人都不知道的本子，他们无话不谈，可是，他们从来没有谈论过那些关于他们在一起的风言风语，也没有表达过"我喜欢你"。

冉冬知道欢颜对他很好，可在他的眼里，欢颜对徐晚风也不错。甚至课间休息的时候，会跟徐晚风一起聊天，有时还会哈哈大笑。他们在谈论些什么呢，欢颜怎么笑得那么开心？徐晚风那小子，以为自己很有魅力？

时间一天天溜走，冉冬始终没有开口的机会。让他懊恼的是，又有人举报他和欢颜谈恋爱了。在被叫到办公室的时候冉冬很委屈，他怎么想都想不通会是谁，就算被举报，欢颜能答应他也是好的啊。可这只让他和欢颜两个人之间更别扭了。

老师把冉冬和欢颜分别叫到办公室里批评。他倒还好，就算被叫家长，爸爸也在外地工作回不来，妈妈……算了不想了。

可欢颜就不一样了。老师一个电话，郁妈就慌慌张张赶到学校来了，如临大敌。郁妈恨铁不成钢，差点在老师办公室落泪。

"你怎么还跟那个孩子混在一起，你一直都在骗妈妈吗？"郁妈当着老师的面问欢颜。

他们用自以为关切的眼神盯着欢颜，想从她嘴里撬出点答案来。她也不觉得羞愧难当，只是替冉冬觉得不公平。

"冉冬不是坏孩子。"她不明白，为什么大人们认定他是个坏孩子？仅仅因为他比同龄人大、又没有家长管吗？那不应该给他更多关心吗？为什么连老师都带头孤立他？

"他都没有家长管，还比你们大，心眼呢，自然也比你们多。"班主任说，"老师还是很喜欢你这个孩子的，踏实好学，也是个乖孩子。所以我才不想让你误入歧途。"

误入歧途？不是所有老师，都配得上老师这个名称的。

"老师也说过，青春期呢，有好感很正常。但是，我觉得你还是应该把学习放在第一位。毕竟，你这样的成绩，读大学还是很有希望的。"

"你们到底谈恋爱了没有？"郁妈急了，使劲地戳着欢颜的胳膊肘。

"要我说多少遍你才相信啊？没有，就是没有！"

"欢颜，怎么跟你妈妈说话呢？"班主任和郁妈站在一条战线上，"我希望以后不要再因为这种事情叫家长来学校。"

郁妈听了班主任的话，立刻捣米似的点头，说："我们欢颜是好孩子，绝对不会学坏的。"

欢颜还想辩解一下，最终发现，闭嘴才是最好的选择。

班主任和郁妈像逗哏和捧哏一般演完一场痛心的相声之后，终于放过了她。

下午还有一节活动课和大扫除，郁妈就先回家了。欢颜以为回到教室肯定又会被陈墨围在身边问个没完，可她回到教室，却发现陈墨正扎在一堆人中间，和别人讨论着什么。她进来了，没人注意到她，大家也不像是在背后说她的八卦。

她又往教室后面望了一眼，冉冬在看书。

她翻了个白眼，重重地坐在座位上。

过了一会儿，陈墨终于跑过来。欢颜努力克制自己，努力让自己并不对他们刚才说了什么感兴趣。

陈墨神经大条到根本没看她的表情就跟她说话了。

"李星宇放出来了！"陈墨附在她耳朵边说。

"什么？！"这个消息实在太爆炸，她刚才劝自己要矜持的念头转眼就忘了个干干净净。

"有人在街上看到他了，说是剃了光头。"陈墨在自己头上比画着。

"好像进了监狱都要剃头的。"欢颜不知道自己是在哪部电视剧里看到过监狱里的场景，"是谁看见他的？"

"刘妍说她妈买菜的时候看见了。好像大人们都知道，就是没人敢议论这事，怕李星宇做出点什么事来。当时他好像上了一辆面包车，然后就不知道去哪儿了。"

欢颜掰着指头算了算，从李星宇和李凡被抓进去，已经过去整整七个多月了。父子同时双双入狱，听上去也是个不可思议的新闻吧。

"那李星宇他爸呢？"

"他爸肯定还在里面，他爸都不知道销了多少辆赃车了，他还用枪对着警察哎！总不能持枪的和偷井盖的一样判七个月吧。"

陈墨说得头头是道，欢颜总有种奇怪的感觉，一时也找不出什么破绽。

"刚刘妍还说，让大家放学回家的路上都小心点，见了面包车就离远点。"陈墨凑近她小声说，"说实话我真的有点害怕，要不你让你爸放学也来接你吧。他那么坏，肯定会报复的。"

欢颜这才想起来，李星宇曾在小学的时候，欺负过陈墨。这么多年过去，那个伤疤还是没好全。

镇上惶惶不安的气氛并没有持续多久，因为李星宇再也没在虢镇上出现过，或者说，再也没人看到过他。

虢镇还是虢镇，生活还要继续。

"周末来我家玩吧。"冉冬敲了敲欢颜的桌子说，说完他才发现陈墨也在场，尴尬地补了一句，"你俩。"

陈墨本来是不被允许独自出去玩太久的，可她还是满心欢喜地答应了。欢颜抬头看了一眼冉冬，说："我妈和老师都不让我跟你接触。"

"所以？"冉冬的表情看上去像被人打了一拳。

"所以我打算当他们的话是在放屁。"

"呀！"冉冬还没说话，陈墨先打了欢颜一拳，"你吓死我了！我刚还以为你生气了！"

"把徐晚风也叫上吧。"欢颜说。

冉冬心想，叫他干什么，可又怕欢颜不高兴，就没说话。

3.

欢颜和陈墨用对方当幌子，都说去了对方家里写作业。只要她们在规定时间回到家，家长不互相通电话，她们就不会被拆穿。

欢颜到冉冬家的时候，陈墨已经到了。陈墨正拿着水杯，手上翻着冉冬的画。

欢颜心里突然翻腾出一阵不爽。以前陈墨也来过冉冬家，可冉冬从来没在他们三个都在的场合把画主动拿出来。

欢颜以为只有她看过冉冬的画，突然有些不高兴。

冉冬看她来了，赶紧走过来，有些紧张地对她说："你来了。"

"嗯。"她没有看他的眼睛。

"是她自己翻出来看的……"她还什么都没说，冉冬倒先解释了一番。

她心里一阵窃喜，表面却淡淡的，绷得紧紧的："我又没说什么。"

她这一句话让冉冬彻底慌了。冉冬以为，原来欢颜根本就不在乎他是不是只给她一个人看过画。

欢颜的心里也乱乱的，她怕冉冬画她的那张画也夹在那一堆画中，被陈墨看到可就糟了。

冉冬时不时地看欢颜，她今天心情好像并不好。他又看了一眼陈墨，陈墨正背对着他们。

他也顾不得那么多了，飞快地亲了一下欢颜的脸颊。

欢颜像是被吓到了，她睁大了眼睛，不敢出声，用口型问："你干吗？"

"你说呢？"冉冬一副"你能把我怎样"的表情看着欢颜。

欢颜的脸突然变得通红。

他这么臭不要脸地凑上去亲她，她没有抽他，就是接受他了？

他准备再次铤而走险，第二次亲欢颜的时候，徐晚风这个不识相的进来了。

"你们干吗呢？"徐晚风的声音吓了他们三个一跳，"冉冬你家的租客都不在吗？"

"都出去了。"冉冬的语气带着些愠怒。这个徐晚风，净会破坏别人的好事。

"你俩凑这么近干什么？"

冉冬脑子里一片空白，不知道要怎么解释。欢颜回答："我眼睛里进东西了，让他帮忙吹一吹。"

徐晚风把门关上，搓了搓手，不怀好意地笑着问："咱们来玩点什么呀？"

"徐晚风你个禽兽！"陈墨尖叫着打了徐晚风几拳。

"我说什么了！"徐晚风一边躲陈墨一边委屈地问。

"你笑得那么淫荡干吗？"

徐晚风这个人，跟他越熟，就越觉得他表里不一。欢颜早就想不起来，他刚转学来虢镇的时候是什么样子。欢颜和冉冬还有陈墨互相看了一眼，异口同声地说："斯、文、禽、兽。"

徐晚风凑近陈墨，看了几张冉冬的画，说："哥们，你给我也画一张呗。"

"不画。"冉冬连想都没想就拒绝了。

"为什么？"

"太丑。"冉冬连想都没想就回答了。

"你！"徐晚风翻了个白眼，"我还就赖在你家了，你不给我画我，就睡在你家，晚上搂着你，在你耳边说话……"

"徐晚风你怎么那么恶心啊！"陈墨又忍不住要踢他了。

冉冬抽了一张白纸："好好好，怕了你了，我画还不行吗？你可不能动啊。"

徐晚风一动不动地坐着，冉冬煞有介事地画着。

"画完了没，画完了没？"

"哎呀，你急什么？"冉冬不耐烦地打断他。

欢颜听到门口有点响动，立刻大声问："谁！"

"你发什么神经啊，欢颜？"

"我刚感觉门口有人……"

"你太敏感啦。"徐晚风说。

陈墨瘪了瘪嘴："欢颜的第六感真的超准，就算别人摸过她的东西，她也能看出来。"

"那不是第六感，那是我看出来的。"

徐晚风对欢颜的特殊技能并没有表现出惊奇："你那个都不算什么特异功能，看不出来才是本事。别人就算把我书包里的东西扔一半，我也看不出来。我觉得我比较厉害。"

陈墨把一张废纸揉成团砸到徐晚风脸上："你能不能要点脸！"

"画好了！"冉冬说。

他们几个跑过去一看，欢颜和陈墨立刻笑成了一团。

冉冬画了一头戴着眼镜、极其清瘦的野猪。

"画得真不错嘿，你看那獠牙！"陈墨笑得都直不起腰了。

徐晚风居然没有破口大骂，他拿着画，愣了一会儿，才说："你们没觉得很热吗？"

"你少在这儿展示你的超能力！"陈墨又准备打他。

"等等！"他握着画纸的一个角静止不动，他们三个也被他的样子震住了。

那张画纸在空气中缓缓地动了动，他们突然真真实实地感觉到一股热气。

"窗外头的，是不是火啊……"陈墨声音颤抖着问。

冉冬冲到门口，透过窗子看到火已经沿着窗户烧上来了。

他想开门，却发现门被人从外面上了锁。

"徐晚风，咱俩试试能不能把门踹开！"冉冬害怕极了，可他要努力保持镇定，才能让两个女孩子不乱了阵脚。

他和徐晚风试了几次后，筋疲力尽，发现一切都是徒劳。陈墨拿着冉冬的画架把窗户砸碎了。

"窗户上有防护栏，砸碎了也出不去啊！"徐晚风大喊着，可是已经晚了，火苗已经蹿了进来。

"电话？电话呢？报火警啊！"

冉冬差点哭出来，他一直说要接根电话线进小木屋来，却一直拖着。

"保持镇定，保持镇定……"冉冬急得脑门上全都是汗，他转着圈在嘴里默念，突然一回头看到了天窗。

可天窗在两米多高的天花板上，至少要两个人叠起来才上得去。

冉冬说："我房顶上有一根十米多长的麻绳，我俩先上去，用绳子把你们拉上来。"

冉冬跟徐晚风说了几句，徐晚风点点头，对两个女孩子说："别怕，我俩有劲，你俩一会儿抓紧绳子就行了。"

徐晚风站着，冉冬踩在他的肩膀上。还好两个男孩个子都很高，冉冬臂力很好，他很快就扒上天窗爬了出去。

不到一分钟，他就从天窗上扔下一根绳子来。可屋顶上没有固定绳子的地方，他只能朝屋里喊话："徐晚风，我一个人可能拉不动你！女孩轻！先上来个女孩！"

徐晚风把绳子系在欢颜腰上，叮嘱她紧抓着绳子别放。

就算是体重比较轻的女孩，冉冬拉起来也有些吃力。

"等等，你也踩在我肩膀上好了。"

"我不敢……"欢颜带着哭腔说，她真的太害怕了，她觉得自己下一秒就会死。

"别磨蹭！"冉冬大喊，"照徐晚风的话做！"

她颤颤巍巍地踩上了徐晚风的肩膀，一抬头，天窗近在咫尺。冉冬咬紧牙关，她奋力一扒，也上去了。

"来，你踩上来。"徐晚风对陈墨说。

"你先上去吧！"

"这个时候你跟我谦让个屁啊！"徐晚风爆发了，以前从来没听到过他说脏话。

"你上去了，你们三个拉我不是更轻松吗？"陈墨推着徐晚风说。

"别磨磨唧唧的！谁先上来都一样！"冉冬对他们两个说。

徐晚风把两张椅子摞起来，踩在上面，对陈墨说："你一会儿也踩上来。我说……你赶紧上来！"

冉冬再也没耐心了，他几乎是在怒吼："你俩是在浪费所有人的时间！"

欢颜在房顶上四处张望，希望能找到一个人求救。可这会儿是周末的中午，路上根本没有行人。

周围邻居总有人感觉得到吧？她大声呼喊了几声，隔壁并没有人出来。

"今天很多人都去赶集了，估计都不在家。"冉冬有气无力地说。

赶集？那不是古代人才会做的事吗？怎么现在还有人赶集！

他们把徐晚风拉上来时，已经筋疲力尽了。

"快！把陈墨拉上来，就成功了！"徐晚风说。

不远处有个年轻人骑着自行车过来，远远看到火光，他先是愣了一下，欢颜赶紧大喊："快去报警！"

欢颜没看清他是否点了头，只看见他立刻骑着自行车掉头，消失在街角了。

冉冬站在屋顶边缘，气若游丝地指挥他们两个。

"你别站在那儿，危险！"欢颜提醒他。

他摆摆手说没事。他们三个一同用力，可戏剧性的一幕出现了。

陈墨的脚尖刚离开地面，绳子断了。

欢颜和徐晚风一个趔趄摔倒，欢颜倒下的一瞬间，看到冉冬同样也被撞了一下。

她亲眼看着冉冬，从屋顶上翻了下去。

她的胸口突然很闷，喘不上气来，空气中燃烧的味道她也闻不到了。她想尖叫，却发不出声音，心脏突然猛烈地疼痛，身体抽搐了一下，昏了过去。

4.

欢颜醒来时，发现自己在医院躺着，何叶霞和夏海川都在自己身边。她一时间没认出来这两个人是谁，有些别扭地跟他们打了招呼。

据说她已经昏迷了三十多个小时。

她以为自己做了个冗长又可怕的梦，可她残忍地发现，所有人都痛心地盯着她，逼着她不得不承认这个事实。

她发了疯一样地问其他三个人怎么样了，可没有人愿意告诉她。

她脑海里只有一个画面，就是冉冬从屋顶上掉下去的那一瞬间。那一个画面分成几帧在她眼前重播，她只想把脑袋撕裂。

冉冬是失去重心摔下去的。

她亲眼看到的，他头朝下。

她脑海里只有四个字：凶多吉少。

郁妈在她醒来的第二天才到医院的。她和郁妈单独相处的时候，郁妈似乎一直有话对她说。

"妈，你是不是有话对我说？"

郁妈还没开始说，就先掉眼泪了："夏夏，妈舍不得你……"

"妈，你在说什么呢？"

"是妈妈没把你管好，妈太无能了……"郁妈泪流满面，"你跟你爸妈回市里去吧，啊？"

"我不回，我怎么能回去呢？"

"虤镇跟A市不能比，你迟早都要回去的，现在回去，在A市的中学里好好学，说不定能上个更好的大学……"

这绝不是郁妈的真心话，她从前从没说过要欢颜回A市的这些话。

郁妈抹着眼泪出去了，何叶霞进来了。她们擦肩而过的时候，没有任何的眼神交流。

没有怜惜的表情，何叶霞对欢颜说："等你恢复得差不多了，就跟爸妈回去。"

她没有征求欢颜的意见，直接用的是通知的语气。她觉得，跟小孩子不需要商量。

欢颜还在纠结要不要开口叫她"妈"。毕竟太陌生了。她们母女几乎有十一年没见过了。她走进来的时候，欢颜甚至在想这个女人是谁。她比郁妈年轻得多，身上还有一股讨厌的香水味。

她很想问，你们当初明明就是不要我了，现在为什么要回来？为什么不任由我自生自灭？

他们是不是良心发现？

如果良心发现，何叶霞见到她为什么不流泪？

也许，是她的要求太高了。

5.

虤镇有人看见李星宇的时候，已经是他出狱的第三天了。那些跟着他的伙计，基本上都因为井盖的事落了网。他们陆陆续续地出狱，已经等着给他"接风洗尘"了。

他到虢镇上的小卖部里买烟，小卖部的老板一眼就认出他了。老板装作一直在看电视，让李星宇把钱放在柜台上就行。

　　李星宇立刻起了疑心，他走到店里面，问老板："给你钱你还不要啊？"

　　"不是说了让你放柜台上吗？"

　　"那我要是不放呢？"李星宇用食指和中指夹着钱，直勾勾地盯着老板，"你怕我？"

　　"不、不怕，怕你做什么？"老板谢顶的头已经开始冒汗了。

　　"你知道我是谁。"

　　"我知、知道。"

　　小卖部的老板大概以为眼前这个亡命徒什么都做得出来，即使他赤手空拳。李星宇只是想吓吓他，没想到他不打自招了。

　　小卖部的老板告诉了李星宇，那个举报他偷井盖的人。

　　其实李星宇早在那个晚上，凭声音已经大概判断出是谁了。他怀疑老板在耍他。他凑近了老板的脸，问："你怎么知道是他？"

　　"他到我店里来问我要电话报警了呀。"

　　"你认识他？"

　　"认识，就那个他爸从来不管他、他妈是个婊子的孩子。"

　　听完老板的话，李星宇笑了，老板也跟着笑了。

　　他？

　　李星宇皱了皱眉，回想着已经是半年前的那个夜晚。

　　他明明听到的是一个女孩的声音，班里最聒噪的女孩，陈墨。

　　真是笑话，一个人的名字和性格能如此不符。

　　"你就看着他报警了？"

　　"怎么可能，我能让他报警？我把他赶跑了。"

　　"最好是这样。"李星宇恶狠狠地说，没给钱就离开了。

　　老板抹了抹头上的虚汗，坐回柜台里。

其实老板认识欢颜和陈墨，郁妈和陈墨的妈妈是他的常客，像他这种利益当头的自私商人，当然是看人下菜，来吵着要报警的四个孩子里，只有冉冬他惹得起。

那两天，李星宇只在晚上才在虢镇上活动。他没有回家，而是上了一辆面包车。面包车上有等候已久的他的朋友。

"你是……'尘'？"李星宇坐上副驾驶座，看了一眼开车的年轻男孩。

他不知道尘真实年龄有多大，只知道比自己大一些。

"嗯。"男孩子非常冷酷地回了他一个字。

"你确定？"他又问了一遍，却在心里问自己，我李星宇是谁，现在是害怕他会把我怎么样吗？

"电话里我不是跟你说过车牌号了吗？"

李星宇也有些不大高兴："那你也没说是面包车啊！"

"我没驾照，钱也不怎么够，随便找的车。"尘冷冷地看了李星宇一眼，"有车坐就不错了，还挑！"

"你开稳点！我刚重见天日，还不想这么快就死！"李星宇摇下车窗，点了一根烟。

尘问："去哪儿？"

"去我姐。沿着这条路一直向前开，出了虢镇，直到看到一块特别大的绿色旅游景区导视牌，到那个丁字路口你叫醒我。"

李星宇把烟头随手扔出窗外，关上车窗准备睡觉。

尘摸了一把李星宇的头："之前在QQ上聊的时候，我还以为你跟照片上一样，是个凶神恶煞的小子，现在见了面，看着还挺敦厚老实的嘛。我还说怎么这半年不见你上QQ了，才知道你小子进去了。"

"哼！"李星宇很讨厌别人摸他的头，他敷衍地回应了一声，头一歪，睡过去了。

他们是一年前在QQ上认识的。

过了大概四十分钟，尘叫醒了李星宇。他指着前面问："是不是这个牌子？"

李星宇用力睁开眼睛，东南西北四个方向看了个遍，辨认了快两分钟，才大声责怪起来："开过了！"

"这一路上哪有什么旅游的牌子？全都是房地产的大广告牌！"尘说。

"算了，算了，算了！"李星宇不耐烦地看了一眼尘，"掉头掉头，我不睡了，看着路。"

尘一路上太闷，看李星宇不再睡了，就跟他聊起天来。

"你姐多大？"

"你少打我姐主意！我今天去就是跟她借点钱。"

"随便问问，谁打你姐主意？我有女朋友，长得像林心如！"

"快别吹了你，就你长这样还能找到林心如当女朋友？"挖苦别人是李星宇近些年来，做得最有良知的事——毕竟没有动手。

尘扔给李星宇一个钱包，李星宇疑惑地看了尘一眼，然后打开钱包。钱包里面有一张尘和一个女孩合影的大头贴。

尘紧紧搂着那个女孩，李星宇仔细端详了一会儿，不得不承认，还真的挺像林心如的。

到了李星宇所说的那个丁字路口，尘指着头顶上的牌子说："看，估计早换了广告牌，你不知道吧！"

因为世界变化多端，人才变得难以捉摸，人总是跟着大环境走的。

眼前的这个尘也并不值得信任。李星宇的脑子飞快地转着，好在他分析出了利害。虽然他没拿家伙，可尘对这周围的路似乎一点也不熟，这是他的优势。

李星宇翻了个白眼，又点了一根烟："你又不是不知道我这半年在哪儿。"

"经历过这样磨炼的人，才算真男人。"

"你磨炼过？"

"没。"尘说。

"那你说个屁！"李星宇夹着烟眯着眼睛，"右拐右拐！"

他们的车最终停在一片荒地上。这片荒地不远处有个废弃的水泥厂，从远处都看得出很破败。周围一大圈地都是荒废的，可就在这片荒地上，居然矗立了一栋五层高的居民楼，只是看上去孤零零的。

他们走到二楼，李星宇敲了几下门。

一个年轻女人打开门，看了一眼李星宇，就转身进屋了。

"你说你是不是活该？"他们进来之前，那个女人刚洗完澡，头发上的水还湿答答地滴着。她进去拿了条毛巾擦头发。

"你就别说我了，姐。"

"去把鞋换了！"李星宇的姐姐对李星宇一点也不客气。透过抬起的袖口，尘能隐隐约约看到她手臂上的文身，他忍不住多看了几眼。

李星宇的姐姐一抬头就能和尘对视上，第三次之后，她终于忍不住了，对李星宇说："你也不介绍一下你朋友？"

"这是尘。"

"陈什么？"

"就叫尘，没有姓，就一个字，灰尘的尘。"李星宇介绍道。

"小伙你是不是非主流啊？"她笑了笑，没等尘回答也不再继续这个话题，"我叫李涯，李星宇的姐姐。"

"说什么呢姐？"李星宇替尘开口，"人家可是A市的城里男娃！什么非主流，你说话注意点啊。"

"轮得到你说我？你去看爸了没？"李涯点了一根烟。

"你自己都不去，问我干吗？"李星宇没有告诉尘，自己的爸爸从前是做什么的，现在在哪儿。他对着李涯挤了挤眼睛，李涯便没再往下问。

尘不由得又多看了李涯几眼。李星宇在网络上把李涯吹嘘得像个神秘的女杀手，没想到她这么平易近人又落落大方。

"怎么，今晚想住我这儿？"李涯问。

李星宇顺势躺在沙发上："我还有地方去吗？回虢镇的家里？"

"你去哪儿跟我有什么关系，别来找我要钱就好！"

"看你这话说的，你给我提供地方住就行了，别收房租。等过几天我赚了钱，都给你买化妆品。"

李涯翻了个白眼，说："你以为我会信你？"

李星宇才不管那么多，他把沙发腾出一块地方来让尘坐下，然后大声瞎嚷嚷："你这么不想让我在你这儿住，是不是藏男人了？"

尘竖起耳朵等着回答。

李涯走过来，一把把毛巾甩在李星宇脸上。

"废话怎么这么多！"

李星宇也不生气，嘿嘿一笑，把毛巾拿下来放在茶几上。

"我跟你俩说，我可不会做饭。要吃就出去吃，顺便给我带回来，听见没有？"

"行行行，你是我亲姐呢，你说什么都行。"李星宇嬉皮笑脸地答应了。

李涯头发基本上干了，她进了屋，过了大概半个小时出来时，已经化上了浓妆，换了身衣服。

她对他们俩说："我出去有点事，晚上回来。那个……非主流，你累了就进这个房间睡会儿。"

"好的。"尘回答。

李星宇已经睡得不省人事了。

李涯关上门，尘听到她离门越来越远的脚步声，然后快速走到窗户边，看她走远的背影。她穿了双大红色的高跟鞋，很是显眼。有一辆黑色的车在路边等着她，她打开车门坐了进去。

李星宇在睡梦中咂了咂嘴，尘警觉地回头，这才放下心来。

这是个一室一厅的小房子，估计他和李星宇，晚上要在客厅打地铺了。他走到里屋，也就是李涯的房间里。里面有一张单人床、一个衣柜，还有一个梳妆台。梳妆台上有李涯刚用过的化妆品。

他走近闻了闻，没错，就是刚才李涯身上的味道。

以前他觉得全世界最好看的女人就是他女朋友，皮肤又白又光滑，还有明星相。

尘算是同龄人眼中的异类，但女朋友却是个十足的乖乖女。她又傻又天真地相信他，甚至有那么几个瞬间，他觉得自己亏待了人家。

可李涯身上却有种让人不得不想接近的神秘气息。

李涯跟他现在的女朋友完全是两个类型的人。他一开始还因为女人的问题差点跟李星宇吵起来过。

他生在A市，家里条件还算优越，心里便有很明显的优越感。当初跟李星宇在网上结识的时候，尽管知道李星宇年纪小、游戏还打得比自己厉害，但自从知道他是虢镇而非A市的人之后，心里就有种不由自主的看不起。

但尘不得不承认，自己是个谨慎过头的人。他喜欢混，可总是畏首畏尾，不是彻底的好人，却又不敢做十足的坏事。

李星宇跟尘骄傲地说起自己的姐姐时，他完全是不屑的。在他看来，镇上的女孩和城市里的女孩是没法比的。可见到李涯的那一刻，他就把这种想法抛到九霄云外去了。

差不多到天黑李星宇才醒来，尘正在姐姐的屋子里休息。

他突然想要要尘。

他点了一根烟，猛吸了几口，在嘴里蓄足了烟，对着尘的脸用力一吐。

"你他妈的不想活了！"尘在睡梦中被呛出了眼泪，猛地坐起来对着李星宇喊。刚想接着说话，他就愣住了，李涯已经回来了，正靠在门框上似笑非笑地盯着他看。

他刚才的蠢样子一定也被李涯看到了。

"哈哈哈哈……你刚才的样子就像个傻×！"李星宇捂着肚子，笑得在地上打滚。

尘怒骂了一声，又对着李星宇踹了一脚。大概是笑得投入，李星宇都没意识到，尘这一脚的力道绝对不是开玩笑的。

"我带回来点下酒菜，你俩吃点？"李涯对着尘说，"我都站这儿半天了，你也不知道起来，非要我自己说。出去！我要换衣服了！"

尘赶紧站起来，走到客厅。

李涯用脚随便一踢，里屋的门就关上了。

李星宇对着一碟花生米和拌黄瓜，不满地朝里面说："下酒菜，下酒菜，酒呢？都被你喝了吧！"

"有就不错了，挑什么挑！"李涯在里面吼回来。

李星宇把长长一截烟灰弹在了花生米里。

"你干吗，我还要吃呢！"

李星宇把烟头捻灭，拉着尘就要走："走走走，咱们到外面吃点好的去。"

"你有钱？"尘白了他一眼。

李星宇脸变得飞快，笑着搂住尘的脖子，说："我知道哥你有。哥今天帮了我，以后我会好好孝敬哥哥的。"

尘说："把你姐也叫上吧，不知道她饿不饿。"

李星宇摇了摇头，说："我有事要跟你说，她在不方便。她肯定在外边吃了才回来的。"

李涯听到了李星宇的话,她走出来的时候已经是一身睡衣了。

"我都不知道我为什么要收留你,我知道有吃的要带回来给弟弟,结果嘞?弟弟是个小白眼儿狼。"

"我俩有正事要说。"李星宇有点不耐烦,"你想吃什么,我回来给你带不就完了?"

"得得得,我吃过了。赶紧走,我要睡觉。"

6.

他们开着车走了一段路,到了一个破旧的加油站旁边的川菜馆。

在等着菜上桌的时候,李星宇压低了声音说:"我这次叫你过来,是想找你帮忙。"

"我知道。"尘吸了一口烟,"你在QQ上不是说了,但没说具体的。"

"你知道哥们我是怎么进去的吗?是熟人报警的。我万万没想到是那小子报的警!"

"谁?"

"我同学!没爹没妈,就小时候开过他几句玩笑,还他妈跟老子记仇了!"

尘有些顾虑,说:"这忙我可不白帮啊。"

"当然当然!等帮完我这个忙,咱俩就一块赚大钱去!我爸以前做生意的那些朋友,我还都认识呢,一次下来,几万不成问题。"

李星宇当然不会告诉尘,他爸爸李凡现在还在监狱里。当然尘也有自己的小心思,就是李涯。

"你打算怎么做?揍一顿?"尘问李星宇。

"他害老子失去大半年人身自由,结果只换来一顿打?太不公平了吧!"李星宇在认真想,究竟要用什么方法才能教训到冉冬。

"别闹出人命就行。"

"不会的。只是除了那个王八蛋,还有个女的,也得给她点颜色看看。那个小卖部老板没说实话,那晚报警的一定还有陈墨,他没说实话。"

"什么?"尘显然不知道李星宇在说什么。

"那女的也是我们班同学,我跟胖子他们出事那晚,明明听到陈墨的声音了。我绝对不会听错。"只是他疑惑的一点是,陈墨跟冉冬关系不算好,从小到大,他都没见过他俩说过几句话。

不过他疑惑了一会儿就懒得去想了,他只相信自己的耳朵。至于那个小卖部的老板,只要稍微教训一下,以后的烟酒钱,就能省下来了。

尘在A市也经常跟着学校的弟兄们找别的学校的人打架,不过大多数时候都不会真的动手。通常是两边齐刷刷上来十几个带家伙的人,互相用脏话放几句狠话,僵持一会儿就散。真正强壮的他打不过,只能欺负欺负弱小。

"打一顿不解气,那你想怎么样?"

"我得永远让他记住,我们李家人不是好惹的。"

饭已经吃完,两个人也在桌前抽掉了一整包烟,还是没想出来有什么好法子。

已经是深更半夜了,川菜馆的老板看这两个客人不怎么好惹,就一直没上前告诉他们已经打烊了。

"都一点了!"李星宇看了一眼墙上的钟,"咱们回去吧,再晚李涯肯定还要骂人。"

"你还怕你姐啊?"

"怕她干啥?我就是嫌她话太多,聒噪得很。"说完李星宇故作深沉地补了一句,"女人!"

"抽根烟再走，"尘朝李星宇伸手，"借个火。"

李星宇掏出个塑料打火机，给尘扔了过去，尘差点没接到。李星宇看着打火机突然笑了。

"老子烧了他家怎么样？"

"什么？！"尘眯着眼睛，把眼前的烟用手拨开。

李星宇皱了皱眉："你紧张什么？又不会烧死他！就是给他点教训嘛。"

"你想怎么个烧法？"

"趁他睡觉的时候，把门从外面挂上锁，点上不就完了？"

尘摇头，否定了他的想法："这样还不会出人命？"

"他有邻居啊，虢镇的房子都是一家挨着一家的，邻居能发现不了？"

"可大晚上的，邻居肯定也在睡觉啊……"

李星宇打断了他："谁说要晚上去的？咱白天去不行吗？"

尘还有个担心，那就是既然有邻居，又在白天，万一他们被邻居看到怎么办？万一真的出了事，这可都是证据啊。

他们在路上没再讨论这个话题，李星宇只是不停地在副驾驶上抽烟。

回到家，李涯意外地并没有睡。她把李星宇叫到房间里，问："你是不是又想干点什么？"

"我能干点啥？"李星宇一脸无辜。

"少跟我装！你现在又不是不知道进去是什么滋味！"李涯尽量压低声音，不想让客厅的尘听见，"不然你叫那个尘来干什么？"

"哥们来玩不行吗？"

"最好是来玩！"

李星宇说："你管好你自己吧，别以为我不知道你！整天跟乱七八糟的男的到处跑！"

"滚蛋，你少管我！"

"你也少管我！"李星宇转身出了卧室，把门摔上。

尘听到了这对姐弟低沉的争吵，但并不知道他们在吵什么。只看见李星宇气呼呼地出来，让他睡在沙发上。李星宇在卫生间里找了半天，找出一块毯子来，铺在地上倒头就睡。

李涯出来扔给尘一个枕头和一床薄被子，没管李星宇。她刚一进房间，李星宇就气呼呼地说："妈的，明天就去虢镇！"

尘没有接他的话，假装睡着了。

7.

第二天一大早，就下了瓢泼大雨，李星宇还在跟李涯生气，却因为天气原因，不能走。

老天爷就像不给情面一样，连着下了好几天的雨。

这天天刚一晴，李星宇就一大早把熟睡中的尘拽了起来，没跟李涯打一声招呼就走了。

在路边的油条摊上，李星宇给一个人打了个电话，让对方帮自己准备点东西。

"谁啊？"

"我爸的朋友。"李星宇把手机扔在桌子上，"今天你就不管了，我一会儿去收拾冉冬，你就在我跟你说的地方等我。等我出来，你直接开车走人。"

尘松了一大口气，说行。得知自己不用跟着李星宇去冒险之后，尘就变得很轻松，他拿起李星宇的手机，问："你这手机能照相不？"

"不能。"李星宇瘪了瘪嘴，"等这事过去，咱俩赚到钱了，一人买一部能照相的，最近不是出了滑盖的手机了吗？"

尘口袋里就装着最新款的滑盖手机，他犹豫了一秒钟，没有拿出来给李星宇看。

他们先是去李星宇联系的朋友家取了一个封着盖子的桶，然后又去买了把锁。

在他们的车子开进虢镇之后，尘有些不安了。他怕李星宇把事情捅大，连累到自己。

"你别不给人家留活路，教训教训得了。"

"哥，听你说这话，你是怕了？"李星宇睨了一眼尘。

尘用鼻子哼了一声，回答："我怕？可笑！我是怕你小子再捅大娄子，给你提个醒！"

李星宇让尘开着车在虢镇的居民区绕了一圈又一圈，最后才让他停在一个窄小的路口。

"今天人挺少，天时地利人和！"李星宇看上去胸有成竹，他戴上棒球帽，"我一会儿跑进来，你就开车走，一直往前开，越快越好。"

李星宇抱着桶，快步跑到冉冬家隔壁的大水缸后面蹲着，路过的人根本看不出来。

他仔细盯着冉冬家的动静，冉冬家的租客好像都不在。他刚准备出来，就看到陈墨哼着小曲跑跳着进了冉冬家。一石二鸟！他躲在角落里笑了。

过了一会儿，郁欢颜和徐晚风也来了。

他们怎么会来？李星宇刚想了一会儿，就懒得往下想了。他们人多才好，人多注意力就会分散，就没人会注意到门外有什么风吹草动了。

李星宇蹲得双腿都麻了，他快速跑进冉冬家的院门，匍匐进去。

小木屋里很热闹。李星宇蹲在墙角，听见他们几个正在开徐晚风的玩笑，说他是什么斯文禽兽，然后几个人笑成一团。还好，门是关着的。一切都正中李星宇下怀。

他缓缓地、尽量不出声音地挪动，把买来的锁挂在锁栓上。咔嗒，锁上了。

但欢颜还是察觉到了这点微小的动静，李星宇感觉心脏都要跳出来了。

他拿出那个小桶——桶里装的是汽油，他把小桶里的汽油绕着木屋倒了一圈。

他静止了十几秒，然后环视一周，看到了院子里堆着的玉米秆。

李星宇挪到玉米秆旁边，用打火机点着一根。火不大，只有几点火星。他用手扇了扇，又点了一次，才有了点燃烧的迹象。他又点了一根，把玉米秆扔到刚倒好的汽油里。

火在一瞬间轰地上来了。他是蹲着的，吓了一大跳，他没想到会这么快就烧起来。他还不忘提着小桶，连滚带爬地朝面包车跑过去。

"开车！开车！"他坐上车，腿都是软的。

尘挂上挡，快速把车开离了虢镇。

"你看我眉毛还在没？"李星宇喘着气问尘。

尘看了一眼他，浑身都是土，狼狈得不成样子，脸上全都是黑的。

"在在在。"尘回答李星宇，"怎么样？"

李星宇瘫坐在副驾驶座上："点着了，还不知道烧得起来不。我怕再不跑就会被人发现了。"

"跑出来就好，现在往哪儿开？"

"往前，先一直开着，天黑之前找地方洗个澡，再买身衣服。"

尘盯着路前方说："嗯。"

李星宇因为要平静心情接连抽了几根烟，他转头问尘："尘，这么久了，你一直没跟我说，你真名叫啥啊？"

"我记得我告诉过你啊。"

"什么时候？我忘记了。"

"夏安。"

第六章
出走

Ran Dong, I will always think of you

1.

　　有一段时间没回家，郁欢颜进门后，突然有种陌生的感觉。在虢镇的家里，她可从来没有过这种感觉。

　　凌波面无表情地进了自己房间，郁欢颜还听到了她锁门的声音。但她现在没什么心情去问凌波，她赶紧打开冉冬给自己的信封。

　　只看到一个角，她就会心地笑了。

　　是冉冬多年前给她画的那幅画。

　　她举着冉冬眼中的自己，看了好几个小时，还伴随着傻笑。冉冬究竟是把这幅画放到了哪里，才完整地在多年后交到她手中？

　　她把画锁进抽屉，倒头就睡，一觉从黄昏睡到了第二天中午。

　　尽管沉睡了那么久，她仍然觉得头昏昏沉沉的。醒来后，她赶去了幼儿园。因为郁爸的事太匆忙，她只给领导打了电话请假，也没来得及说清楚原因。

　　敲赵园长办公室的门时，郁欢颜犹豫了许久。她一直保持着敲门的姿势，却不知怎么敲下去。她不算会讨好领导的人，平时和园长的关系也不算熟悉。可这么多天没上班，园长却一句责备都没有，还叫别的老师帮她带班，只是留职停薪。

郁欢颜想，要是她当园长，这样的员工一定是要辞退的。

她正愣着，园长办公室的门突然打开了。赵园长差点和她撞了个满怀。

"欢颜？你什么时候回来的？"

"昨晚刚回来……"郁欢颜有些惊慌失措。

"家里的事情处理好了？心情好点了吗？"赵园长没有一开口就提工作的事，反而很关心她。

"嗯。"欢颜点了点头。

赵园长满脸笑容，亲切地招呼着欢颜："进来坐，有什么话坐下说。"

"园长，真对不起。我也没正式请假，就缺勤了这么多天。您看您对我怎么处理吧，我都能接受。"

园长仍然笑着，像看自己女儿一样看着郁欢颜："说什么呢？谁家里还没点事儿？我在你心里就那么冷漠，不近一点人情？"

"不是不是……"郁欢颜赶紧否认。

赵园长是个四十多岁的男人，家庭美满，也很喜欢孩子，经常和幼儿园的孩子们打闹成一团。

他给欢颜倒了杯水，说："别紧张，我已经跟别的老师和领导层都解释过了，家里出了大事，我们是可以通融一下的。再说，你工作那么优秀，我们怎么可能就这么放过你？"

"谢谢园长。"郁欢颜突然觉得词穷，她不知道要怎么感谢赵园长。

"好好工作吧，别让我失望。"赵园长走过来，揉了揉郁欢颜的头发。

什么？

郁欢颜的身体突然僵住了。园长刚才做了什么？郁欢颜突然感觉到一股巨大的恐慌。

她瞄了一眼园长办公室的门窗，门是防盗门，现在是关着的，窗户是毛玻璃的。

"那我就去工作了……"她甚至不敢看一眼赵园长，把装水的一次性纸杯端着就往外走。

"水都没喝完，就急着走啊？"赵园长笑眯眯地问她。

郁欢颜想要去开门，赵园长却走过来想夺走她的杯子。她条件反射一般，把水泼到了赵园长身上。

赵园长愣了一下，紧接着扑过来紧紧抱住郁欢颜。

"为什么急着走？"

郁欢颜觉得要窒息了。赵园长已经不是刚才笑眯眯的样子了，他不顾郁欢颜的挣扎，控制着郁欢颜的手，疯狂地亲吻郁欢颜的脖子和脸颊。

郁欢颜双手动不了，只能用脚胡乱地踢，园长却丝毫不受影响。

这时候办公室的电话突然响了，园长停了下来，手也松了一些。

郁欢颜抓住了这一秒钟的机会，甩开赵园长用力朝他胯下踢了一脚。有多用力呢？她一只鞋垂直甩到了天花板上。

她只记得余光里赵园长倒在了沙发上，她一只脚光着，就那么跑了出来。她一路狂奔，原来深一脚浅一脚也可以跑得那么快。她甚至都不知道跑了多久，她只知道，这个地方，她是永远不会再回来了。

郁欢颜停在一个商场门口。她脱下那只穿着的鞋，坐在商场里的椅子上，才发现自己浑身是汗。

她掏出手机，冉冬在电话那头刚说了句"喂"，她的眼泪就止不住流了下来。

"怎么了？"冉冬着急地问。

郁欢颜说不出话，只是哭。

"你家里人欺负你了？"冉冬只能靠猜。

她拼命摇头，却没想到冉冬根本就看不见她。

郁欢颜从流泪变成失声大哭，冉冬静静地听完她的哀号之后，才问她发生了什么。

"我只是……有些想你……"郁欢颜从牙缝里挤出这几个字。

冉冬还有房子的事需要处理，如果现在就全跟他说了，他一定会放下手上的事来A市。她打算晚一点再告诉冉冬。

冉冬长长地舒了一口气说："你吓死我了！我还以为你出什么事了呢。"

"你房子的事情处理得怎么样？"

"你才走了一天，怎么可能一天就有人来买？"

"可是你出的价格便宜啊。"

"我也急，我尽快处理掉这些事情就来A市。"冉冬耐心地劝说欢颜，"我想把虢镇的房子卖掉，东西一次性全都搬到A市来，这样就不用来来回回折腾了。"

"好。"郁欢颜答应着，擦干眼泪。

"你今天不上班吗？"她刚差点忘掉那个禽兽园长，冉冬一提又开始头疼。

她说谎了："不上，还可以休息几天。"

"你们领导对你还真宽容。"

冉冬说完这句话，便明显感觉郁欢颜心不在焉了。她没再说什么就匆匆挂断了电话。

郁欢颜一抬头，看到对面的镜子里映出一个可怕的女人的脸，披头散发，脸色憔悴。她伸手摸了摸自己的脸颊，指腹甚至能感觉到脸上硕大的毛孔。冉冬眼里看到的，究竟是不是这样一个她？她打了个寒战，准备先买一双鞋子再说。

手机这个时候又响了，是个陌生的号码。

郁欢颜接起来："喂，你好。"

"凌波不见了，她跟你联系了吗？"是夏安的声音。

郁欢颜把手机从耳朵边拿下来，又确认了一遍，确实是陌生的号码。她突然想起来，曾经有一次她跟夏安吵架，把他的号码删掉之后，再也没有存过。

"我不知道。"

"爸妈刚打电话来问我，我忙着呢，你回去看看。"

一股无名火噌地冒了上来，郁欢颜说："爸妈问的是你，你怎么不回去看？我也忙着呢。"

"你找事是不是？"

"你就是一大傻×！"郁欢颜对着电话一字一句地说完，然后挂断电话，按了关机。

过去郁欢颜总觉得，一切都是命运指使，在人生游戏中她被设定成卑微的角色，便永远不能昂首挺胸地讲话。当一个人没什么可失去的时候会无所畏惧，但当那个人得到哪怕一点点的温暖，他会比无所畏惧更强大。

就像她现在这样。

2.

郁欢颜转身赤脚走进了商场，先买了一双鞋，然后买了一套护肤品，顺便到彩妆专柜化了个妆。她一点也不在乎信用卡刷了多少，只觉得现在脚下生风。

当她准备去剪个头发顺便给头发换个颜色的时候，她突然想到了夏安刚才的话。刚才她只顾着生气，却忽略了凌波。

凌波不见了？应该回学校了吧？

她开机，给凌波打了个电话，没人接。她又打，还是没人接。连着打了好几个，大概凌波一天听烦了，直接摁掉了。

人没事就行。欢颜想，这个蠢丫头，嫌铃声烦可以调静音啊。

微信倒是蹦出来几十条信息，都是爸妈的，让她接电话，还有就是联系不上凌波了。

何叶霞说，今天没见凌波出去，问了她的室友，也没见她回学校，房间床铺也都整整齐齐的，应该是半夜就跑了的。

他们没意识到，凌波前几天刚刚得知了一个足以颠覆她人生的消息，她如果还能跟平时一样正常生活，那才奇怪。在虢镇她不认识路，爸妈也一直在身边，她没法逃走；在A市，也许她愿意找一个地方好好静一静。

郁欢颜发了条短信给凌波，让她无论如何要保证自己的安全，不要赌气。

想了想，她又发了一条，只有四个字：你看看我。

是啊，她的撒手锏就是"你看看我"，无论多惨的人，只要听到她这句话，心里都会得到安慰。

她又打了个电话，凌波还是没接。

她知道凌波对她，并没有像对父母那么排斥。

想了很久，她突然想到一个人，可她没有那个人的手机号码。

郁欢颜只能再打给冉冬。

"怎么，才一个多小时，又想我了？"

"你跟徐晚风联系过吗？"郁欢颜心急如焚，根本就没听到冉冬一开始说了什么。

"没有，你俩离开虢镇的时间差不多，我再也没见过他了。你问他做什么？"

"凌波离家出走了，我怀疑她会去找徐晚风。"

冉冬表示不理解："他们怎么会认识？"

"他俩一所学校的，徐晚风在读研，是凌波的学长。"郁欢颜边说边快步走，这会儿已经打到一辆出租车，并且挤掉身边所有人坐了进去。

"需要我来吗？帮你找凌波？"

郁欢颜又急匆匆地挂掉了："不用不用，我先回家去了，再联系啊。"

冉冬坐在窗边，看着渐渐暗下去的手机屏幕，怅然若失。

郁欢颜回到家，冲进凌波的房间翻找，上上下下翻得像进了小偷，终于在她一个笔记本的扉页上找到了一行用铅笔写的电话号码。

就是徐晚风的。

郁欢颜瘫坐在凌波床上，心情突然不错。她只是抱着一丝希望，没想到真的找到了。

她马上打给徐晚风，一接通就开门见山："夏凌波在你那儿没？"

郁欢颜太过直接，弄得徐晚风有些措手不及。他一惊，话都说不利索了："你、你怎么知道的？"

"你们在哪儿，我来找你们。"

徐晚风刚挂掉电话，凌波就噘着嘴说："你怎么这么快就缴械投降了？不是说好了有人找我就骗她吗？"

"她怎么这么快就知道你在我这儿了？"

"我还能去哪儿啊，她那么了解我。"

"那你还想骗你姐？"徐晚风反问她。

"我心情不好，不行吗？"

"行行行，你说什么都行。"徐晚风无奈地说。

郁欢颜赶到徐晚风和凌波所在的咖啡店时，凌波差点没认出来那是姐姐。她一时间忘了自己还在赌气离家出走的阶段，大老远就说：

"天哪，你的口红真的太漂亮了！"

郁欢颜白了一眼她，问："离家出走的霸气呢？尊严呢？"

"尊严先放一放，你用的什么色号的口红，怎么这么美啊？姐你别说，你以前不怎么打扮，我还真不知道你这么耐看呢。"

徐晚风在一旁附和："化了妆整个人气质就是不一样了，以前跟个男人似的。"

"还有你这鞋！"凌波又是一阵惊呼，"也太美了吧！带我去带我去，我也要买一双。"

凌波看着郁欢颜，甚至隔壁桌的人也看了过来。

她有些不好意思，说要去点喝的。凌波却拉住了她："接完你的电话我就给你点过了。"

"这么懂事啊，那为什么离家出走？"

"你又不是不知道原因。"凌波咬着她面前果汁的吸管，"我这算离家出走吗？我这就是在家门口散散心。"

"散心怎么不接电话？你知不知道全家人都在找你？"

"全家人找不找我有什么关系呢？反正我跟家里任何一个人都没血缘关系。"

"你别再说这种气话了。"徐晚风在一旁劝说。

"哦，对了。"郁欢颜转向徐晚风，"你猜我遇到谁了？"

徐晚风认真地盯着她："谁啊？"

凌波却打了徐晚风一巴掌，说："你别演了！我刚不都告诉你了吗？你这眼神都快把我姐看穿了！"

"其实后来发生了什么，我都不知道。我也几乎没回过虢镇，一直没人告诉我。"

徐晚风说："你住院的时候，家里人不是从A市赶来把你接走了吗？我一直躺在医院。虽然我每天都说我没有事，可他们就是不让我出院。"

"因为你这儿有问题。"凌波指着自己的脑袋说。

"后来差不多有两个月我一直没有上学，只记得家里人总是在忙，两个月后就跟着爸妈搬走了。"

离开虢镇后的所有记忆都成了碎片，郁欢颜怎么拼凑也无法把大火的前因后果串起来。

3.

服务员送来了欢颜的果汁，郁欢颜喝了一口，跟凌波说："你不是想知道很多吗，今天我跟晚风都在，你有什么问题就问吧。"

"真的？我真的问了？你确定要揭你伤疤？"

郁欢颜笑了："这些已经不是伤疤，是盔甲了。"

"你当初去虢镇是因为什么呀？"

郁欢颜想了想，回答："还真是久远，那要从十八年前说起了。那时候我六岁吧，我记得那时候大多数都是独生子女，超生好像是要罚钱的。咱们家过得也不富裕，爸妈也不怎么喜欢我——我印象中是这样的。妈一直不准我当着外人的面叫她'妈'，虽然大家都心知肚明，但不叫妈，别人也就无可奈何。但有一次我在有外人的场合叫了声妈，就被妈扇了一耳光。我不知道我说错的那句话是不是导火索，其实也不算错对吧？叫自己妈怎么能是犯错呢？反正过了不久，他们就把我送去虢镇了。

"刚到虢镇，我还以为他们过段时间会来接我呢。长大一点就懂了，爸妈那是不要我了。他们早就想好了万全之策，我出生的时候，他们就已经把我的户口挂在郁爸郁妈家了，也许我就是注定不会被他们喜欢的一个孩子。郁爸跟爸是战友，郁爸郁妈他俩没孩子，就收留了我。不过还好，郁爸郁妈对我很好，我也交到了几个好朋友，所以在虢镇的日子并不算太苦。虢镇是我的第二故乡，我真的挺喜欢那儿的。"

凌波还没听够，郁欢颜就打住了。

"就这么一点？你十一年的经历两分钟就讲完了？"凌波表示不理解。

"还能有什么？就这么点儿呗，每天的生活就是上学，学生不都一样吗，也没什么可说的。"

"学长，我姐说的是实话吗？有没有漏掉什么八卦？"

徐晚风摇摇头，凌波"喊"了一声，表示不信。

"你徐学长是后来转学来的，看着挺斯文，其实呢……"

"不许故意抹黑我形象啊。"徐晚风打断了欢颜。

"不对！你没有说最重要的部分！"凌波像想起了什么似的，"你俩到底因为什么才离开虢镇的？"

既然已经决定跟凌波坦诚相待，说出来也就没什么了。

"是个意外。"

"意外？"

"对，是一场火灾。"

她至今仍然记得那天筋疲力尽的感觉，还有看到冉冬从房顶上翻下去的一瞬间和陈墨最后的脸。

郁欢颜接着说："我们在冉冬家玩，不知道为什么，他的房子突然烧起来了。门被人从外面锁上了，我们几个只能从天窗上爬出去。"

"你们不都爬出来了吗？"

"没有，"徐晚风低着头说，声音也因此低沉了，"有一个女孩没上来。"

当时现场一片混乱，冉冬在屋顶头朝下翻了下去，郁欢颜看见后立刻晕倒，陈墨她……没有绳子拉她上来了。他的眼镜早就不知道跌到哪里去了，他趴在天窗口向下看，烟雾缭绕的，什么都看不清。他的内心已经崩溃了。

凌波小心翼翼地问："那个女孩……"

"陈墨不在了。"郁欢颜回答，"我是从新闻里看到的，只用了一句话报道，一人遇难，一人失踪。再后来，爸妈就把我接回来了。"

徐晚风接着说："陈墨妈妈从那天起就疯了，到现在还没好，听说现在还天天念叨着要去虢镇一中门口接陈墨放学。"

"陈墨，我知道了，就是你们四个人合影里的另外一个女孩。那我姐夫冉冬是怎么活下来的？"

"冉冬什么时候成你姐夫了？"徐晚风的音量不自觉放大了。

"他都跟我姐在一起了，怎么就不是我姐夫了？"

徐晚风看着郁欢颜，希望在她这里得到否定的答案，可没想到，郁欢颜愉悦地点了点头。

"你们什么时候……"徐晚风像被什么东西噎住了一般。

"就前几天。"郁欢颜装作漫不经心的样子，不想解释就一直喝果汁，杯子已经见底了还紧张地吸着。她害怕徐晚风对她和冉冬的关系做出评判，她在紧张。

"还真是快……"

"你们都说到哪儿去了？话题回来！为什么你们都上去了，陈墨没上去？"

郁欢颜叹了口气，说："绳子断了。"

徐晚风也叹了口气，但这口气带有两个叹息：一个是为欢颜和冉冬，一个是为当年的事。他说："其实也怪我，我要是坚持让她先上去，没准她现在，还活蹦乱跳呢。"

"不要自责了，如果她先上来，绳子断掉的就是你了。"郁欢颜说。

凌波又问："那查出来是谁放的火了吗？"

郁欢颜和徐晚风同时摇了摇头。

郁欢颜说："我当时是休克状态，醒来的时候大概有七八个人围着我。之后我回家收拾了一趟东西，就又跟着爸妈回A市了。"

"你知道点什么吗？"凌波问徐晚风。

徐晚风说："当时这事闹得挺大挺轰动的。可是因为那天恰好是赶集，好多人都不在家里，也没人看到，虢镇又没有摄像头，没有拍下来。现场呢，又被烧了个精光。出虢镇的那条路上倒是有摄像头，可是那天刚好坏了。不过，从那以后，虢镇每个路口都安上摄像头了。"

"案子到底破没破啊？放火的人抓住没有？"

"抓住了。"郁欢颜回答，"我也是后来辗转知道的。虢镇有目击者，说当天看到有辆面包车在镇上一直绕圈，后来警察找到了那辆车，车上还有汽油桶，人赃并获。可是谁也不认识那个人。"

凌波刚准备开口，却被徐晚风抢先了："那冉冬是怎么回事？他我是真不知道，我以为他都……"

"我姐也以为冉冬出事了，她做梦老是在说'冉冬，快跑'，不知道的还以为她在拍《阿甘正传》呢！"

其实发生了什么，冉冬早就告诉她了，只是她在想要不要如实告诉面前的两个人。

冉冬那天一头栽进了杂草堆里。冉冬的邻居有个毛病，他每次除完花园和菜地里的杂草和秸秆，都要把杂草堆在墙根底下，一直摞到将近两米高。但那天，这些杂草却成了冉冬的救命稻草。冉冬栽进去，先是昏迷了几个小时，晚上被冻醒。他就躲在邻居家的草堆里一整天，一直到晚上，趁着天黑，离开了虢镇。过了两天他才听说，陈墨最终还是没能逃出来。

他还听说，欢颜的亲生父母来到虢镇，和养父母大吵一架，把欢颜接回A市去了。

回去了也好，A市才是她的最终归宿。

凌波把手放在郁欢颜眼前晃了晃，说："想不起来就算了！"

郁欢颜笑了笑，点头。

"那李涯和她那个弟弟是怎么回事？我知道他俩也是虢镇的，但不知道你们究竟发生什么了。哥结婚那天真的把我和学长吓了个半死！"

"李星宇跟我还是同班同学呢。只不过，他只跟混混在一起。说来也许是基因的问题吧，虢镇的人都知道，李星宇全家都是混混。他、他爸、他姐，他妈妈很少露面，听说他妈是管钱的。"

凌波露出惊讶的表情，追问道："你俩有过什么过节吗？"

"要说过节……好像是在小学的时候，他欺负陈墨，我走上前去制止了他。后来他总是开冉冬和我的玩笑，被冉冬用砖头吓唬过一回，不过那都是小时候的事了，好像没什么冲突了。"

"还有……咱们报警的事……"徐晚风在一旁小声提醒。

郁欢颜"噢"了一声，她居然把最重要的事给忘记了。

凌波急着问："什么呀，什么呀？"

"我们四个一起玩的时候，发现了李星宇和他的那一帮弟兄在偷井盖，就报了警。"

"啊？他知道是你们？"凌波惊得捂住嘴。

郁欢颜摇了摇头："他不知道。估计整个虢镇除了我们四个和徐晚风他爸，没人知道了。"

凌波看了一眼徐晚风，他点点头。

"后来呢？"

郁欢颜接着说："后来他们再次作案的时候，被警察撞了个正着。再去他家搜查的时候，发现他们家在倒卖赃车，就连他爸也一起抓走了。"

"天哪，怎么跟演电影似的！"凌波惊呼。

"警察去他们家只是要抓李星宇，结果他爸爸用枪对着警察。"

"那他爸被判了多久？"

"不知道。"欢颜摇了摇头，"我记得当时虢镇的人都在传，李凡身上还有命案，肯定是死刑，时间久了大家慢慢把他们一家子忘了，也就没人关心判决结果了。"

"你从虢镇回来，见到我吓了一跳吧。"终于说到了跟自己有点关系的问题了，凌波兴致勃勃地看着欢颜。

"是有点，我不知道你是从哪儿来的。"

"我是收养的呗，还能从哪儿来。"凌波盯着自己的脚尖说。

"我是亲生的，爸妈却从来不承认我是亲生的。你说咱俩谁更惨？"

凌波想想，也有道理，何叶霞和夏海川对她一直不错。更何况，亲生女儿欢颜都没能姓夏，她一个收养的孩子，父母却对她倾注了许多心血。大概是心存愧疚，想补偿她多一些吧。可她不明白："可是为什么要补偿我啊？不是应该补偿你吗？"

"我怎么知道？"郁欢颜耸了耸肩，这可能是个千古之谜吧。

郁欢颜接着说："我走的时候，咱家还只是一个小饭馆；回来，夏安都已经变成大少爷了。没想到，真是没想到。"

她没想到，自己在虢镇过着普通人家的生活，何叶霞和夏海川变得越来越富裕，却从未对她提起一个字。他们早就把她从家庭名单里删除了，甚至凌波都不知道有姐姐的存在，可没想到还会有强行塞回来的一天。

至今家里客厅里摆的都是何叶霞、夏海川、夏安和夏凌波的全家福照片。

一儿一女刚刚好，不能再多了。当时的欢颜想。

让郁欢颜一直很欣慰的是，她和凌波很快就发展成了无话不谈的好朋友。凌波怕姐姐太孤单，总是主动陪她玩。老天总算没把她的窗户全部堵上。

"后来的事，都是在我回来以后发生的了，你也都知道了。"

"没准我知道的根本就是假象！"

"至少他们对你很好不是吗？就别再计较那么多了。今天早上知道你离家出走了，就连夏安都打电话来找你，你就知道你在家里有多受重视了。"

凌波扭扭捏捏地对欢颜说："姐，对不起……"

"这有什么对不起的？你没出事就好，下次出来打个招呼就行了，别再让家里人担心了。"

"嗯，知道了。"

4.

找到凌波后，郁欢颜在家里过了一段时间的太平日子。家里四个人都不约而同地把之前的不愉快翻篇，家里没再出现过大的矛盾。何叶霞对郁欢颜的态度也缓和了不少。

在网上投简历，偶尔出去面试，回来就看看书，发发呆，等着冉冬来。

冉冬的房子终于低价卖出去了。他没有告诉欢颜，因为想来A市见郁欢颜的心太过强烈，他把房子在原有低价上，又降了价。

郁欢颜觉得他太过草率，他却委屈地说："还不是赶着来见你啊。"

虽然一直握着冉冬租住的公寓的钥匙，郁欢颜还是等冉冬来了之后才去他的住处看了看。

"别坐！"郁欢颜一进屋就朝双人沙发飞奔过去，冉冬赶紧拦住了她。房间里因为太久没住，都落了灰。

这是间一居室，冉冬却有心地分了功能区，还买了个小沙发。

冉冬快速地把灰尘用抹布擦了一遍，郁欢颜坐下，环视着房间说："我也好想有个属于自己的这么大的地方。"

"我住在这里，不就是你的地盘吗？"冉冬说。

冉冬在擦窗台，郁欢颜走过去从背后抱住他："你不知道，你没有来的这段时间，我每天有多想你。"

要是放在以前，郁欢颜一定不相信这么肉麻的话怎么会从自己嘴里说出来。可是现在的她，想要抓住自己拥有的一切。冉冬告诉她，想念就直接说出来，爱也是。

冉冬扔下抹布，手悬在空中不知该往哪里放。

"你怎么了？"郁欢颜看着姿势奇怪的冉冬问。

"我没洗手……"

"怕什么，我又不会嫌弃你。"

冉冬笑了，转过身把郁欢颜搂进怀里。

"冉冬。"

"嗯？"

"你爱我吗？"

"爱。"

"我听不见。"

"爱。我一直都爱你。"郁欢颜闭着眼睛，感觉到冉冬闻了闻她的头发。

"从什么时候开始的？"

"很早很早以前就开始了。"

"有多早？"

"在你还不知道的时候。"

"那你为什么不告诉我？"

"因为我以前太蠢了，"他吻了郁欢颜的额头，"现在的我才是清醒的。"

冉冬的家很快收拾好了，他也找到了工作，在一家广告公司做设计师。一切都迈入正轨。郁欢颜却对几份offer都不满意，想慢慢再找工作。冉冬甚至说，干脆让她享福当全职太太。

大概是欢颜和冉冬恋爱的酸臭气息太过强烈，凌波看不下去了。

一开始，只要郁欢颜晚上留宿在冉冬家，她就疯狂地打电话，千方百计叫郁欢颜回家。郁欢颜识破她的计谋之后，每次进冉冬家门之前就关机了。

郁欢颜跟何叶霞和夏海川坦白了和冉冬交往的事，他们也默认了。慢慢地，郁欢颜回自己家的时间越来越少，本来房间里东西就不多，她几乎全搬到冉冬家了。

后来凌波沉寂了一段时间，终于搞出来个大新闻——她跟徐晚风表白了。

知道这件事的时候，郁欢颜正在给冉冬做饭。她刚找到了心仪的工作，在离冉冬家很近的一所幼儿园，两个人正打算晚饭庆祝一下。

冉冬举着通话中的手机过来问郁欢颜："徐晚风紧急求助，我们帮还是不帮？"

郁欢颜想了想，歪着头问："徐晚风是谁？"

"明白了，老婆大人！"说完他不顾徐晚风在电话那头的骂声，摁掉了电话。

郁欢颜和冉冬在厨房里笑成一团。

吃饭的时候郁欢颜才问起冉冬："徐晚风怎么会想到给你打电话？"

冉冬一脸贱贱的表情："怎么，你吃醋了？"

"我知道你看不上他的姿色！说认真的，你觉得他跟凌波，合适吗？"

"我倒说不上来什么合适不合适，就是觉得怪怪的……"

郁欢颜点了点头，表示赞同："对对对，只可意会不可言传的那种！"

"他给凌波的答复是先考虑考虑，然后他就不知道该怎么办了。"

"他要是真喜欢凌波，在一起也挺好。我是怕他没那么喜欢，又怕伤凌波的心，在咱俩面前过不去，勉强答应了，那样后面问题才多呢。"

冉冬却好像没听她说话，他沉浸在自己的小世界中笑个不停，说："徐晚风那小子得叫我姐夫了！"

看着冉冬幼稚的样子，郁欢颜就觉得特幸福。

5.

凌波自从来过一次冉冬家之后就一发不可收拾。她看着被两个人精心装扮过的家，看着姐姐脸上的笑比以前多了许多，嚷嚷着也要谈恋爱——她刚单方面向全世界宣布，她失恋了。徐晚风最终没有答应她。

她有一丝失落，但她的失落很快就被冉冬墙上的一幅画吸引了。

正是冉冬给郁欢颜画的那幅画。

"姐夫，你居然有这种神级技能！"

"画着玩的。"

凌波不怀好意地问冉冬："你有没有给我姐画过那种……就泰坦尼克号里面，杰克给露丝画的那种……"

她还没说完，后脑勺就被郁欢颜带着水的手抽了一巴掌。

"你从哪儿学的这么多？还这么活学活用？还杰克跟露丝，人家那叫艺术，你姐夫这也是艺术！"

郁欢颜洗完晚饭的碗，累得躺在沙发上，懒得再跟凌波辩解。冉冬赶紧贴过来，狗腿子似的给她揉胳膊。

"你俩能别在我面前秀恩爱了吗，本姑娘今天刚刚失恋哎！我都告诉我身边朋友了，真丢人。"

"冉冬，你赶紧给她画幅画，让她坐那儿，别动也别说话！"郁欢颜对冉冬说。

"真的啊？那我坐这儿了？"凌波激动地摆弄头发和坐姿，"我怎么坐才能画得好看点呢？侧脸？姐夫，我刚其实想跟你预约的，没好意思开口……"

本想堵住她的嘴，现在才发现，话更多了。

冉冬告诉凌波，嘴是绝对不能动的，因为嘴是人脸部的窗户，随便动的话就会画得不好看。郁欢颜扑哧一声笑了，冉冬居然想用骗小孩的把戏堵住夏凌波大小姐的嘴。

"不是眼睛才是心灵的窗户吗？"

冉冬猛地抬头，无言以对。

冉冬在给凌波画像的时候，郁欢颜踱步到窗户边，看着楼下来来往往的人。一辆车打着远光灯过来了。

她饶有兴趣地盯着那辆车看，她在猜想上面究竟坐着什么样的人。车停稳后，一个她特别熟悉的身影从车上下来。

李涯仍然穿着她那双大红色高跟鞋，即使离得很远，郁欢颜还是能够一眼就辨认出来。她走出小区大门，直奔着马路对面的商场去了。

"嫂子去年怀的那孩子怎么样了？"她随口问凌波，因为她从来对夏安和李涯的事都毫不关心。

凌波还算听话，嘴微张着回答："流产了。当时医生说她是习惯性流产，要生孩子的话要谨慎。"

"她怎么会在这里……"郁欢颜转向冉冬，"去商场怎么不停在停车场？”

"对面商场的停车场车位总是不够用，咱们这老小区又不用交钱，现在几乎所有的车都跑到咱们这边来了。"

郁欢颜还打算接着问，被终于憋不住的凌波拦住了："她怀孕是她的事，她爱怎么样就怎么样呗，谁知道这次是不是真的？"

"她花的都是我的钱啊！"

刚刚检查出怀孕一个月，李涯就指使她买奶粉买婴儿的衣服。

"你俩好像不怎么喜欢你们的嫂子啊。"冉冬问这姐妹俩。

"你喜欢的话，让她给你当嫂子好了。"凌波翻了个白眼，没好气地说。

郁欢颜附和着凌波的话："你要是知道我俩的嫂子是谁，你就不会说出这样的话了。"

"谁啊？"冉冬停下画笔，看着表情一模一样的两姐妹。

"李涯。"

郁欢颜说完满脸期待地看着冉冬，希望他皱着眉问，怎么会是她啊。可她等了好几秒，冉冬只是一脸茫然，他的表情明明就是在问"李涯是谁"。

"你不认识李涯？"

"我应该认识她吗？"冉冬两手一摊。

"李涯是李星宇他姐啊。"凌波看不下去了，脱口而出。

冉冬听到李星宇的名字，先是回想了一下，突然一拍脑门："我都把他这个人忘了！他姐叫李涯？我不知道啊，我只记得整个镇都在传他姐的事迹，可咱们这些孩子从来没见过他姐也不知道他姐叫什么。"

"李星宇好像从监狱里出来后再没回过虢镇。"郁欢颜说。

"什么事迹啊？我估计就是多交了几个男朋友而已，你是没见她仗着自己怀孕，到我家趾高气扬的样子。"凌波生气地说。

郁欢颜证实了凌波的说法，她点头说："她来我家的时候，就说怀了夏安的孩子，根本不把自己当外人。当时夏安和紫薇姐才刚刚离婚啊！"

"你哥怎么会认识李涯和李星宇呢？"

"我才惊讶呢好不好？他们结婚那天我才知道李星宇是李涯的弟弟，当时我都要窒息了。"

冉冬放下画笔，坐到沙发上："你哥知不知道这么多年你在虢镇？"

郁欢颜仔细想了想："爸妈把我送出去他肯定知道，但应该不知道我在虢镇吧，毕竟我爸妈肯定不会在他面前提起我，他就更不会提起我了，他从小就不怎么喜欢我。"

"那你哥怎么会和虢镇的其他人认识呢？"

"虢镇又不是离A市十万八千里，再说臭味相投的人总是互相吸引的嘛！"郁欢颜倒不是很在意，"我跟他们没什么来往，反正他们现在搬出去住了。"

凌波听够了故事，重新坐回凳子上，让冉冬把画画完。

冉冬心不在焉地应答着，他隐隐感觉事情不会那么简单，却又说不出究竟哪里奇怪。

第七章
秘密

Ran Dong, I will always think of you

1.

　　所有人都觉得最不可思议的事，就是夏安会爱上林曼曼。毕竟林曼曼一点也不像"大哥的女人"。

　　对了，林曼曼就是紫薇姐。因为她长得像林心如，郁欢颜和夏凌波总是叫她紫薇姐。

　　林曼曼是服装学院学设计的，她跟周围所有女孩都不同，她清纯又可爱，乖巧又不爱说话。

　　夏安见到林曼曼的第一眼就决定要追她，并且扬言一定要娶她回家——后来他也做到了。当然，李涯的事以后再说，至少他是爱过林曼曼的。

　　当然，夏安也不像"大哥"。他是在游戏里结识李星宇的。夏安爱面子，也爱吹牛，看到比自己厉害的人，夏安第一时间想到的是想和对方交个朋友，方便以后跟哥们吹牛的时候提起"我一个朋友"。

　　在QQ上聊了几句之后，夏安知道李星宇只不过是个比自己小几岁的小混混，便没放在心上。直到他看到李星宇相册中上传了几张甩棍的照片。

那几张照片里，地板上整整齐齐摆了近三十根各式各样的甩棍，李星宇就坐在这些"武器"中间，开心地摆出了剪刀手。夏安便知道这个人不简单，他又重新注意起了李星宇。

"你是哪儿的人啊？"夏安看到李星宇上线，赶紧打字问他。

"虢镇人。"李星宇看到QQ好友"尘"的提问，很快就回复了。

虢镇？这个地方有些耳熟。是个镇吗？

看夏安半天没回复，李星宇又打了一句话过来："我们虢镇很大，相当于一个县城呢。你查了我半天户口，你是哪儿的人？"

"我是A市的。"

"哟，城里的公子啊，失敬失敬。"

夏安噼里啪啦地打字："哪里的话，兄弟，你那些甩棍都是哪里来的？"

"照片里的？哦，都是我的伙计们送我的。怎么，喜欢？兄弟有眼光！"

夏安盯着屏幕，终于觉得自己没认识错人。

那时候夏海川和何叶霞的酒店已经在A市初具规模了，夏安早就辍学，让爸妈买了本科文凭后就整日游手好闲，不仅厚着脸皮跟一起混的朋友炫耀自己两万块的"大学毕业证书"，还大手大脚地花家里的钱。

"有时间来A市玩，哥们给你包场。"夏安很大气地说。

夏安在A市的圈里，只有个"钱多"的名号。吃饭喝酒他从来都爽快，别人有事求他满口答应，却从不兑现。兄弟和别人起了冲突，他也都是畏首畏尾的，兄弟们都开玩笑说他"惜命"。

他的狐朋狗友里还真有几个亡命之徒，甚至几进几出看守所，在他们看来都是荣耀的标志。夏安没有任何风云故事，他也想被别人当作"传奇"提起，却又不敢跟他们一起"出战"。

在学校的时候，夏安倒是有过一帮兄弟，常常约外校的帮派打架。

那种场面，约架约得莫名其妙，散得也莫名其妙。两边人大多数时候不会真打，互相喊喊脏话就散了。

他在学校的兄弟们，有几个居然真的去上大学了，他看不起他们。

可踏出学校他才发现，打架就是真的打，经常会出人命的。

可就算是A市的那些弟兄，恐怕也没人能比得上李星宇，夏安不知道李星宇都有过哪些事迹，但他相信最起码他们没有李星宇那么多甩棍。

夏安游戏打得很烂，但他愿意砸钱，也偶尔给李星宇买装备。他们开始从游戏聊，聊到女人，聊到黄色网站，越聊夏安越觉得自己知识储备匮乏。

李星宇说自己有个姐姐，是个绝世美女，夏安表示不信。他在心里想，虢镇那种土地方，能出什么绝世大美女。

有一段时间，李星宇突然像蒸发了一般，他的QQ头像再也没亮过。开始夏安还以为他隐身，偶尔问问他，可过了一个多月，李星宇还是没上线。

夏安猜想，李星宇也许是出事了。他也就没再管李星宇了。

直到八个月后，夏安几乎忘了这位哥们的时候，他突然蹦出来，问夏安愿不愿意跟他见一面。

夏安很惊喜，问他这半年多去了哪儿。李星宇一开始很犹豫，可他需要夏安的帮忙，咬了咬牙说了真相。

他当时急着想要给冉冬一点颜色看看，他需要一个帮手。

可如果正面起冲突的话，很难不被人发现。

李星宇又想了很久，他需要一辆车，可以帮助他逃走。他没有驾照，但李凡从前教过他和李涯开车。

想起以前，家里那么多车他都可以随便开。现在一家人支离破碎，都是因为冉冬。他的怒火又烧了起来，他以前真是小瞧了冉冬。

李星宇何其聪明，夏安在游戏里那么大手笔，家里条件一定不错，他肯定能搞来车。于是他出狱后立刻联系了夏安。

夏安先是反复确认了不会出人命，才答应了李星宇。夏海川安排夏安在自家酒店里工作，他前后加起来只上了一天班。不是光明正大出去喝酒，就是背着林曼曼出去喝酒。酒喝多了，人也会无聊，不如做点刺激的事。

那段时间林曼曼总是找不到夏安的人，一闹就闹到了他爸妈那里。夏海川一怒之下停了夏安的信用卡。

夏安只能租了辆面包车赶往虢镇。

在路上他想，这次也许会干一件大事吧。

2.

李星宇提着满是汽油味的桶跑向面包车的时候，夏安心里一紧，看样子他是成功点燃了那些汽油。李星宇还没打开车门，他就准备挂挡了——脚下却忘了踩离合。

看着李星宇狼狈的样子，他突然有些后怕。

按照李星宇说的，夏安拼命往前开，也不知道开了多久，李星宇才彻底放松了警惕。他看了一眼李星宇，放慢了速度。

"咱们去哪儿？"夏安问。

"刚不是说了找间宾馆嘛，我得洗洗。"李星宇有气无力地说。

"不回你姐家了？"夏安想到了李涯，想到了她湿漉漉的头发和红红的嘴唇。

"不回。"李星宇回答得很干脆，"早就开过了。"

夏安没有再接话，两个人沉默了一会儿。

李星宇抽了几根烟之后问："你不觉得我姐话特多吗？我记得她以前不这样啊，怎么那么酷一女人也能变得这么俗呢？"

"女人嘛。"夏安装作很懂女人的样子，摇了摇头。

"你有姐没？你姐也这样吗？"李星宇问夏安。

"没有，妹妹倒是有俩。"夏安回答，"一个亲生的，好多年没见了；还有一个收养的，小了十岁，没什么可跟她说的。"

"那个好多年没见的妹妹，怎么回事？"

"我小时候，我妈偷偷生了我妹，怕被罚钱，就把她的户口挂在没孩子的战友家了。后来就把她送走了，送到我爸的战友那里了。她当时也小，不知道是爹妈不要自己了，跟个大傻子似的，连一滴眼泪都没掉。她都不知道从生下来她就注定不是我们家的人，她自己姓郁我们全家都姓夏！她现在肯定明白了，不过迟喽。我都忘了她长什么样子了，就算现在当着我面走过去，我也未必认得出来。罢了罢了，反正有她没她也无所谓，家里收养的那个也够烦人的了，她亲生父母留给她唯一的优点就是长得好看，我平时也不跟她一般见识……"

夏安倒是什么都清楚，就是有些蠢。他没想到，妹妹去的那个地方，就是虢镇。

他也不知道，提到"妹妹姓郁"的时候，李星宇的瞳孔突然颤抖了一下，然后很快恢复了平静。

李星宇想到了郁欢颜，所有人都知道郁欢颜是突然从A市转学来的。他又想到了曾经听到过冉冬叫她"夏夏"。这一定不是巧合。

他已经基本确定，夏安的亲妹妹，就是郁欢颜。但一路上，他都只是把胳膊架在车窗上抽烟。他不打算告诉夏安，刚才烧起来的房子里，就有他的亲妹妹郁欢颜。

"你确定你要收拾的那个人不会出人命？"夏安不太放心李星宇，他又问了一遍。

"啊？"李星宇像是被吓了一大跳，突然一哆嗦。

"你怎么了？会出人命啊？"夏安似笑非笑地看着李星宇。

"不会不会不会……"李星宇紧张了一下，他害怕被夏安看穿，"他的房子有窗户呢，一跳就出来了，最多烧伤一块皮，怎么都不会出人命的。"

"那就好……"夏安放下心来。

天黑了，他们也快到A市了。

"咱们先找个宾馆住下，明天一早再出发吧。"李星宇说。

"你跟我回A市怎么样？"

"干吗？"

"我家开连锁酒店的，我就在自己家的店里上班，你来，我随便给你个职务，以后咱俩搭伙。你这兄弟我认了。"

李星宇装出很感激的样子，说："哥，既然你对我这么好，我明天也把我爸的朋友介绍给你认识，咱除了上班，还要赚大钱不是？"

李星宇在县城买了件新衣服，又回宾馆洗了个澡，终于把一整天的证据都洗掉了。

第二天一早，李星宇叫醒夏安："警察没追来，说明没出事。走吧，上路吧。"

他们退了房间到楼下，却傻了眼——面包车不见了。

"汽油桶还在车上呢！"李星宇紧张起来，汽油桶他还没来得及销毁。

"傻×！居然敢偷老子的车！"夏安一脚踹在路边的树上，"要报警吗？"

李星宇极力反对："不行！报了警怎么说？开着车去旅游了？"

夏安也意识到，被偷就是被偷了，现在报警就是自投罗网。

他们只能过嘴瘾骂着偷车贼，在这人生地不熟的县城里转悠了几圈，搭上了回A市的大巴车。

3.

夏安不敢把李星宇带回自己家，只好让李星宇在楼下等着，他回去拿钱。回到家里他才发现，只有凌波一个人在家看动画片。

"你一个人在家啊，今天怎么没上学？"

"我感冒了，请了一天病假。"凌波盯着电视。

"爸妈呢？"

凌波张着嘴对着屏幕，看得太投入，没听见他说话。夏安觉得眼前的妹妹就像个智障儿童。

"问你话呢，爸妈呢？"他不自觉地提高了音量。

"他们中午接了个电话就出去了。"凌波说，"还说可能要两三天才能回来，下午曼曼姐姐会过来陪我。"

"行，那你跟曼曼姐姐说一声，说我今晚也不回来了。"夏安已经从爸妈房间的包里取出了一沓钱装进兜里，"我走了。"

"嗯。"凌波对夏安丝毫不关心。

夏安下楼，跟李星宇勾肩搭背："走，先跟哥处理个事，晚上再喝酒去。"

"什么事？"李星宇问。

"咱把人家的车弄丢了呀！这么大个事你忘了？"

"怎么办？要赔钱吗？"

"只赔钱的话，这事倒还好说。"

李星宇说："哥，这次你是为了帮我，这样，如果你还信得过我，让我在你酒店里上班，我先给你白干半年，就当抵这次的损失费了！"

"咱兄弟之间不说这样的话，先去租车的地方跟人家说清楚。"

到了租车行，夏安先是对着店里的伙计笑了笑，然后客客气气地说："那个，前两天我租了辆车，被人给偷了……"

小伙没抬头，平静地问："车牌号、租车日期、租车人姓名。"

夏安刚准备回答，李星宇示意他不要说话，然后试探着问："兄弟，你们老板是不是姓赵？"

小伙看了他们俩一眼，说："姓赵的人多了。"

李星宇也不多作解释，只用胳膊肘撑着柜台，笑着对柜台里的小伙说："去告诉你们老板，虢镇李凡的儿子找他有事。"

小伙停下手上的事，拿起电话就拨号。过了十分钟，一个穿着西装的中年男人走了进来。他先是跟李星宇握了握手，然后转向夏安："这是……"

"赵叔，这是我朋友，夏安，鼎盛酒店的大少爷。"

那个赵叔热情地招呼他俩："鼎盛？全市最大的酒店啊，久仰久仰。那咱们……边吃饭边说？对面新开的川菜馆不错，还有小包间，方便说话。"

在路上，夏安问李星宇："你怎么知道的？"

"我爸以前跟老赵有生意上的来往，那伙计一说话我就听出他的声音来了。"

"厉害。"

"这个赵叔才叫厉害，黑白两道通吃，还都混得特好。他除了倒腾车，还是一个幼儿园的园长。"李星宇小声说。

在饭桌上，夏安有些不好意思。

"我俩没多想，直接把车停在路边了。还想着路边那么多车，有谁会偷一辆面包车呢……"

李星宇在一旁应和："赵叔，这事怪我。是我让夏安租车来虢镇接我的。"

"这些都不是事。"赵叔摆了摆手，"那车放着也没人租，丢了就丢了吧。"

"赵叔，不能这样，该赔多少我们照赔。"

赵叔搭上夏安的肩膀，说："年轻人讲信用，不投机，这点我很欣赏你。我相信你是真心想赔我，对你来说，那点钱也不算什么。你这个朋友呢，赵叔今天交了！"

李星宇示意夏安给赵叔倒酒，夏安赶紧恭恭敬敬地给满上。

"叔这里呢，最近有点活，正好缺人手。要是你肯帮叔这个忙，车的事以后我们谁都不提。"

"赵叔既然开口了，我怎么能拒绝呢？"夏安殷勤地和赵叔碰杯。

夏安酒量不行，几杯下肚之后就跑去洗手间吐了。

赵叔跟李星宇碰了下杯，说："你爸爸的事我听说了，别太难过，这行本来就风险高。我现在能帮衬你就多帮衬你一点，保不齐我也有那一天啊。"

"叔你这说的什么话。"李星宇把杯中的酒一饮而尽，"我这次出来回虢镇，就是收拾害我和我爸的那小子去了。"

"怎么样？"

"不知道死活。"

"你啊，做事不能没有计划。怎么不跟叔说一声？叔起码能帮你忙啊。"

"这种事也不好麻烦您，不过我也没想到这么巧，夏安刚好就在您这儿租了车。"

赵叔压低了声音，问："这个夏安，信得过吗？"

"挺信得过的，就是脑子不太够用。"

"总比太会算计强啊。"赵叔又喝了一杯。

"智商没什么问题，就是情商太低。"

夏安回来了，他用水冲了冲头，看上去清醒了不少。

"酒量不行啊，小伙子。"赵叔笑着说。

李星宇说："赵叔，你刚让我们，帮个什么忙啊？"

"帮我送个东西，到我说的地点，给指定的人，就这么简单。"

夏安正准备问是什么东西，被李星宇用眼神制止了。过了一会儿，赵叔接了个电话。

电话那头问："喂，赵园长，下个月是家长开放月，咱们要做点什么活动吗？"

"我一会儿就回去，咱们开会说。还有，让你们重新找承包食堂的公司，你们找了吗？再给孩子们吃那样的午饭，家长们肯定会有意见的。"

挂了电话，赵叔站了起来，拿出两张名片："我得回去了，一堆事儿要忙。你俩记得联系我，这顿饭我请，你俩自便。"

这个赵叔，像是个不简单的人，再加上李星宇添油加醋的描述，夏安心里暗喜，终于认识了位高人。

"你小子，居然认识这么多厉害的人，也不早说。"夏安用力拍了拍李星宇的肩膀，李星宇能感觉到他的喜悦。

"我也没想到这么巧，万一不认识，不就得赔钱了吗？"

"刚才赵叔说让送的东西，是什么？"

"不知道。"

夏安大惊小怪："你也不知道？那你还不让我问？"

"赵叔和我爸一样，都不喜欢别人问太多，他俩就是因为原则一样才一直合作的。你信任他，就跟着他干，不信任，就永远别来。"

"好吧。"夏安难掩激动，又喝了几杯，"今晚到哥们家里住吧。”

“你家没人？”

“我是说到我爸妈给我买的房子里住。我爸妈不在，妹妹和女朋友都在，不太方便。”

李星宇跟他开玩笑：“女朋友？我还想看看真人到底有多像林心如呢。”

“她本来不住我家，我爸妈有事出去，让她到家里陪我妹。我妹见了她，就跟见了亲姐似的。”

“说明她挺喜欢小孩子的啊，你俩赶紧结婚自己生一个不就完了。”

“现在？太早了……”夏安的语气突然犹豫了。

李星宇打赌，夏安此刻心里想的是李涯。

从第二天起，夏安就回自家酒店上班了，还带了个李经理入职。林曼曼听说后，很是欣慰，她以为夏安终于收心了。

夏安刚做了乖少爷没几天，就接到了爸妈的电话，他们带着郁欢颜回来了。他们说虢镇发生了大火，当场烧死一个人，郁欢颜也差点出事。

虢镇？大火？

夏安的手脚开始不听使唤地哆嗦起来：“什、什么？火灾？她……她……她在虢镇？她不是、她不是，在一个什么什么县来着？”

夏海川没听出来夏安是因为心虚，他说：“就是跟你说一声，我跟你妈把她接回来，以后就不回去了。”

挂了电话，夏安立刻就找来了李星宇。

“火！火！火烧大了！”

“什么火？”

"虢镇的火！烧死人了！"

李星宇拉着无法冷静的夏安进了电梯，上了几层楼，打开一间豪华套房的门说："你冷静一下。"

"郁欢颜，我妹妹，她怎么会在那里？"

"我不知道啊。"李星宇冷静地回答。

"我妈说，烧死了一个人。死了一个人！死了！"

"你妹妹没准是去救火的时候……"

夏安突然想到了点什么，他问李星宇："你是不是认识我妹妹？虢镇就两个学校，你俩又一样大……"

李星宇愣了一下，点了点头。

"那你怎么不早说她就在虢镇！"

"我根本就不知道那是你妹妹！而且我知道她是她，可我们不在一个班，从来没跟她说过话！"李星宇说得理直气壮。

"那、那就是，那天，她不在现场？"

"肯定啊！我只是要报复冉冬，我为什么要波及其他人？"

夏安还是无法冷静下来："那还是死人了，还是死了一个人！警察的手段很高明的对不对，肯定有人看到我们了！"

李星宇无奈地说："大哥，你到底看不看新闻啊？"

"不看，怎么了？"夏安回答得理直气壮。

"纵火的人已经抓住了。"李星宇从腰间抽出一张折着的报纸。

夏安双手发着抖把报纸抢过去。A市的晚报用大篇幅报道了这起恶性纵火伤人案。熟悉的现场，熟悉的照片，他的身体又忍不住发抖了。

可就在最后，报纸写道，犯罪嫌疑人现在已经捉拿归案，他对自己的所作所为也供认不讳。

"怎么、怎么抓住了？谁？是谁？"

"哥，你是被吓傻了吧？"李星宇哈哈大笑，"你忘了，我们的车被人偷了！"

夏安喘着粗气，脑门上全是汗，他猛地坐在床沿上。

李星宇举着报纸的一角给他看："看，'犯罪嫌疑人驾驶面包车逃逸路程中被抓获，曾有虢镇居民举报，案发当天看到过这辆面包车。车上还搜出了汽油桶和打火机等'，这人太倒霉了，人赃并获！幸亏我那天戴了手套！哈哈哈哈！"

夏安的心脏仍然跳得很快。他又想到一个问题："那车的来源呢？警察一定会查到租车的地方的！"

"既然报纸都已经报道，就说明警察确实已经查过了，警察没来找我们呢，就说明赵叔已经处理好了。我说哥啊，你就放心吧。大难不死，必有后福啊！"李星宇拍了拍夏安的肩膀就出去了。

夏安把那张报纸又仔仔细细看了一遍，长舒了一口气，躺在了高级套房的床上。

4.

郁欢颜回到家，爸妈把书房腾了出来，给她收拾出一间小卧室。

凌波忽闪着大眼睛，不敢上前跟这个陌生的姐姐说话。

何叶霞和夏海川特意把夏安和林曼曼叫回家吃晚饭，顺便介绍他们互相认识。

"为什么不换个大点的房子？人多了还住这里不会很挤吗？"夏安踱步到厨房，用手抓着吃凉菜里的银耳。

"你以为买套房子跟买盒巧克力那么轻松？"何叶霞打掉夏安的手，"我跟你说了多少次了，少跟你那些狐朋狗友出去喝酒，花钱之前动动脑子，结账的时候不要那么爽快。别人都知道咱们家有钱了，祸也就惹上身了。"

"曼曼，这是欢颜，夏安的妹妹。"晚饭时间，夏海川跟林曼曼介绍道。林曼曼心中还是有些疑问的，但看着餐桌上的氛围，她便知道，这个问题不该问。

"凌波，这是欢颜姐姐，以后她就是你的姐姐。"

凌波乖巧地说："姐姐好，我是凌波。"

欢颜笑了笑，朝凌波点了点头。

"夏安。"夏海川朝欢颜努了努嘴，字音也放重了，"欢颜。"

"嗯嗯，知道。"夏安不敢看郁欢颜的眼睛，他还是心虚。

跟家庭成员都打好招呼之后，夏海川说："欢颜呢，刚刚经历了个不太好的事，估计被吓得不轻。以后她就在家里住下了。学校已经找好了。明年就高考了，得抓紧。"

"嗯。"欢颜回答。

"还有你。"夏海川转向夏安，"我看你最近也不乱跑了，表现还不错。"

夏安笑了笑："本少爷收心了。"

"你对曼曼好点！过段时间，就筹备你俩结婚的事吧。"

"现在？现在还早吧。"夏安满不在乎地说。

林曼曼刚想要夹菜，筷子突然停在半空中。

"曼曼能看上你都不错了，难得我跟你爸都喜欢。"何叶霞说着，顺手给曼曼夹了点菜。

"我知道我知道。"夏安说，"我先忙两年事业嘛。"

"你少在这儿给我打幌子，你安安生生把婚先结了，不要结交一些狐朋狗友，惹是生非，就是好的！我跟你妈就满足了！"

夏安悻悻地夹着菜，手机收到一条短信："我找到房子了，这两天就搬，总蹭在你家住也不是个办法。"

夏安飞快地扫了一眼屏幕，然后把手机装进口袋。全程林曼曼都在盯着他看。

5.

郁欢颜和冉冬住在一起后，分担了冉冬一半的房租。凌波周一至周五在学校，郁欢颜也就和凌波一样，周一至周五和冉冬住，周末回家。这样既没有冲突也不尴尬，他们甚至像和谐的一家人一样度过了几个月。

只不过夏安一直没出现。

周五晚上，凌波和郁欢颜前后脚进门，都到厨房帮何叶霞洗菜准备晚饭。

大门突然传来钥匙转动的声音，何叶霞赶紧跑到门口迎接。

夏安连拖鞋都没换，风风火火地进了门。李涯就站在门口等着夏安，丝毫没有进门的意思。她穿了身小礼服裙，踩着细高跟鞋，凌波认出来，就是《来自星星的你》里，全智贤穿过的那一双水晶鞋。

郁欢颜和凌波一个泡着粉条，一个给莴笋摘叶子，相比李涯的光彩照人，像两个村姑。不对，明明就是两个村姑！

何叶霞一路小跑跟着夏安，嘘寒问暖："最近是不是特别忙啊，总是不回来？你俩住那边还习惯吗，要是嫌太空，就回来住呗，这边卧室给你们留着也是留着。你晚饭吃了没？要不今晚就住下？"

夏安从大卧室里探出个脑袋："上回我爸跟我要走的那张信用卡，你们放哪儿了？"

"你爸带着呢，他昨天刚出差。"何叶霞一边回答一边给餐桌上添置碗筷，"快宝贝儿，饭马上就好，坐下吃点。"

郁欢颜突然觉得何叶霞可怜，夏安和李涯的架势明明是马上就会离开，可她还是自欺欺人地想留住他们。哪怕是一顿饭，哪怕不惜把而立之年的儿子叫"宝贝儿"。她倾注了溺爱，却没换来孝顺。

"没卡？给我点现金，我急用。"夏安像个无理取闹的高中生一样，理直气壮地向妈妈伸手。

何叶霞快步走进卧室，几秒钟后数着一沓钱出来。

"五千够不？"她把那一沓钱递给夏安。

"够了够了，我俩就买个机票。"

"机票？去机场直接买？那肯定不够。"何叶霞从手包里又掏出一张卡。

夏安照单全收，何叶霞这才想起来问他们要去哪里。

"去安徽。"见夏安愣了一下，李涯提高声音替他说。

"对、对，去安徽。妈我走了啊，等我回来就来看你和爸。"夏安说着已经退到了门口，目光扫到郁欢颜和凌波，"你俩也在啊。"

"呵呵！"郁欢颜和凌波勉为其难地提拉了一下嘴角，算是对夏安笑过了。

夏安走了之后，何叶霞独自发了会儿呆，然后走进厨房开始炒菜。她自我安慰似的，自说自话："看我们夏安，真的懂事多了。"

吃过晚饭，何叶霞不知从哪里抱出一床被子来。

"妈，你要干吗？"凌波看见了，扯着嗓子问。

"你过来，过来。"何叶霞招呼凌波到客厅，"我专门找人弹棉花给你哥做了一床被子，现在卖的被子再好，也没有自己做的好。明天你给你哥送到他家去。"

凌波不愿意："他不是说他从安徽回来就回家里吗，让他自己抱走不行吗？"

"你打个车就过去了，又不让你抱着走路。钥匙在这儿。"何叶霞把夏安别墅的备用钥匙放在茶几上。

"我不去，我不去！我不去！"凌波开始撒娇了，她在沙发上滚来滚去，脚对着空气乱蹬。

"我给你和你姐一人也做了一床被子。"何叶霞朝郁欢颜的房门努了努嘴，"你可以跟你姐一起去。"

"我有事！"

"送这个只要几分钟，你提前一点出门不就好了？"

凌波从沙发上坐起来，瘪着嘴进了郁欢颜的房间，看见郁欢颜正举着手机和冉冬视频。

"你俩就两天不见，怎么弄得跟异国恋似的，还视频？"她说着非要挤进郁欢颜的镜头里。

"你走开！"郁欢颜把手伸到凌波胳肢窝底下使劲挠。

"我投降，我投降！"凌波坚持了不到一秒钟就要逃走，"妈让咱俩明天去夏安家给他送大棉被去。"

"为什么呀？"

"我怀疑妈在棉被里安装了摄像头，随时监视自己的宝贝儿子。"

郁欢颜想了想有些不太对："那为什么非要放在被子上，是想要看到什么？"

"啊，我听不懂！我还是个小孩子！"凌波捂着耳朵大喊。

"好吧。"郁欢颜随口答应了，她只想让凌波快点出去，她要跟冉冬单独说话。

凌波非黏着她："我约了徐学长……"

冉冬笑着说："明天我陪欢颜去吧，你有事就去忙你的吧。"

"Yes！"凌波一跃而起，出去了。

"你就惯着她的毛病吧！"郁欢颜嗔怪冉冬。

冉冬挑挑眉毛："答应了她，我不就能只和你一个人说话了？"

6.

郁欢颜从没来过夏安家。

冉冬和她抱着被子，走进小区的时候，差点被保安当成骗子抓起来。这个别墅区里，几乎没有人步行出入，就算有，保安也早就熟识。

郁欢颜给何叶霞打了电话证实自己确实是夏安的妹妹，保安才不可思议地放行。

"我居然也有今天？居然要费尽心思证明我是夏安的妹妹？我恨不得跟他一点关系都没有！"郁欢颜想想都觉得可笑。

冉冬无奈地陪着她笑了。

她和冉冬费了半个小时才找到夏安家的大门。

"你进去吧。我在那儿等你。"冉冬指着不远处的椅子说。

郁欢颜看了看他的脸，已经是汗涔涔的了。也难怪，抱着这被子跟抱个火球似的。

郁欢颜用钥匙开了门，小心翼翼地挪了进去。

她把被子放在沙发上，看了看觉得奇怪，进来第一眼看到高级沙发上放个"火炕专用"的大棉被，是挺不舒服的。

她上了楼，把被子放在一个开放式衣柜的最底层。

刚准备转身下楼，却听到有水流的声音。

这里还有别人？她慢慢往有水声的地方走过去，连呼吸声都压低了。走到浴室门前，她蹲下来，小心翼翼地贴了上去。

"……夏安说让我想住就过来，反正我也经常住的……"这是一个男人的声音。

水声太大，郁欢颜听不太真切，她努力在脑海中搜索究竟是谁，最终没成功。

一个女人的声音也响起了："你跟着他怎么样？"

"还行，夏安脑子不够用，但是有我姐盯着啊，我现在也了解了酒店不少情况，以后这酒店，就是我们李家的。"

是李星宇！

郁欢颜的大脑突然被厌恶占据了，但本能让她听下去。

"夏安和你姐去哪儿了？"

"他们在给赵叔办事……我跟赵叔是老相识了……跟你说实话啊，夏安成不了大器，胆量就这么点！"

"别这么说人家，你毕竟还在人家手下呢。A市谁不知道他们夏家家大业大的，你现在还是小马仔一个，还想翻身？"

"哥哥今天就压得你翻不了身，你信不信？"

女人的声音变得娇滴滴的，嗔怪道："信还不行嘛，有什么你做不到的……"

"我迟早要让鼎盛姓李。"李星宇说得好像轻而易举就能把夏家的产业挪到自己名下一样。接着又是两个人的缠绵声，郁欢颜恨不得进去宰了这对狗男女。

李星宇有这等野心，想必夏安一点也不知道吧。郁欢颜虽不了解夏安，但李星宇说的话里，有一点她认同——夏安脑子确实不够用。

"我跟夏安，当年在虢镇干过一件大事。"

郁欢颜一惊，等待着他下面一句要说什么。

"什么大事？说出来吓唬吓唬我呗！"

"你连虢镇在哪儿都不知道吧！夏安那个蠢货，差点烧死了她亲妹妹，哈哈哈哈……"

郁欢颜听到这里，有点眩晕。不，这不是真的。

这当然不是真的。夏安常常喝多了就开始跟别人吹嘘自己的事迹，这件事也在列。李星宇就把这事理所当然地算到了夏安的功劳里，他可不想留下任何把柄。

郁欢颜一时间脑子像被各种武器轰炸了一般，她想站起来，可双腿没有力气支撑身体。

那场大火的凶手不是已经抓住了吗？不是人赃并获吗？那李星宇说的这些，又是什么意思呢？

难道当年的事另有隐情？

夏安？真的是他吗？

为什么？他为什么要到虢镇去？他为什么要烧死她？他们明明十几年都不再见了，他对她就有那么大的怨恨？

李星宇突然不说话了，郁欢颜不断告诉自己，李星宇马上就要出来了，也许会发现她，她必须立刻离开。

可好奇心作祟，她好不容易从地上爬起来，转身躲进了衣帽间。

她有太多问题想得到解答了。

郁欢颜做了几次深呼吸，先是把手机调成静音，然后给冉冬发了条短信，让他去小区外面等。发这条短信的时候，她整个人都止不住地颤抖。

过了几分钟，郁欢颜听见浴室的门响了。

突然，堆在上层的衣服一下子全掉了下来，塌在郁欢颜身上。郁欢颜吓了一跳，差点叫出声来。

后来发现并没有人发现她，她松了口气，刚好有衣服在，还能掩护她。

郁欢颜躲在李涯的衣服堆里，有人打开衣帽间，乍一看是不会发现她的。她从衣帽间的门缝朝外看，李星宇只在下身围了条浴巾就在屋子里走来走去。她不禁在心里嘲笑起李星宇来，他以为自己是六块腹肌的美男吗？瘦得跟个鱼干儿似的，除了"猥琐"，郁欢颜想不到别的词形容。

那个说话的女人也从浴室里走出来了，披了条浴巾。郁欢颜辨认了好一会儿，确定这个女人，她从来没见过。衣帽间外的这对男女抱在了一起，又离衣帽间很近，郁欢颜赶紧把眼睛捂起来，以免看到尴尬又恶心的画面。

"你的手机呢？"李星宇突然问那个女人。

"关机了，你不是让我今天不许接电话吗？"女人装作生气，可样子就是在撒娇。

"我的手机也不在这边，路由器为什么在闪呢？"

"没准是隔壁蹭网的呢。"

郁欢颜突然紧张起来，她以为李星宇随时保持高度警惕，马上就要在房子里进行地毯式搜索了。

"你以为这儿跟外面的那些商品房里的人一样吗，上网还用蹭？"李星宇有些不高兴，但他很快就把刚才那一茬忘记了。

女人先是轻蔑地"喊"了一声，随后又开始哄李星宇。

李星宇还真把自己当成这儿的主人了？还看住不起住商品房的？他以为他不是在虢镇那小地方出生长大的？

女人撒了撒娇，李星宇就投降了，刚才的生气也忘了，重重地亲了一口那女人，跟她说："走，我带你去吃大餐！"

郁欢颜想听一些关于李星宇和夏安在虢镇干过的"大事"，可李星宇没再提起那件事，和女人换好衣服后就出门了。

李星宇说的到底是不是真的？郁欢颜半信半疑。她知道李星宇是什么样的人，也知道夏安是什么样的人。

夏安怎么会有那种胆量，去烧别人家的房子。李星宇又怎么愿意，把这天大的秘密说给一个可能只陪他不过一两晚的女人。

但郁欢颜仍像被子弹击中了一般无法动弹，恐惧感密密麻麻地笼罩了她全身。如果李星宇说的是真的呢？夏安，自己的亲哥哥，真的要置自己于死地吗？即使没有血浓于水的亲情，又有多大的仇恨呢。

郁欢颜在衣帽间几乎要窒息了。她等李星宇走了半个小时，才敢从衣帽间里爬出来，免得他们返回来。

她也顾不得整理李涯那些衣服了，头也不回地出门狂奔。

还没跑出小区，突然从路边伸出一条胳膊，把她整个人横抱了起来。她惊慌失措，对那个人拳打脚踢。

"是我，欢颜！"冉冬的声音在她耳边响起。

郁欢颜停下来，还被冉冬扛着。冉冬看她不出声了，赶紧把她放下来，才发现欢颜额头上全都是汗。

两个穿着休闲装的年轻人，在一个富人云集的别墅区里来回走动，很难不引起注意。他们只不过在原地站了几分钟，就已经有两名保安前来询问了。

"我们走。"冉冬搀着双脚失去力气的郁欢颜走出小区，打了个车到城市广场。

他们坐在城市广场喷泉边的台阶上，郁欢颜缓了很长时间，终于开口说："是他……是夏安……"

冉冬并不知道郁欢颜在说什么，他还以为夏安和李涯骗了何叶霞的钱却没去所谓的安徽。

"你哥是什么样的人你是知道的嘛。"他摸着郁欢颜的头发说。

欢颜噌地坐起来，用剜人的眼神看着冉冬："你知道？"

"他现在已经结婚了，又不会总出现在你面前了。这不都是你说的吗？"

郁欢颜心跳得很厉害，她不知道冉冬到底是真的放下了，还是跟她说的压根就不是一件事。

她努力让自己平静下来，看着冉冬的眼睛，问他："如果夏安犯罪了，我应该怎么办？"

"你刚看到什么了？夏安在干什么？"冉冬很疑惑，疑惑中夹杂着担心。

"夏安不在，我只是假设嘛……"

冉冬真的认真想了想，回答："我不知道……"

郁欢颜不知该怎么告诉冉冬，刚才在来的路上她又想了很多。夏安究竟是要烧死她，还是要烧死冉冬？如果想要烧死她，为什么不去烧她家？

她想，这一切一定跟李星宇有关系。

"冉冬。"郁欢颜看着冉冬的脸，突然很平静地叫他的名字。

"怎么了？"

"房子……房子，是夏安烧的……"

冉冬觉得不可思议，以为郁欢颜在瞎说，他甚至觉得有些荒唐。他摸了摸郁欢颜额头："怎么可能啊？"

"刚刚我进到房子里，亲耳听到李星宇说的。"她把刚才从进门以后看到的从头到尾讲了一遍。

冉冬反而从刚开始的警惕变得放松了，他说："你呀，你也不想想李星宇是什么样的人。李涯跟你哥结婚，就没安好心，他们姐弟俩这么不真心对你哥，当然要抹黑他了。你不是说他跟一个女人在一起吗？可能他只是为了吹牛呢？"

"可是他怎么知道那场火的呢？"

"整个虢镇的人都知道那场火，好吗？当时整个省都惊动了！"

"我怎么不知道？"

"是你家人不想让你知道吧。"冉冬的话让郁欢颜无法反驳。

郁欢颜回到A市的家后，没有一个人再跟她提起虢镇的事。再加上她重新找到学校之后马上进入备战高考的阶段了，即使她的状态并不好，但那时候网络并不发达，她也没有手机，也无法得到关于虢镇的一点消息。

"我觉得吧，凭你哥的智商和胆量，他不会做那种事。"

"你怎么知道他不会做？他可不是什么好人。"

"那我问你，抛去你对他的偏见，如果给他一把刀，他敢杀人吗？"

就夏安那欺软怕硬的熊样，其实心里门儿清。他想自己威风，却绝不敢尝试违法犯罪的事。毕竟像夏安这样游手好闲的人，挥霍钱财和青春，要比兄弟情深什么的，重要多了。

"今晚回哪儿？"冉冬用头抵着郁欢颜的头问她。

"回家。我不想回去，可是又答应过凌波了。"

冉冬知道，最近郁欢颜家里的关系缓和了不少。尽管凌波并没有完全从叛逆中走出来，但也长大了不少，懂得了喜怒形于色对自己并没有好处。她开始学郁欢颜的沉着冷静和漠不关心。

他故作轻松，内心却焦虑极了。郁欢颜没有意识到，李星宇把纵火的事推给了夏安，夏安没胆量做，那会不会是李星宇干的呢？冉冬没有说出他的猜想。

毕竟李星宇偷井盖和他父亲的事，是他们四个报警的。

没准有人告诉李星宇了？不然他也不会找个他们四个聚在一起的日子纵火。

那场大火发生的时间，恰恰就是李星宇刑满释放之后。

冉冬不敢再往下想了。

李星宇的父亲李凡被抓以后，警察收获颇丰，不只是倒卖赃车和私藏枪支，A市一场几年都未追查出凶手的命案，也是李凡所为。当时这一重大消息又震惊了虢镇，只不过郁欢颜不知道。

因为做他们这一行的人最讲义气，李凡最终没有供出同伙。他一定没想到，供出那桩命案的，是他的妻子，也就是李星宇的妈妈。那会儿，李涯已经跑了，警察没能查出李涯有什么违法行为，也找不到她的人。只能找到李家的女主人，只是李星宇的妈妈太害怕受连累，便把李凡身上背的命案一并交代了。

李凡被判死刑，缓期两年执行。

如果李星宇是为了父亲而报复，那么他纵火并不是没有可能。可究竟他是怎么知道是他们四个报的警呢？

冉冬仔细想了想，他们留下的漏洞太多了。陈墨看清偷井盖的人是李星宇之后大喊过一声，他们四个一起狂奔过一段路，那个时间段他们太害怕，没人顾得上回头看一眼是否有人追上来。就算没一直追，看到四个背影，李星宇也大概能猜得出是谁吧。

如果刚才李星宇发现了郁欢颜，那又会是什么后果呢。

"今晚你别回你家了，回咱俩那儿。"

"为什么啊？"

冉冬没说自己的顾虑，只是捋了捋郁欢颜的头发，说："我不太放心你。"

"夏安又没在。"郁欢颜觉得冉冬的话有道理，但转念一想，就算夏安在家，也不能把她怎么样。

可她突然想起自己漏掉了一个非常重要的细节，她一下子抓紧了冉冬的胳膊："李星宇说，夏安是去给赵叔办事了，还很得意的样子，感觉好像原本应该他完成的活，他推给夏安了。既然不是酒店里的事情，会不会他们在做什么违法的勾当？"

"说不定。"冉冬拉着郁欢颜，"咱们走吧。"

同一时间，本该到夏安家送被子的夏凌波，正和徐晚风在一家甜品店里。凌波在家里再怎么学郁欢颜的不动声色，面对徐晚风，面具还是一下子就被击溃。

"徐晚风，你真的没有喜欢过我姐？"这是凌波第一次没有叫"学长"而是直接叫他的名字。凌波装作并不在意的样子，想验证她的猜想。

"没有。"徐晚风连头都没抬，他在看书，马上要考试了。

这个问题凌波已经不是第一次问了。前前后后，她试探过多少次，她自己都不记得了。她也不在乎徐晚风到底有没有认真回答，继续追问："真的？看到冉冬和我姐在一起，你不难受？"

"我们只是普通朋友，我为什么要难受？"

"你是不是故意装作不在乎的？怕被我姐发现？就像电视剧里的男二一样，默默守护女主角，可无论这男二有多暖、多帅，和女主多适合，女主角最终都是男主角的。"

"你是说，我是男二？"徐晚风终于看了一眼凌波。

凌波赶紧摇头："不是不是，我是怕你有那样的心态。"

"凌波，我们现在都是成年人了，你问了这么多次，还不知道吗？我跟你姐，只是共同经历了一件无法释怀的事情，不愿意提起过去罢了。我们见面很别扭，提起过去就更别扭。如果这些都能被你理解成是我单相思的话……"

凌波以为徐晚风生气了，赶紧打断了他："我不是那个意思……"

"现在再说咱俩的事，凌波。我知道你很喜欢我，我一直都知道。我不是一个完美的人，我相信在你探寻欢颜的过去的过程中，你也有所耳闻或了解。"

徐晚风一直觉得自己是个懦夫。他报警被父亲拦下，又怕冉冬他们责备自己，只能藏在心里，到他们问的时候才说出来。那场大火后，他很快也离开了虢镇。他没有像欢颜那样被封锁行动或者消息，他每天都在密切关注着案件的进程，可他仍然七年都没有联系过郁欢颜。

他以为他们这辈子都不会再遇到了。

冉冬和陈墨？那时候虽然大肆报道，但新闻和报纸上始终只是说只死了一个人，另一个人失踪。不是郁欢颜也不是他，可他却不知道究竟是冉冬还是陈墨不在了。

他能想起的最后的场景，是郁欢颜已经昏迷，冉冬从房顶掉了下去，陈墨还在房间里。他没有试图去救他们中的任何一个，他吓坏了，也无能为力，只能抱着郁欢颜绝望地等着火警来。

剩下的，他不愿想起，也不敢想起。

"你姐姐不知道，但我知道。我不值得你喜欢，真的。"徐晚风说。他说完便收拾东西走出了那家甜品店。

"如果时间重来，你会不会还是那么做？"凌波问他。

"对不起，我的回答可能会让你失望。"徐晚风没有回头。

也许谁都想做好人，可这却是他所能讲出的，最真诚的答案了。他不想再虚假地活着了。

7.

A市华灯初上，李星宇搂着身边不知道名字的女人从酒吧出来，准备转战另一个酒吧。

他想回去取了夏安的车出门，跟那女人炫耀一下。那女人却说："你喝多了，不能开车。"

"A市有人敢不让老子开吗？老子随便踩上一脚，整个市都要抖一抖，谁敢拦老子！"

女人看着李星宇喝多了酒在街头指手画脚的样子，突然觉得他很可笑。她毫不掩饰地笑了，用染得血红指甲的手，捂着嘴。

"你！笑什么？"李星宇定定地看着眼前的女人。

"我说你啊，要什么威风呢？你那车是你自己的吗？还不是人家夏少爷的？"

"老子说那车姓李，它今天就得姓李！"

"人家回来，那车还不是人家的！赶紧回去洗洗睡吧，还真以为自己是城里人啊？你口音都没改过来呢！"

李星宇清醒了一些，站定了，冲过去扇了那女人一巴掌："你说谁乡下人！"

那女人一个趔趄摔倒在地上，手包也摔在了几米外。李星宇捡起手包，扔到了马路上。

"就是你！乡巴佬！想混到A市的圈子里，你还早着呢！"那女人也被逼急了，开始口不择言，"你住别人的别墅、开别人的车，你就是夏家的一条狗！"

若是此时有路过的人，必定会以为这两个人在拍狗血的豪门戏。两个主角却可笑极了，一个是小混混，一个是浑身风尘气息的女人。

李星宇想揪住那女人的头发，想在路人面前证明自己男人的一面——其实是不想这么丢人。可他毕竟还晕晕乎乎的，手抓过去扑了个空，女人也不顾发型和衣服了，踢掉高跟鞋拔腿就跑。

谁能想到几个小时以前，他们还亲密地在一起洗鸳鸯浴呢。

他眯着眼睛，用手指着女人跑的方向，怒骂了一句。

突然，李星宇看到一个熟悉的身影，他以为是自己眼花。可当他看到那人身边的另一个人时，他的酒瞬间就醒了一半。

郁欢颜正挽着冉冬的胳膊，走在马路对面。

郁欢颜出现在他视线里不奇怪，毕竟她是夏安的妹妹。他也不把她一个手无缚鸡之力的可怜虫放在眼里。可冉冬，冉冬怎么还活着？！

他定睛看了看，没错，就是冉冬。他立刻冲到马路上，翻过中间的栏杆，跟上冉冬和郁欢颜。

冉冬那小子，居然越长越壮了。

李星宇没打算惊动他们。

冉冬和欢颜逛了超市，随后一起走了十几分钟，走进附近一个小区。

冉冬居然还活着，还和郁欢颜在一起！这个消息让李星宇消化了好久，尽管是他亲眼看到的。

那他那把火到底烧死了谁呢？

冉冬不仅好好活着，还和郁欢颜谈起了恋爱，这事夏安不会不知道。李星宇站在冉冬家的小区门口，拨通了夏安的手机。

"怎么了？"接电话的是李涯。

"让夏安接电话。"

李涯却向着夏安："怎么这么没大没小的？"

"让我姐夫接电话，行了吧。"李星宇不想和李涯废话。

"你姐夫躺着呢，有什么你说吧。"

"那你问他，知不知道他妹妹最近在谈恋爱？"

听筒那边，李涯传话给夏安。夏安说了两句，李涯再传回来。

"他说他知道，喜欢上那个学长了。"

李星宇有些不耐烦："不是那个妹妹，是郁欢颜，跟男朋友在外面住的！"

"郁欢颜？她啊……我不清楚。"夏安把电话接过来，"我那天回家的时候，她和凌波都在家啊。"

"什么？"

李星宇开始怀疑到底是自己看错了，还是夏安在说谎。

"不过我也好久没回去了，不知道她平时都在哪里。她那样的，谁能看得上啊？不过也好，赶紧嫁出去，就不用在家待着了，也挺碍眼的。"

"你知不知道她男朋友是谁！是冉冬！"李星宇几乎想要摔东西了。

"冉冬？冉冬是谁啊？"夏安没察觉到李星宇已经发怒了，他早就把冉冬这名字忘掉了。自从他知道虢镇火灾的事跟自己没有关系之后，就彻底不放在心上了。

李星宇觉得这个时候的夏安完完全全就是个蠢货，他不想再和夏安浪费口舌，就问他："赵叔呢？"

"赵叔啊，他已经回A市了，一大早就走了，应该已经到了吧。我跟你姐玩几天再回来……"

夏安还没说完，李星宇就挂了电话，他气得浑身发抖。

努力让自己平静下来以后，李星宇打了个车，没去赵叔的铺子，直接去了他办公室。

8.

郁欢颜正在卫生间洗脸，冉冬跑过来问她："欢颜，这是什么啊？"

她擦干了脸一看，冉冬手里拿了个精致的丝绸小包，做成锦囊的样子。

"挺好看的啊，哪儿来的？"郁欢颜一把抓过去，"你送给我的吗？"

冉冬挺有心的，就是……不太会买。谁会提着个锦囊逛街啊。

"从你兜里翻出来的。"

郁欢颜一脸疑惑："这不是我的啊。"

"是吗？"冉冬脸上的表情非常微妙，她从未见到过？他不信她的话。

"就这么一个小包，我还要偷别人的吗？我至于吗？"郁欢颜不知道冉冬为什么突然这么看着自己。

冉冬另一只手拿出一个透明的小袋子，里面装着很少的白色粉末。

"这、这……这是什么？"

郁欢颜看着白色粉末，突然说不出话了。

"你从哪儿弄来的这个东西啊？"

郁欢颜整个人都是蒙的，她不记得什么时候装过这个锦囊。她努力回忆，从早上出门到去夏安家，再到听见李星宇说话……她想起来了，她躲进衣帽间的时候，夏安和李涯的衣服全堆在了她身上，她那时候觉得口袋里有些异样，怕被发现就没敢动。这个锦囊应该就是那时候滑进了她的口袋里。

"夏安和李涯在……"郁欢颜倒吸了一口冷气，捂住嘴。

她和冉冬相对无言。

郁欢颜立刻想到，几个月前，她碰到紫薇姐的时候，紫薇姐曾经说过的某些疑问。

夏安不是出轨，他是在贩卖毒品。

"我们是不是应该报警？"欢颜问夏安。

她问出这句话的时候，感觉好像回到了很多年前的那个晚上。可是这一次，她犹豫了。

她不是念在夏安是自己亲哥哥的分上，她对夏安已经接近恨之入骨了。如果没有经历过和最亲近的人走散，如果没有那场生离死别的假象，也许她不会这么犹豫。

她害怕了。上天决定命运从哪里开始，那么自己的选择就是命运的走向。

七年前他们几个报了警，从那以后便没有一个人过上太平日子。他们被打散了。郁欢颜害怕这短暂的幸福会重蹈那时候的覆辙，她宁愿装聋作哑也不想再做同样的选择。

"别害怕。"冉冬抱着她，用下巴抵着她的头顶。

他知道郁欢颜的不知所措，他也一样。他知道正确的决定，也知道感性的决定，他必须让郁欢颜觉得安心。

夏安和李涯现在什么都不知道，冉冬决定先睡一晚再说。他把郁欢颜安抚下来，入睡了。

第二天一早，冉冬醒来的时候，郁欢颜已经洗漱好，坐在沙发上了。

"怎么起这么早啊？"冉冬蒙眬着睡眼，一边伸着懒腰，一边打着哈欠。

"我睡不着，"郁欢颜的语气中透着焦虑，"我得去找一趟紫薇姐。"

"欢颜，"冉冬起身把郁欢颜拉进怀里，"我昨晚想了很久，这个警，我们必须要报。"如果夏安有胆量碰毒品，那么放那场大火，也不是没有可能了。

"我不知道，我真的不知道。"郁欢颜把脸埋进冉冬的肩膀里。

"你不想当年的事水落石出吗？你就忍心看着陈墨那么白白没有了？"

陈墨。郁欢颜已经很久不敢想那个名字了。陈墨什么也没做错，她甚至连夏安都不认识。

"我一直以为，没有了的那个人是你……"郁欢颜说着说着，眼泪就顺着眼角流了下来。

冉冬赶紧安慰郁欢颜："不要这样，欢颜。那不是你的错。"

他们都没有错。

郁欢颜冷静下来，擦了擦眼泪。她想，陈墨一定不愿意看到她哭的样子。让这件事彻底过去，抚平他们每个人心底的伤痕，才是最重要的。眼下应该做的事，绝不是无助地哭。

"你先去，我洗漱完起床，就去报案。"

郁欢颜出门给紫薇姐打了个电话，直接打车去她那里了。

"欢颜，路上一定要小心。"冉冬在门口抱着她说。

郁欢颜还没敲紫薇姐的房门，门却先打开了。看来紫薇姐已经等待多时了。

"紫薇姐。"郁欢颜慌慌张张地进屋，差点撞上紫薇姐。

紫薇姐没化妆，居然还这么像林心如，皮肤还吹弹可破。人跟人就是不一样。她不化妆，就特没精神，皮肤看着也差。

"紫薇姐，你素颜怎么也这么好看啊……"郁欢颜痴痴地盯着紫薇姐的脸，发自内心地说。

紫薇姐被她盯得不好意思，摸了摸脸颊，说："就你嘴甜！一大早慌慌张张的，什么事啊？"

"我有些关于夏安的问题，想问你。"

"夏安？我们很久不联系了啊。"她给郁欢颜倒了杯水。

"我知道，我想问问夏安过去的事。"郁欢颜接过水咕咚咕咚全喝完了，"你知道夏安是什么时候认识李涯的吗？"

紫薇姐摇了摇头："不知道，我没发现他有出轨的迹象。他们会不会是跟我离婚后才认识的？那女人那么随便，说不定是一夜情之后才有了孩子的吧。"

"那女人的弟弟李星宇，是我在虢镇的同学。他在虢镇是无恶不作的小混混，从小学开始，欺负同学、抽烟喝酒、偷东西，什么坏事都干过。他们全家都一个德行，就连他爸爸也是远近闻名的老油条。我亲耳听他说，他七年前就和夏安认识了，所以我觉得，夏安应该也是那个时候认识的李涯吧。"

紫薇姐并没表现出特别惊讶，很淡定地说："我不清楚。这些现在跟我也没有关系了，并不会影响到我的心情。"

"紫薇姐，你是知道的，我为什么会回夏家。"

"到底怎么了？"

郁欢颜咬了咬牙，说："七年前虢镇那场大火，是夏安干的！"

"怎么可能？！"紫薇姐一激动，把玻璃杯磕上了茶几，杯子被磕掉一块。

"如果不是他，也是他和李星宇一起干的。我今天来找你，就是想让你帮帮我，回忆回忆，看夏安七年前，有没有突然离开家里或者有什么异常的举动。"

紫薇姐还是不敢相信，她嘴里碎碎念着："不可能啊……他那么窝囊……让我想想，让我想想。"

在客厅转了几圈之后，紫薇姐突然拿起手机。

"姐，你干吗？"

"我看看他的QQ密码变了没有。"紫薇姐拿着手机，手指发着抖输入密码。

因为太激动，连输了几次都没输对。紫薇姐想了想，又试了一次，对了。她在夏安的好友列表里翻了一会儿，然后指着一个人的头像问欢颜："是不是这个人？"

"退一步并不表示我放手，我微笑并不代表我快乐……"郁欢颜一字一句念着QQ签名，突然觉得可笑，"这都什么年代的QQ签名了，这人怎么这么非主流啊？"

"star，是他吧？"

"是，头像一看就是。他怎么好意思叫star呢，这不是侮辱李智楠嘛。"郁欢颜突然提起了很多年前的一部偶像剧《十八岁的天空》。

"说着正事呢，提什么偶像剧啊。"紫薇姐进到了李星宇的QQ空间，从他的相册里找出了很多年前，他QQ空间里上传的一张照片。那时候带照相功能的手机并不多，那张照片还是老式的数码相机照的，右下角还显示着照相的时间。

李星宇蹲在摆得整整齐齐的甩棍中间，表情很得意。

"他当时给我看过这张照片。他说他认识了个很厉害的哥们，不过不在A市，不知道什么时候能见上面。他好像很期待跟那个人见面，但他们具体是否见面，我就不知道了。"

"我感觉，夏安认识了李星宇，就一定会认识李涯。"

"可为什么我一丁点都没察觉到呢？"

"他那个时候认识了李涯，并不代表他那个时候就爱上了李涯。至于他们两个狗男女是怎么搞到一起的，这就是另外一件事了。"

紫薇姐突然想到了点什么，她说："想起来，夏安是有那么一段时间，行为很奇怪。"

"怎么个奇怪法？"

"我跟他说话，他会莫名其妙地被吓得跳起来。那段时间他晚上睡觉也总不踏实，虽然不说梦话吧，可夜里经常惊醒，每次惊醒就一身虚汗。我问他怎么了，他也不说，还嫌我多嘴。"

　　"大概时间是什么时候呢？"

　　"就在你被接回A市之前。"紫薇姐突然瞪圆了眼睛，捂住嘴，"不会真的是他干的吧？"

　　"我不知道，我现在很乱……"

　　"他在那之前，确实外出过两天！"紫薇姐越说越害怕，难道真的是夏安？

　　郁欢颜用手轻轻按着紫薇姐的肩膀，不让她抖得太厉害。

　　郁欢颜又说："其实要说是夏安，我挺难相信的。昨天我和我男朋友还在分析，夏安没有这个胆量啊。"

　　"是啊，他是好面子，可他绝对不敢触碰那些事。因为以我对他的了解，他更爱外面灯红酒绿的花花世界，绝不会豁出命去让他拥有的一切付诸东流的。"

　　看来在对夏安有一点了解的人眼里，夏安都是一个样子。

　　"可是紫薇姐，我昨天在夏安家里，发现了……一包白粉。"

　　紫薇姐更惊讶了，她张着的嘴久久合不上。

　　"我其实……很久以前有过这种猜想。"紫薇姐看上去有些难以启齿，"还记得夏安结婚的前几天我们在街上碰见的时候吗，我那时是想告诉你一些我的猜想的，可又念及你是他妹妹，还有在他大喜的日子说这些确实不合适。"

　　"也怪我，我睡了一觉，就把你的话忘得干干净净的。"

　　"是该忘干净，记在心里，也许会出事。我没说的另一个顾虑是，他并没有胆量和脑子去做那些事。"

　　郁欢颜笑了。

　　"姐，我还有事没告诉你呢。李星宇是夏安婚礼的伴郎，婚礼当天，他趁没人，掐住了我的脖子。"

紫薇姐差点惊叫出来："他伤到你没有？"

"没有，我妹妹和一个朋友及时进来了。"

"你跟他有什么过节吗？"

"没有啊。"郁欢颜努力回忆起她在虢镇的过往，"只是，只是……"

只是他们报警，让李星宇一家锒铛入狱。李星宇也许早就知道，所以才来报复她！这点她怎么没早一点想到？

郁欢颜突然站了起来："姐，我得赶紧去找冉冬……"

李星宇既然已经见到过她了，会不会也见过冉冬和徐晚风了呢？他会不会报复冉冬？他会先从谁身上开始下手？冉冬会不会有危险？欢颜有点眩晕，她双腿一软，站不住了。

紫薇姐赶紧上前扶住她："冉冬？冉冬又是谁啊？"

"我、我男朋友……"

郁欢颜也没时间解释了，她第二次站起来，紫薇姐赶紧拿了钥匙和钱包，拉着她说："走！我跟你一起去！"

第八章
结局

Ran Dong, I will always think of you

　　郁欢颜和紫薇姐出门打了个车，在车上郁欢颜一直在打冉冬手机，却总是被挂断。

　　车刚到市中心，就被堵住了。

　　司机探出头朝前面看了看，一拍大腿："得，堵死了。早知道啊，给你们往西边绕过去了。"

　　"怎么回事啊？"紫薇姐下车查看。

　　"肯定出事故了呗。"司机连看都没看一眼，就自信地说，"这修着地铁又出事故，彻底堵死了。"

　　堵了几分钟而已，出租车的计价器已经往上跳了两块。紫薇姐掏出钱包，对司机说："师傅，我们下车了。"

　　司机立刻换了副面孔："现在这交通事故，处理得快着呢。两位姑娘沉住气，十分钟，最多十分钟，绝对给你冲出重围！"

　　司机没打算接紫薇姐的钱，他摆出一副"我不给你找钱"的样子。

　　"还是不麻烦您了。"紫薇姐拿出一把零钱放在副驾驶座位上，拉着郁欢颜走了，"看这架势，车还没人走得快呢！"

走了几分钟，她们来到了事故发生的路口。

"我的妈呀，看这车撞的。"紫薇姐倒吸了一口凉气。

现场被警察封锁了。

一辆黑色的车已经开到了人行道上，碾倒一大片花坛里的花，就连人行道上的树都撞歪了两棵。车头已经变形了，挡风玻璃上还有几点血迹。这司机，必死无疑。

"这司机没长眼吧。"郁欢颜说，"咱们还是坐地铁吧。"

她们刚下地铁站，就接到了凌波的电话。

"喂，凌波。"

"谢天谢地你没事，姐你在哪儿呢！"凌波的语气听上去很急。

"我跟紫薇姐在一起呢，怎么了？"

"紫薇姐？原来你去找她了？我跟你说个事，你别急啊。"

欢颜一愣。

凌波和徐晚风在一起，徐晚风抢过手机，说："欢颜，你要冷静。冉冬出了点事，现在在市人民医院，你赶紧过来吧。"

"出什么事了？"

"车、车祸。"徐晚风刚说出口，郁欢颜的脑海中就出现了刚才带血的挡风玻璃，"不过人还在抢救，你不要太紧张。"

郁欢颜已经没力气说话了。她拽住紫薇姐，有气无力地说："我们，去人民医院。"

郁欢颜和紫薇姐赶到人民医院的时候，徐晚风已经在急诊大楼的门口等着她们俩了。

"为什么你比我先知道？"郁欢颜问徐晚风。

"他出事前最后联系的人，是我。"

"你？"

"今天一大早，他给我打了个电话，说让我注意安全。没想到，他先出事了……"徐晚风的声音沉了下去。

"他说是什么事了吗？"

徐晚风摇了摇头："听声音他很急，叮嘱了两句就挂电话了，直到刚才，我接到医院的电话。"

"他人呢？"郁欢颜已经泪流满面，却镇定得让在场的人都觉得可怕。

"还在抢救。姐，你想哭就哭出来吧。"凌波小心翼翼地握着她的手。

可郁欢颜一下子甩开了凌波的手。这个时候，她就像吹到极限的泡沫，别人一碰就碎了。

"撞他的那个王八蛋呢？"

"他只受了点轻伤，直接逃逸了。"

郁欢颜闭着眼睛深吸一口气，她只觉得愤怒像火山一样就要喷发出来了。车头都已经畸形成那个样子了，居然还能活下来逃走？

"我们刚从市中心过来，看现场的程度，司机肯定也出事了，怎么可能逃走呢？"郁欢颜已经说不出话了，紫薇姐说出了她的疑问。

凌波有些听不懂："市中心？冉冬是在他们小区门口被撞的呀！"

"我还拍了小区的监控录像。"徐晚风拿出手机。

郁欢颜一把抢过去。

那段十多秒的视频里，记录着冉冬清醒的最后几秒。

那辆车明显是冲着冉冬去的，第一次冉冬躲开了，接着对方踩足了油门，再次朝冉冬冲过去。冉冬飞了出去，落到了监控范围外，摄像头没能拍到。郁欢颜惊呼一声。

她按了暂停，每一帧、每一秒都仔细盯着那辆车。驾驶那辆车的人，轮廓怎么这么熟悉呢？

她一时间什么都想不起来了，却急得像热锅上的蚂蚁，朝身边的三个人大喊："你们杵在这儿干吗？快来帮我看看啊！"

他们三个人围在一起看了半天，凌波突然说："姐，这不是你以前幼儿园的领导吗？"

赵园长？那个禽兽？

他怎么会去撞冉冬呢？

郁欢颜的脑仁突然疼得厉害。赵园长……李星宇……夏安……李涯……夏安家的衣帽间……那包白色的粉末……

这一切不可能没有联系。

难道说，李星宇口中的赵叔，就是赵园长？

"快、快去报警……"郁欢颜呼吸困难，她已经快失去意识了，"把李星宇、李涯还有那个赵园长，统统都抓起来……他们、他们……"

徐晚风点了点头，准备往外跑，郁欢颜却拉住了他的衣角："你不能去，李星宇认识你。他们现在没准，就在找我们俩。万一你们碰到了，肯定跟冉冬一样的下场。"

凌波说："李星宇不认识我，我去吧。紫薇姐，你跟我一起。"

"李星宇在婚礼上见过你，他也肯定知道紫薇姐。你们，快打电话……"郁欢颜真的没有力气了。她脸色苍白嘴唇发青，就那么晕过去了。

冉冬的抢救结束了。

郁欢颜刚刚醒过来。

李星宇和赵叔在逃。

夏安和李涯被警察控制。

何叶霞像疯了一般，跪在警察面前不起来。凌波还从没见过她如此低声下气地求过别人。

"警察同志，你们一定是弄错了……一定是有人栽赃陷害他，我儿子我很了解，他是不会做这种事情的……"

你错了何叶霞，你一点也不了解你儿子。郁欢颜在心里说。

何叶霞的鬼哭狼嚎并没有结束，她甚至抱住了警察的大腿："一定是整天跟着我儿子的那个小畜生，他本来就不是好人，他的面相，他说话的样子……还有李涯，没错！就是她！她就是个狐狸精！肯定是她冒着我儿子的名义……"

何叶霞越说越咬牙切齿。

可这一切的嘈杂好像在一瞬间就远离了郁欢颜。

抢救室的灯，灭了。

全世界的灯，也灭了。

她万念俱灰。

她闭上眼睛，好像又回到了虢镇。

那感觉很真实，好像周围都充斥着洋槐花的香味。

"你说，世界上最好的地方是哪里？"欢颜问还是少年时分的冉冬。

"A市。"冉冬挠着头，嘿嘿笑着说。

"你傻啊你。"

"怎么了吗？我没见过大世面啊。"冉冬以为欢颜在嘲笑自己。

"最好的地方当然是虢镇咯，你连自己家乡都不爱啊。"

"当然爱。"冉冬回答，"可是，你不是从A市来的嘛，我就说A市咯。"

虢镇的人有一种习俗，无论人漂泊到哪里，一旦离世，骨灰必须回虢镇。大人们说，这叫落叶归根。

欢颜才不在乎什么落叶归根，她只知道这里有冉冬，所以她要一直一直在虢镇待着。

"你才傻，别人都拼了命地往外考大学，嫁到城里去，只有你想留下来？"冉冬问她。

"我就觉得虢镇好，不行吗？"

"行行行。"冉冬总是让着欢颜，"我也一直待在虢镇。"

他看着她的脸，嘿嘿傻笑着。

冉冬一直没告诉过欢颜，自己是怎么活下来的。最最重要的细节，他们竟然都忘了。

他从屋顶上掉到邻居家的草垛里，他觉得上天是故意让他活下来的。

可为什么，又要让他们分开呢？

欢颜想起，一直有个问题没问过冉冬。那场火那么大，他究竟是把那画藏在哪儿了，才一点都没损坏啊。

小时候觉得，A市跟虢镇怎么离得那么远。现在想起来，还不是说走就走了。

她没有什么行李，只带了一幅画。

欢颜这才意识到，从前她感觉到痛苦，是因为她还都没放下。一个人一无所有的时候，居然这么轻松。

冉冬啊，让我们回家吧。

番外一
心思

Ran Dong, I will always think of you

我是陈墨。

大家常说我本人和名字完全不符，因为我话多，说得不好听点，就是聒噪。我不否认。

但现在不是常常有一种认知吗，就是看到的不一定是真的。那个十恶不赦的小混混李星宇，都好意思把QQ签名改成"我微笑并不代表我快乐"。

我可以和班里每个人都打打闹闹，却只有两三个真正的朋友。别人都说我和徐晚风是天造地设的一对，他们却完全看错了。

徐晚风是唯一一知道我秘密的人，我们总是针锋相对吵个不停。

我话很多，却对这个秘密守口如瓶。那个秘密就是……我喜欢冉冬。喜欢上他的时间可能不比欢颜晚，甚至比她还早。

冉冬喜欢的是欢颜。他们不承认，可我能看得出来。如果他们在一起了，我没准就死心了。他俩从小学到高中这么多年，就是不在一起。我就常想，这是不是说明，我还有一丝希望。

欢颜是我的好朋友，我们的友情，是从李星宇欺负我的那天开始的。冉冬为我挺身而出，却被有眼无珠的老师罚了。我放学主动留下来帮他分担责罚，欢颜也留了下来。

欢颜一开学就吸引了全班所有人的注意力，因为她是A市来的。

城里孩子怎么会转学到虢镇呢？不过人要是坏起来，是真的能很坏很坏的。都没人跟欢颜说过话，大家就开始在背后说她的坏话了。说她是私生女，说她爸妈不要她了，说什么的都有。

我们熟识后，我知道了她确实是被父母抛弃，送给人抚养的。

说起欢颜，她除了长得很白净，好像没有什么其他优点了。长得不是特别漂亮，也不丑，话没我多，也不是特别沉默的那种。我们还以为她学习会很好，结果每次考完试，也就那样。

她还喜欢我喜欢的人，我应该讨厌她才对啊。

可莫名地，我很喜欢她。

我妈常说，人家欢颜是城里的孩子，就是大气。

虢镇的孩子，一言不合就摔在地上打起来了。欢颜也能听到那些说她不好的话，但她从来不计较。

小的时候我们不懂，以为那就是妈妈口中的"大气"。现在想起来，她只是在太小的时候经历了太多，家庭给她的伤口太深，言语的中伤对她来说，微不足道。

但我也有不清醒的时候。

尤其是当我看到欢颜和冉冬有相互在上面写话的本子之后。我偷偷看过她的本子，还好，上面没有暧昧的话。

但很明显，他们已经成了无话不谈的好友。

可我只能是欢颜身边的跟屁虫，就算跟冉冬说话，都好像是蹭来的。冉冬邀请欢颜去他家玩，欢颜怕我孤单，才叫上我。

让我欣慰的是，我在冉冬家肆无忌惮地翻他画的画，他从不说我。

嫉妒心谁没有？当一个人爱上另一个人的时候，往往会做出一些自己看来都不可思议的事。

我告诉班里别的同学，冉冬和欢颜在谈恋爱。我跑去跟老师说，他们互相写情书，证据就是他们传来传去的那个本子。

他们被老师分别叫出去的时候，我的心都要从嗓子眼里跳出来了。

老师没收了他们的本子，我的心情却更糟糕了。唯一知道这件事的是徐晚风，他去给老师送作业的时候，听到了。

他拖着断了的腿（当时掉进没盖儿的井里了）把那个本子偷了回来，并且没有戳穿我。

当时我以为他也喜欢欢颜，以为他会以班长的职务谋私，警告我。我们碰见了李星宇偷东西，我们一起报了警，他们因为李星宇惶惶不安，我却根本没心思理会李星宇的事，我怕徐晚风会说出去。可他什么都没做。

我的愧疚感和嫉妒一同在加深。

可现在我又做了同样的事。这次没人知道，不会再有一个徐晚风让我清醒。

冉冬第一个想到的永远都是欢颜，第二个还不一定是我。

我对不起欢颜，可又想为自己所爱争取一下。

我想除了冉冬，我愿意为她做任何事。

番外二
身世

Ran Dong, I will always think of you

何叶霞是不信命的。

违背良心的事她做过不少，也没遭天谴。她告诉自己，生意人嘛，难免的。大家都是这样，算不到自己头上来的。

更何况，第一个孩子老天就赐她个儿子，她更觉得自己是有福之人。

对于老二欢颜，她有一种说不明的情感。她期待第二个孩子仍然是男孩的，她和夏海川连儿子的名字都想好了，生出来却是个女孩。

正好赶上计划生育，那会儿要是被发现生了两个孩子，是要被罚得很惨的，至少对于都没什么钱的人来说。尽管做生意攒了些钱，但她觉得把这钱花在女儿身上不如一个儿子值当。起码，女儿的罚款得打个八折吧？怎么能罚一样多呢？

孩子还没出生，她和夏海川就盘算着怎么能不被罚款。

夏海川有个战友，叫郁先勇，结婚很多年了一直没孩子。他们找到郁先勇，想把孩子的户口挂在他名下，到以后再想办法迁回来。

郁先勇是个仗义的人，他一口就答应了。他们两口子还跟夏海川夫妇开玩笑，干脆把这孩子送给他们养得了。

"认个干爹干妈是肯定的！"何叶霞挺着大肚子，假惺惺地笑着。

也许是老天看不过去何叶霞太贪心，就让她生了个女儿。

不知道是不是听了郁先勇那句话，何叶霞总觉得这女儿注定是别人家的。没有这想法还好，自从冒出这念头之后，她便日思夜想怎么找个正当理由把这个孩子送走。

欢颜无意在外人面前叫了她一声"妈"之后，她知道机会来了。孩子无心的那句话，只是导火索，让她更理直气壮地把欢颜送走。

"先勇啊，恐怕……你真的要帮帮我了……"夏海川把电话打到了老战友郁先勇那里。

郁先勇夫妇当然喜出望外，他们很早就空出了让欢颜住的房间。至此，何叶霞也算了却了一桩心事。

在把欢颜送走的第二年，夏海川带着一家人去一个古城游玩。在古镇的河岸边照相时，一个算命先生让何叶霞这几日要注意安全，四肢可能会受伤。

何叶霞看着算命先生的穷酸样，当时破口大骂，只觉得他晦气。算命先生倒也不生气，他笑着说："我今天跟你说这些就不收钱了，你会回来找我的。"

让他们一家人不可思议的是，第二天一早，何叶霞的手腕就骨折了。她走在平地上，突然滑倒了，她用手撑住地，就受伤了。

何叶霞痛得眼泪不自觉地流下来，还不忘骂那个算命先生是乌鸦嘴王八蛋。夏海川把何叶霞送到附近的医院后，偷偷折回去找了那个算命先生。

他客客气气地问："您是……算命的？"

"算命谈不上，看看众生百态罢了。"

"您昨天说的我太太……她今天早上手腕骨折了。"

"噢……"算命先生一副意料之中的样子，"没有大碍吧。"

"没、没有。您是不是……看出来点什么？"

算命先生意味深长地笑了，夏海川也跟着干笑了两声，眼巴巴地看着算命先生。

"你们最近两年，是不是有意无意，丢弃过一些很重要的东西？"

夏海川心里一紧，他立刻想到了欢颜。

算命先生看到夏海川的反应，便明白了几分。他又问："先生您是做生意的吧？"

"是，做小本生意。"夏海川正准备扩大规模经营，怕会有什么横祸飞来，他赶紧问，"这事有什么影响吗？"

"不用这么紧张，先生。"算命先生大笑，夏海川却一点也笑不出来了。

就算难以启齿，夏海川还是把他们送走欢颜的事讲出来了。当然，为了面子，他尽力用话术去包装整件事，显得自己当时是"迫不得已"。

随后夏海川赶回医院，接了何叶霞和儿子夏安，立刻赶回了A市。很快，他们领养了一个女婴，历尽各种困难，把孩子的户口落在了夏家名下。

夏海川和何叶霞因为太过劳累，看上去一下子老了好几岁。他们只能感叹，这几年间，净做了些本末倒置的事。

那个算命先生对夏海川说，要么把那孩子接回来，要么找个方法替代那孩子好好抚养，不然一家人都会有不好的事情。

刚送出去的孩子就要回来，夏海川没法跟郁先勇开这个口。夫妻俩在一起商量了许久，决定再收养一个孩子。

何叶霞私心是想再收养个男孩的，夏海川不同意，说算命先生说一定要是女孩，还要像亲生的一样抚养。为这个事，何叶霞跟夏海川大闹一场，甚至说到了离婚。但最终胆小怕事，才答应了要女孩。

他们对那个女婴很好，长大后孩子也出落得很漂亮。

何叶霞当然不会从心底真的爱夏凌波，只是恐惧让她把对夏凌波的爱培养成了习惯。她害怕夏凌波出一点事，就会波及自己。

当然，除了夏海川和何叶霞，还有那个神秘的算命先生，没人知道他们为什么这么做。

"你真的看出来他们家会出事？"跟算命先生挨着摆摊的女人问他，毕竟她摆了一天摊，还没有人家半个小时赚得多。

算命先生摇了摇头，准备收拾东西回家。

"她的鞋底花纹很少，不防滑，这古镇上又都是石板路，常下雨又多有青苔。猜的。"

"瞎猫撞上死耗子吧？"

算命先生笑了笑，收工了。

也不全是因为运气。

算命先生从前在A市生活过一段时间，碰巧知道夏海川家的事，仅此而已。

"人可以不信命，但做了亏心事，总是会心虚的。"这是他走之前跟旁边摆摊的女人说的话。

番外三
赵叔

Ran Dong, I will always think of you

赵叔在外的口碑很不错。

"在外"是指，不管是黑道，还是白道，都很认可他。

白天，他是幼儿园的园长；晚上或者更多时候，他是一个心狠手辣的大毒枭，随手做做倒卖车的生意。当然，这些车，绝大多数都是赃车。

他有一个忠心耿耿跟着他做事的年轻人，也有一个忠心耿耿为他做事的年轻人。

这两个人，一个是李星宇，一个是夏安。

一个很聪明，一个能利用。

夜色擦黑，李星宇来到了赵叔家。

"怎么？这次又让夏安去了？"赵叔的声音里听不出是责备还是赞赏。

"赵叔，我有更重要的事。"

"什么？"

"我和我爸的仇人。"

"哦？"赵叔好像对这个很感兴趣。

"我以为他死了，结果他又出现了。"

赵叔问他："那你打算，怎么办呢？"

"七年前我没弄死他，七年后我必须做到！"

赵叔笑了，他甚至鼓了鼓掌。这个年轻人有志气，跟李凡很像。

赵叔很感激李凡在那种情况下都没把他出卖，所以当李星宇带着朋友来A市找到他时，他就决定要好好培养这个孩子。

"这样吧孩子，就当赵叔还你一个人情。这次的事，交给赵叔吧。说吧，这人是谁？"

当李星宇说出事情的来龙去脉之后，赵叔更有底气了。

"要是能一箭双雕就更好了，那个小姑娘，也有点问题啊。"他指的是郁欢颜。

"可是赵叔，您要怎么做啊？"

"赵叔要是连一个年轻人都收拾不了，就白混这么多年了。"他手随便一挥，"叔这儿那么多辆车，扔掉一两辆，叔绝不心疼。"

李星宇当时还不知道自己和赵叔的命运，在两天后，即将和李凡一样。他离高墙只有一步之遥，却还一点也不担忧地跟着赵叔一同会心地笑起来。

《昨日以前的星光》番外
胡不归

Ran Dong, I will always think of you

1.

　　五星酒店婚礼的宾客，穿得都很体面，至少看上去是这样，直到和这场景不是很搭的两个人出现。

　　新郎的脸上终于出现了比看到任何人都真心的笑容，新娘用手肘碰了碰新郎，问他："你朋友？"

　　"嗯……本来还有一个……不对，是两个，来不了了。"新郎用唇语说。

　　新娘正准备问那两个来不了的人是怎么回事，新郎看着两人靠近，赶紧提高了声音转向衣着和这场合格格不入的两个人。

　　新郎无奈地笑着，眼神里甚至有宠溺的成分："你俩这是……"

　　江楠和李舒杰相视一笑，大大方方地亮出了他们拉着的手。

　　"恭喜恭喜啊，新娘好漂亮，新郎长得好抽象。"江楠递上红包，对着站在新郎席的杜嘉宸做了个鬼脸。

　　"我还怕你俩来不了了……江楠，你终于想开了？"杜嘉宸嘴上说着，眼睛却一直瞟着他两人的手。

　　"这一辈子跟谁过不是过呀，我就跟这人将就将就吧。"李舒杰假装生气使劲捏了捏江楠的手，江楠假装很疼，龇牙咧嘴，却始终没对李舒杰伸出拳头。

看看，江楠这么泼辣的人，都有人能降得住。

"工作定了？"杜嘉宸问李舒杰。

"嗯。"李舒杰点点头。

"本来还想问问要不要帮忙呢。"杜嘉宸从来都是热心泛滥，"你要向江楠学习，人家已经在职场摸爬滚打三年了呢。"

江楠笑了笑，说："大哥你扫不扫兴啊？今天你大婚啊，还在操心我俩？"

杜嘉宸心想，因为你们就是容易让人操心的小孩子啊。

"你现在结婚要有了小孩……算不算老来得子啊？"江楠完全不顾杜嘉宸刚刚说了什么，自顾自地提问。看着新娘的脸色有点不太好，李舒杰赶紧拉着江楠潜逃了。

在江楠的印象中，婚礼上新郎新娘交换戒指说"我愿意"的时刻远没有上鸡鸭大鹅的时候来得让人热泪盈眶。那种对大鱼大肉的神圣感和信仰，也只有江楠这种奇葩才会专心遵循。只不过杜嘉宸的婚礼改成了自助餐，所以江楠自始至终都没有感受到那种仪式感。

两人注视着来往的宾客，江楠说："记得以前这个霸道总裁还说过他跟桑妮的故事呢。"

"是珍妮，不是桑妮。你到底看没看过《阿甘正传》啊？后来倒把人家叫得跟亲戚似的，谁当初说人家是GAY来着？"李舒杰纠正着，"还是在乐乐的病房里说的——"

提起这个名字，李舒杰戛然而止。江楠幽怨地看了他一眼，也没再说话。

因为盛夏的缘故，还没到中午却已经开始燥热。坐在开足冷气的酒店里，江楠仍能看到外面空气中涌动着的、炽热的空气。

一到夏天，江楠便像变了个人似的，她对任何发热的东西都感到恐惧。这热空气让她觉得害怕，还曾经被同事嘲笑过"江楠怕烤红薯摊哦"。

只是她从未跟任何人提起过，一到夏天，就会让她想起三年前的那个夏夜，米乐站在楼顶边缘朝他们两人说笑的场景。她总是在想，如果当时能快一点拉住她……从此每寸的热空气里都有米乐的气息。

2.

婚礼仪式结束了，宾客们才刚刚开始用餐和互相敬酒，江楠就拉着李舒杰出来了。本来他们两跟里面的气氛也不怎么搭调，江楠又喝不了酒。

"咱们就这么走了，会不会不礼貌？"李舒杰还有些担心他们不辞而别会有什么不好的影响。

江楠却一点也不在意，她很大气地摆摆手说："怎么会？红包都包给他了，还堵不上他的嘴吗？"

"我说你呀，能不能嘴下留点情面？说什么老来得子，没看人家新娘都皱眉头了吗？"

"好啦好啦，下次注意。"

李舒杰握着江楠的手，很惊讶为什么她今天没有咋咋呼呼的反驳，反而很乖。

他们坐了两站公交车，再拐进一条窄窄的街道，行道树的繁茂让这条小小的街看上去更挤了。中学的校门还是旧旧的，可校名的烫金字似乎刚换了新的，大老远就看到明显的违和感。

学校里修了新的家属区，她和李舒杰进去的时候，早就换了人的保安正坐在新建的保安亭里喝茶，连头都没抬起来。

东教学楼，四楼，第二间教室。

米乐和李舒杰是同桌，江楠坐在他们前面。李无双在某个角落。

十年前？哎不对，已经是十三年前了。

时间从来都是只前进而不会静止的啊，傻子。校门前的新的烫金字就是证据啊。

3.

连着被两科老师批评了以后，米乐抱着一沓作业本拍到课桌上，有几个本子也带上了米乐的情绪，被弹出了队列。

面前的两个人丝毫没有发觉她的坏心情，继续打闹。米乐没好气地说："上课别再找我说话了啊，被老师骂得不轻。老师说再这样就调座位了。"

"老师既然担心我俩带坏你，干吗不直接找我俩？"

米乐把作业本一分为三，强行递给江楠和李舒杰："老师说我考了个全班第一就得意忘形，不帮助别人反而做不好的表率。哎，别拿错了，这本是我要通知去老师办公室的。"

江楠一边抱怨着做苦力还要被指手画脚，一边像投掷飞镖一样把作业本发出去。

米乐拿着作业本到李无双桌子前，实在是不知道要怎么跟这个人进行对话。

这人得了嗜睡症吗？上课也不听课，能看到的时候都在睡觉，看不到的时候都在打球，除了叫他去老师办公室，能说上话的机会为零。

她慢慢靠近，刚伸出手指准备戳醒他，他却像感应到什么似的猛地抬起头来。

米乐递过本子，开始了已经重复了好几天的开场白："你怎么又交空作业本啊？老师叫你去办公室解释一下。"

"你帮我跟老师说，我病了。"李无双并没有接，也没有因为米乐的频繁来访而不耐烦，反而笑得纯良无害。

"老师是叫你自己去。"米乐把本子放在他的胳膊上，"这礼拜已经是第三次了，老师说五次不写作业，就不能参加期中考试了。"

米乐本来还要再说教几句的，李无双也是饶有兴趣、乖乖听着的，可江楠在远处喊了她两句，她急吼吼地补充了最后一句："下午放学前必须去啊，老师已经生气了！"

"发个作业都这么慢。"江楠不满地挽上米乐的胳膊，"我跟李无双从开学到现在一句话都没说过呢。"

米乐歪着头想了想："我好像也是哎，一共说过三次话，还都是有关作业的事。你说你不交就不交吧，老师也不会去数，偏偏每次交个空本子，还要我回来通知。"

"说不定人家看上你了哟。"江楠的胳膊暗中用力地夹了米乐一下。

米乐毫无顾忌地摆了摆手："怎么可能！"

"谁说不可能。一切皆有可能，广告都这么说了。"

江楠一下子来劲了，她一下子跳到米乐面前："你听听看我的分析对不对哈。李无双虽然没有明着调戏你，但是明着暗着找过你不少事吧。"

"平时怎么没发现你观察力这么强？"

"电视剧都是这么演的！一个男的爱上一个女的，都得从找她碴儿开始。比如，揪她的辫子啊，或者压根就是碰瓷，直接倒地说女的把他碰骨折了。"

米乐"嘁"了一声，表示不信。

"你和李无双现在就是这种状态，"江楠越说越起劲，甚至坐上桌子跷起了二郎腿，"他是没有别的理由找你搭话，才这么干的。"

李无双突然脱了外套，往教室外面走去。江楠听见了李无双的响动，拉着米乐就往楼下就冲。

4.

米乐还不知道发生了什么事，就被江楠拽下了两层楼。

"干吗，干吗？"

"看李无双打球啊。"江楠说得理直气壮、理所当然。

米乐却要上楼："我不看，快上课了。"

江楠勒住她的脖子，一副休想走的样子："别呀，你人都下了两层楼了。再说，站在球场边看看怎么了？"

中学男生们眼中的自己，在球场上一定是挥汗如雨，帅得不能自已，有无数小姑娘在场边尖叫送水犯花痴，尽管她们可能连球进哪边筐都不清楚。

而事实是什么样呢？就像米乐和江楠现在的样子，双手叉腰，明明目不转睛地盯着球场，脸上却装作满不在乎的样子。

"他们是在耍帅还是在打球？"江楠问。

"我听到班里男生前几天在讨论NBA某个球星的新动作，好像叫……诺维茨基？"

江楠表示不认识，还瞎嚷嚷："司机？什么车的司机？"

"看不懂，走吧。打铃了。"米乐的手一直放在江楠的胳膊肘上，每隔几秒就试图强行拉走她。

江楠也看不明白，可她来的目的又不是为了看其他男生打球！她要找到李无双啊。尽管……米乐并不知道她找到李无双能怎么样。

可偌大的操场，江楠已经仔仔细细扫了一遍，并没有发现李无双的身影。

"走吧走吧，杵在这儿太奇怪了，像傻子一样。"米乐实在待不下去了。可江楠还在找李无双，她只能自己走到不远处的双杠旁。

米乐轻盈地撑着身子坐上了双杠，她刚保持好平衡，就在下一秒，被一个篮球砸中了脑袋。

她有点记不清，究竟是她从双杠上掉下来的时候听到了江楠的尖叫，还是短暂昏迷之后才听到的。

她只知道，自己醒来的时候，是躺在双杠下面的，身上不知为什么，沾满了沙坑的沙子。

李无双蹲在她身边，眼睛里全是焦急。

"你故意的吧？！"米乐还没说话，江楠就冲过来对着李无双一通乱喊。

米乐突然觉得鼻子底下热热的，她一抹，一看，手指上全是血。慌乱中，她看到江楠的鼻子里也涌出一道血。奇怪，篮球明明砸的是她后脑勺，为什么会流鼻血呢？流鼻血这事，也传染吗？

就在一瞬间，一群不认识的人递过来十几团卫生纸，米乐和江楠不顾形象地接过来赶紧擦鼻血。

说巧不巧，乌云恰好路过操场。乌云嫌绕着操场外面回办公室太麻烦，就横穿了操场，刚好看到这一场闹剧。

"哪个班的？干吗呢？"乌云穿过层层人群，却看到了自己班里的三个学生，正狼狈地坐在地上。

乌云半天没反应过来，他从书里拿出一张字条，看了看，用质问的口气问他们："这节是数学课，你们不上课在这里干吗？自己给自己选修体育课？"

他一看李无双手中的篮球，立刻明白了是怎么一回事。他毫无商量余地地向李无双摊开一只手。李无双什么也没说，把篮球交到了乌云手里。

乌云一只手没托稳，球滚了下去。江楠不合时宜地笑出了声。

"笑！再笑？"面子没了的时候，就要用提高嗓门来试图寻找尊严。乌云提高了声音，江楠被震慑住了，笑声戛然而止。

"你，跟我到办公室一趟。"乌云对李无双说完，又指着江楠和米乐，"你俩，收拾收拾赶紧回教室去！米乐，记得我刚跟你说过什么吗？我希望你不要太浮躁！"

"云老师，不是李无双砸的我。"乌云带着李无双已经走出了几步，米乐突然脱口而出。

江楠被她吓了一跳，正准备说她，却被米乐先行一步掐了一下。

"是别人砸的我，李无双过来问我有没有事，您误会他了。"

"这……"乌云显然也不知该不该带走李无双了。

他让三个人并排站着，训了几分钟，只没收了李无双的篮球。

江楠的鼻血很快就止住了，只是米乐的鼻血却停不下来了。

在医务室里，江楠像不认识米乐了似的："说！你刚才为什么要帮李无双说话！我看着他的球把你从双杠上砸下来的！"

"他是故意的吗？"

"那肯定不会，如果是故意的，就是谋杀啊！谋杀！"

米乐耸耸肩："那不就完了？又不是故意的！"

"不对，你俩肯定有点什么……"江楠继续她的猜测，米乐看到医务室门外，李无双踌躇的身影。

他在走廊上来回踱步，时不时地往医务室里瞄一眼。

5.

—— "漂亮女生都爱坏小子啦。"

—— "坏小子都爱好学生。"

—— "穿着衬衫打篮球的男生最帅！"

—— "运动的时候还穿衬衫的人有病好吗！！"

—— "李无双就从来不会穿衬衫，你是在说他吗？"

米乐没注意到，她被篮球砸得鼻子出血之后，李无双有很长一段时间，都没打过篮球。

6.

后来乌云不知中了什么邪，居然兑现了诺言，把李舒杰的座位调走，换来了从来只交空本子的李无双。

原因是上英语课的时候，米乐、江楠和李舒杰三个人下跳棋，笑出了声音。

"跳棋？亏你们想得出来！你们怎么不在教室里吃火锅、打麻将？"乌云把讲桌敲得咣咣响，江楠甚至想看看他的手是否出血了。

李舒杰小声接话："因为三缺一……"

米乐瞪了一眼李舒杰，他真的跟江楠越来越像了。

换了同桌的第一节课，米乐就像是被李无双的嗜睡症传染了似的，在下课铃响的一瞬间从酣睡中蹦起来，课本的边缘留下不大不小一摊口水印，额头被坑坑洼洼的桌面印出一个"王"字。

"你好不容易树立起来的好学生形象全都毁了啦。"江楠又找到了新乐趣，她对愿意和自己一起在课堂上绣十字绣的新同桌很满意。

米乐用左手绞着右手："喊，我才跟他没话说。"

"你没话说，不代表人家没话说。"

"什么意思啊？"米乐装得漫不经心，却目光如炬。

"哎呀，你没听说过每个人都喜欢过自己的某一任同桌吗？"

"可我没喜欢过李舒杰啊。"

李舒杰不怀好意地笑着，说："我不介意你跟我表白。"

江楠气得跳了三米高："我是说某一任！没有说每一任啊！"

"江楠的意思是……李无双喜欢米乐？"

"我可什么都没说啊，是你自己揣测的。"江楠从来都不是什么好人，这点在全世界范围内都说得通啊。

7.

曾经有一段话疯狂地在网上被转载，大概意思就是如今你经历的一切不过是场梦境，当你醒来，擦擦嘴角的口水，仍然在初中的课堂上。

"不瞒你说啊，我还真想过这样的事，也曾经掐自己胳膊想要清醒，直到忍受不了疼得叫出声才不得不相信，这样的意淫是不成立的。"江楠对李舒杰说，走到楼下突然停住了脚步，"这里的四棵树是不是换了？"

以前是四棵龙爪槐，现在是四棵白玉兰。

毕业后米乐来捡那条刻着李无双名字的钥匙链时，被树枝扎得一屁股栽进花坛边的矮冬青里。后来江楠来埋那两条分别刻着李无双和米乐名字的钥匙链时，也同样被戳得差点颅内出血（当然是她自己夸张的说法）。

龙爪槐的树枝向下生长，很容易扎到人。而玉兰树朝上生长，没有花，叶子却绿得发亮。

8.

江楠望着那几棵白玉兰问："你说时间真的能倒流吗？"

"哎？"李舒杰一下子没听懂。

"我是说真的能穿越吗？"

"你想怎么穿越？"

江楠想了想，说："躺在马路中间或者撞墙，雷雨天站在树底下找劈也可以。"

"你那叫找死……"

江楠看着李舒杰："你都不想她吗？"

"想啊。可是电视剧里都有一个万变不离其宗的故事，即使穿越了，也无法改变历史。"

"我想让乐乐回来。我总是在想，乐乐为什么回不来了？"

"那得等到冬天了。"李舒杰揽过江楠的肩膀，"晚上偷偷翻进有雪的操场，没准可以遇见她。"

9.

这年，江楠和李舒杰二十五岁，米乐和李无双二十二岁。

青春和她一去不复返。

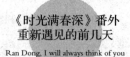

《时光满春深》番外
重新遇见的前几天

Ran Dong, I will always think of you

　　两个人相遇需要缘分，而爱一个人需要天分。

　　我这样的人，无论分数还是爱情都只能靠后天努力才能获得，而杨惜雨，就有这种天分。

　　所以我注定不会像爱情电影一样有个皆大欢喜的结局。

　　生活不是电影，剧本全靠即兴，我像电影里的女主角一样把自己的生活过得一团糟，莽撞、自以为是，不懂得见好就收，结局却截然不同。

　　如果电影的最后他们没在一起，如果女主角说她的整个青春都献给了一场无疾而终的暗恋，一定有人说这个故事简直平庸；如果说那个人曾经对她说过"我不值得你这样折腾自己"，一定又有人说什么嘛对白真俗套；如果说女主角许多年后对那个人念念不忘还在等他，一定有观众忍不住冲过来抽两耳光说快醒醒吧这么恶俗的剧情都想得出。

　　俗套之所以变得俗套是因为它们说的都是真理。

　　电影赚足了我们的眼泪大获成功是因为我们都曾是感情的失败者，在似曾相识的剧情中找到了慰藉。

　　可这一生的路途那么长，有人来过，他们停留，然后悄无声息或轰轰烈烈地离开。无论怎样，他们都只是过客——又是一个俗套的角色。

有人说过这些不过都是浮云。

可是浮云真美丽啊。

我没对任何一个人提起过，无论韩江雪、杨惜雨还是刘露娜，我守候了这么多年，只想用时间换来一个可能，我知道我没有爱人的天赋但我在等待一个机会，如果被我等到了，是不是我们还会有后来。

想着想着，我又看到了那栋熟悉的教学楼和熟悉的楼梯口，漆成绿色的墙裙和暗红色的楼梯扶手。明明是课间，整栋楼却异常冷清，走廊里只有我和顾晓彤两个人。她把我逼到楼梯口，质问我为什么要管闲事。我还在思考自己究竟因为什么得罪了她时，她猛地推了我一把。我这辈子反应从来没那么快过，一把抓住楼梯扶手。可一只手明显无法拉回我整个人的重量，我的手一打滑，大叫一声，头朝着楼梯摔了下去。落下去的一瞬间，我看到校门上大大的、反写着的"永宁中学"四个字。

这一觉我似乎睡了很久。

醒来时我头疼得厉害，才发现靠着墙睡着了。小晴走进来，看到我醒了立刻惊喜地叫起来："渔歌你可醒啦！路大夫有手术，就让我过来帮忙照顾你。"

小晴是我爸爸带的实习医生。

"好吧，那我自己打车回家。"

小晴回答："那个病人长得特别帅，我每次查房都要多问他几句。"

"你个花痴！"

"你见了说不定当着人家的面儿就流口水啦！"小晴朝我吐了吐舌头，"我送你吧。"

"我都好了！你看，石膏都拆了。"我跟小晴晃了晃腿。

"你呀，还是少动为准，彻底养好了再说。"

前些天我为了逃避见到曾经喜欢过我很多年的韩江雪，故意摔断了自己的腿。

看到手机上周茜催我去赴约的短信，我赶紧收拾东西准备往外走。

"那我先走咯。"

小晴送我到楼梯口，回去开始整理病人资料，翻到"江枫"的时候，又忍不住多看了两眼。

只不过一个礼拜没见，周茜非要弄得跟一个世纪没见过一样。她刚刚剪了新的发型，新潮得像从杂志里走出的模特。

"路渔歌！这儿呢！"她早就在餐厅靠窗的位置坐定，嘻嘻哈哈地隔着窗户招手要我快点。

"就咱俩见面，用得着盛装出席吗！"

忘了解释，因为我贪玩，踩着滑板把自己摔骨折了。今天刚拆了石膏，周茜就约我出来庆祝我重获新生。

"啊哟现在就算出门倒个垃圾都要穿戴整齐，哪像以前，邋邋遢遢得能从抽屉里掏出半年前没吃完的早餐来！我也给你要了橙汁——"她指着自己的额头，"看我新剪的空气刘海，那设计师八成不知道什么叫空气刘海，还好意思要我一百五！"

做了小老板之后，周茜花钱一直很谨慎，这是她第一次对自己下狠手。

"我觉得你今天的气色，特别适合穿婚纱！一会儿回店里试试！"

"还是别了吧，我这种小店员，是再也不敢随便碰婚纱了。"我从银行辞职后到周茜的婚纱店工作，曾经面对庞大数字都能得心应手，可面对婚纱就……我不小心弄坏过两次，工资全砸在里面了。

她抿了一口面前的橙汁："就是因为这样才更要时时刻刻注意形象啊。万一他哪天心血来潮到我家楼下等我，看到我以为我加入了丐帮，不是更尴尬嘛！"

"渔歌啊，你到底什么时候带个男朋友回来给我看啊？"听上去像嗔怪我？"你不会还在想江枫吧？你是不是为了他不食人间烟火，成精了？成仙了？"

"干吗要着急，其实单身也没什么啊。"我耸耸肩。

"说起来倒也不是什么严重的事。"她本来还在喷喷个不停，"就是没法享受第二杯半价这种无聊的东西咯。"

"一个人喝两杯。"我无所谓地说，"反正我的胃口够大。"

我从包里翻手机，带出一张折了几折的白纸，被周茜一把抢了去。

"喂，你这什么时候的照片啊？"

我摸不着头脑，看了看，才发现她抢过去的，是我当初应聘时的简历。

辞职的时候在办公室发现的，当时随手一折放进了包里。几年过去，简历的纸已经被茶水和各种污渍浸染得很褶皱了，可上面的字可是一点都没模糊。

简历右上角的照片还是高中时的一寸照，一看就是小孩子的面孔，校服上扎眼的A中的标志让整个照片和简历看上去有些不和谐。

为什么没去照个看上去精气神很足的正装照呢——因为懒，因为想去照相时恰好没带钱，因为有钱时才想到自己没正装。

一切遵循"随意"原则的我直到银行的最后一轮面试才借了套正装参加。

当初我值得炫耀的，不过是"梦幻西游打到了一百七十级"还有"我的QQ号比你们的都短"，还有"某美剧网站会员积分排名前十但英语并不好哦"。这些都被我在简历上包装成了"热爱生活""了解互联网"并且"英语水平优秀"。

周茜取笑着我简历上的措辞，随手把简历放了回去。

"你这腿现在怎么样了？今天医生怎么说啊？还要多久才能恢复？"她问我。

"我回来都一下午了你才想起来问我，不关心我还嘲笑我的简历，良心都喂狗了吗？"

周茜赶紧跑过来给我捶背："我的姑奶奶，我这儿好吃好喝供着给你养伤，工资一分钱不少，你上哪儿还能找到这么好的老板？"

"把自己夸上天了还？行行行，看在你这么好的份上，我分享一个八卦给你作为补偿好了。"

周茜立刻像猫闻到猫薄荷一样凑了过来："什么八卦？"

她眼睛里甚至闪着光，巴巴地望着我，让我忍不住再吊她一会儿。

"我今天在医院，见到了一个人。那个人叫——"我故意不说出那个人的名字。

周茜急坏了，恨不得立刻撕开我的嘴亲自打捞答案。

"路渔歌！你变了你！你以前不是这样的！"

我都已经打算告诉她了，她却脱口而出："韩江雪？！"

韩江雪的名字是我最不愿意提起的。他在我心里的位置，比江枫还要别扭十倍。我们三个曾经就像《猫和老鼠》里的猫、狗和老鼠一样，乐此不疲地追赶着另一个人。在那一场漫长的暗恋里，我们都撞得头破血流。

"什么韩江雪？你是怎么想到他的？"

周茜也被自己的猜测吓了一跳："我也不知道……"

我们两个突然都沉默了，我突然想起了之前的话题，赶紧生硬地接上："呃……我今天碰见的，是顾晓彤。"

"顾晓彤是谁啊？"周茜已经不记得顾晓彤了，也难怪，她不认识顾晓彤。

"嗯……"我托腮想了想，"你还记得，我跟你说过我高中时候差点被一个人推得滚下楼过吗？"

周茜倒吸一口冷气："是她？！"

我点了点头。

"你没冲上去给她几巴掌？"

"我看见她的时候她正做检查呢，人家怀孕了。"

打她？我早就放下那件事了。今天看见她那个样子，我甚至很想上前跟她说几句话。周茜摸了摸我的额头："你没发烧吧姐姐？"

我知道，这样的想法很奇怪，便笑了笑，没再多说。

"不对……永宁中学的人……"周茜若有所思，"肯定跟江枫有关系！"

我时常不得不佩服周茜的聪明，她总是知道我在想什么。但我不打算承认。

在医院，我和顾晓彤一瞬间就认出了彼此。我努力回忆她的穿着，好像是一套臃肿的睡衣。

这是不是意味着，她预产期临近，正在住院？

"周茜，是不是临近预产期就要住院观察啊？"

周茜撇了撇嘴："一看你就没生过孩子吧，人家身体好好的干吗要住在医院？等到生孩子再来就行了呗。"

说得好像她生过好几个似的。

我的腿虽然拆了石膏，但还是要再去复健一次。我在路上突然想起了杨惜雨。毕竟顾晓彤推我下楼，跟她脱不了干系。只是我很久以后才明白，她早就习惯了衣食无忧，她不能容忍自己比我差在某个方面。

检查脚没有问题过后，我到住院部转了一圈。觉得两手空空不太好看，我又下楼买了点水果。

我会碰到顾晓彤吗？如果上次看到她，她只是普通的产检呢？我一边笑自己太鲁莽，一边打算只看几个病房就走。

"你来看病人吗？"我正趴在一个病房门上往里张望，一个熟悉的声音在我身后响起。

我吓了一跳，回头一看，不是顾晓彤而是……韩江雪。他穿着一身睡衣，一副这里常住客的样子。都怪周茜，她要是不说，没准我根本遇不到，现在怎么办，尴尬了吧？

他不是马上要举行婚礼了吗，怎么会出现在医院里呢？

"这都要当新郎官的人了，怎么还住院了呢？怎么，你们家生孩子的任务你来啊？"

"是啊，医生说这临近预产期啊，就必须要住院观察了。"他顺着我的玩笑开下去。

"说真的，你怎么回事？"

他无奈地笑笑："阑尾炎，本来都能回家了，媳妇非要我再住两天。唉，快结婚了弄出个手术来，真是的。"

"你……"我扯了扯僵住的嘴角，正准备寒暄，一个身材娇小的女孩从病房里闪了出来。

她一看到韩江雪就拉过他的胳膊："我就说上个厕所而已，怎么去了那么久，原来就在门口。"

这应该就是韩江雪的未婚妻。也许她只是习惯性地与韩江雪动作亲密，我却觉得是在宣布领土主权。我心里的警报器突然响了，它提示我赶紧离开。

"这位是？"她的眼睛终于看向了我。

无论是她的妆容还是穿衣，都恰到好处，就连问候我的语气也一样。

"这是我高中时候的同桌路渔歌，我俩好多年没见了，刚看到她的时候吓了一跳，没想到真的是她。"韩江雪说。

"同桌啊……"未婚妻语气里的转折很微妙，"来医院专门看我们家江雪吗？真是费心了，谢谢啊。"

说着她似乎在等着我把手里的果篮递过去。

就算给人下马威，也不用一个接一个吧？我为了不见韩江雪，连腿都舍得摔断，还有什么做不出来的？

我微笑着摇了摇头："我的腿骨折了，今天来复健。医生说我特健康，我一高兴，就给自己买了个果篮。要不来点？"

韩江雪也闻到了无声的硝烟的味道，他赶紧站出来化解尴尬："咱们进去聊吧，走廊上来来往往这么多人不方便。"

我却打算离开这里。我拎着果篮说："我还有事，我得先走了。"

"进来坐一会儿呗，江雪都叫你了，不许不给面子。"人和人之间真的好微妙，我明明连她叫什么都不知道，只不过通过韩江雪，我们能像朋友一样对话。

我别扭地走进病房。

病房里另一张床的主人不在。

"你还和江枫有联系吗？"韩江雪问我。

我摇了摇头。

"江枫不就是……"韩江雪的未婚妻好像知道点什么，却被韩江雪使了个眼色，打断了。

"其实今天，我来住院部这边，是想找一个人。还记得把我推下楼梯的顾晓彤吗？"

"你怎么会想到找她？她也住院？"

"摔断腿被抬进医院的时候看到她了，她怀孕了，我突然就感慨万千，想再见一面。"我摊开手，"可能只是普通的产检吧，我没找到她。"

"把你推下楼你都能原谅，你可真大度。"未婚妻说话的态度并没有缓和下来。

女人真是嗅觉灵敏的动物，一下子就能分清敌我。只不过我并不打算反驳她。毕竟我过去不喜欢韩江雪，现在也不会无耻地占他的过去为己有。

很快，我们就聊不下去了。看着韩江雪为难又尴尬的表情，我先一步告辞了。

走出医院大楼时，阳光正洒在我脸上。我深吸了一口气，想到多年未见的江枫，想到爱上别人的韩江雪，和我早就不再记恨的顾晓彤，我终于明白过去的终已经过去。

"你为什么没告诉她，这个病床上的人就是江枫？你自己不说还不让我说？"未婚妻有些气，坐在床沿上。

韩江雪突然笑了。他总觉得她生气的时候像只充了气的小河豚，让他忍不住想戳她的腮帮子。

他一把揽过未婚妻的肩膀，说："他们很快就会遇见了。"

"你怎么知道？"

韩江雪笑了笑："这家伙正在手术室呢，跟她说了不是让她又胡乱担心嘛。等他出院了，肯定会遇见的。"

"你怎么知道？"

"一个人要是真心想找另一个人，无论怎样都会找到的，放心吧。"

后记
再见，好时光
Ran Dong, I will always think of you

　　这是我第一次用第三人称讲述一个故事。

　　这一次我终于摆脱了主人公的视角，跳出来，像个旁观者一样，看着我的男主角、女主角是如何在让人绝望的环境里成长，如何与生活抗争，如何让人失落地分开，如何在故土相见。

　　差不多一年前，那时候我也正和一同写作的朋友互相探讨，要如何把一个故事讲述得更完美，要如何对得起"作者"这两个字。我边思考边实践，敲下了这个故事的第一个字，却没想到，后来里面的人物能带给我那么多惊喜。

　　郁欢颜不是美女，性格自卑，不幸运也不聪明，亲生父母因为超生怕被罚钱，把她轻易送给别人收养，她几乎没有任何主角光环。

　　这本书的主线，仍然是一个爱情故事，但我真正想写的，是命运。

　　从出生就毫无阻碍地向前飞奔的人，才不会提起"命运"。命运这两个字，就好像是为那些容易悲伤的人而生的。

　　在他们的名字里，我也藏了一点小心思。郁欢颜，名字明媚，姓却很忧伤；还有冉冬，原本他的名字叫冉冬阳，他是冬天出生的，意思是冬天里冉冉升起的太阳。可因为母亲的离去，父亲又常年打工留他一人在家，他便决定把名字改成冉冬，只有冬天，没有太阳。

在郁欢颜可以称得上"悲惨"的命运里，她没有像励志漫画的主人公一样，突然变得强大，她活得卑微又无奈，甚至在某些瞬间想过放弃与生活抗争。还好出现了几个闪闪发光的人，让她的成长过程不完全是黑白的。

这个故事的诞生，来源于两个素不相识的女孩。

有一次在等公交车的时候，我听到站台旁两个女孩的对话。

一个瘦高的女孩红着眼睛，说自己的父母要男朋友家出房子出装修外加十万彩礼才答应他们结婚。

"那十万块还是他们问我要的……我根本不知道，他们又不是没有钱，为什么还要为难我俩……"

她的朋友也不知道怎么安慰，只能慢慢拍着她的背。

她又接着说："我哥到现在都没个正经工作，和我嫂子吃家里的喝家里的，他们还不是什么都不说就给了……我是他们亲生的吗……"

后来的对话我再没听到，她们等的车来了，两个背影消失在我眼前。

很久之前我写过一部短篇小说，是关于一个无法掌控自己命运、活得疲惫不堪的女孩的故事。那个故事没有发表，因为我换电脑时弄丢了它，便不再想起，直到碰到那两个女孩。

这一年里，我每天朝九晚五，工作之余还要赶稿，我常常很累，也会偷懒。但我知道我没资格说自己不幸。我是幸运的。

瘦高女孩的话一直在我耳边回响，于是后来，我写了这个故事。

当然，郁欢颜的身世、经历和那个女孩的故事全然不同，但她们心境应该类似。我想，如果她们两个相遇，一定会惺惺相惜，愿意在冷漠的世界里给对方一个拥抱。

我是一个极其严重的拖延症患者。拖延症犯病的时候，我根本没办法静下来。拉上所有窗帘，抱着电脑从窗台辗转到桌子前，再辗转到沙发上，听这首歌不对，完全不听音乐又写不出来……来来回回浪费了不少时间，经常一个下午过去了，连一千字都没写完——我自己也不知道要给他们怎样一个结局。

让我欣慰的是，自己最终还是完成了。

之所以要写这个故事的另一个原因，跟我的生活变化有关。

这一年我离开了大学校园，逐渐适应了职场。如果说前两本书还带着少女心或者稚嫩，我想，在这本书中我得到了一点点的成长。

之所以给他们这样的结局，也是经过深思熟虑的。

没有人能确切地说出来怎样的命运才算好，也没有人一生就坦坦荡荡毫无缺憾，我希望亲手写下的结局，是对他们最好的安排。

因为这本书，我不仅见证了几个年轻人的成长，有时候热泪盈眶，有时候会心一笑，为他们揪心，为他们期待，喜欢他们中的某一个，甚至在某个阶段讨厌他们中的某一个……他们第一次在我心里有了可以感知的形象。

年轻的爱情总是遗憾，原谅我没有给郁欢颜和冉冬一个完美的结局。我曾经发誓，只要自己没男朋友，就不会让男女主角在一起。但这个结局，跟那个荒唐的誓言没关系。人生路很长，我希望他们在一个又一个突如其来的变故之后看清生活的本质，希望他们变得更强大。

因为这本书，我见到了西安凌晨五点的样子。

也因为它，我终于知道了我想要如何表达，如何倾诉，还有，我希望自己成为怎样的人（是指在写作的过程中）。

在我敲下这个后记的时候，即将迎来一年一度的高考。这本书的重点没有提到高考，我却仍然花了许多笔墨去描写他们的校园生活。

这是每个人都必须经历的美好时光，也是我笔下永远不会放掉的人生阶段。我爱年少的他们，也爱少年的故事。

感谢我的责编猫猫。
感谢程灵素和顾苏的陪伴。
感谢那位素不相识的姑娘。
我的第三本书，请多指教。

余音 2016年6月6日凌晨写于西安

扫一扫看更多图书番外，作者专访

【官方 QQ 群：555047509】

每周丰富多彩的群活动，好礼不停送！
作者编辑齐驾到，访谈八卦聊不停！